时代推理

推理要在晚餐后
REASONING AFTER DINNER

THE TALKING DEAD

会讲话的死人

绿 蒂◎编著

时代文艺出版社

图书在版编目（CIP）数据

会讲话的死人·第1辑／绿蒂 编．—长春：时代文艺出版社，2013.5（2018.1重印）
（推理要在晚餐后）

ISBN 978-7-5387-4205-3

Ⅰ.①会… Ⅱ.①绿… Ⅲ.①推理小说－小说集－中国－当代 Ⅳ.①I247

中国版本图书馆CIP数据核字(2013)第083409号

出品人 陈 琛
产品总监 郭力家
选题策划 方 伟
责任编辑 方 伟 李 硕
装帧设计 陈 阳
排版制作 周艳云

会讲话的死人

绿蒂 编著

出版发行／时代文艺出版社
地址／长春市泰来街1825号 时代文艺出版社 邮编／130011
总编办／0431-86012927 发行部／0431-86012957 北京开发部／010-63108163
官方微博／weibo.com／tlapress 天猫旗舰店／sdwycbsgf.tmall.com
印刷／三河市京兰印务有限公司
开本／710mm×1000mm 1／16 字数／222千字 印张／15
版次／2014年1月第1版 印次／2018年1月第2次印刷 定价／42.80元

图书如有印装错误 请寄回印厂调换

目录

穿怪绒线衫的家伙

查尔斯·史密斯

托纳是盐矿的监督，他从办公室回到季宁斯北街的家里时，天已薄暮，这住宅区的人家都已开亮了灯。

那时，街上还有好几个迟归的孩子在游玩，托纳向他们扬扬手，一边扭开了他的车前灯，他的汽车向他的屋子缓缓行驶。他注意到前面的百叶窗拉了下来，晚报还是在门口，门旁的信箱里有几封信，也是未被触碰地留在那里。

托纳从屋子旁边转过去，把车子停在后门口，连按了几下喇叭，好像在催促屋子里面的什么人出来。稍等了一会儿，并没有人来开门，他就自己把车子里的几包东西拿起来，下车向后门走去。

他在门口站住了，看到门并没有关上，有一条缝露在那里。他一碰门把手，门就向里面开进去了。托纳便高声喊："明妮！明妮！你在哪里？"他听不到回答，便走进去，开亮了电灯。

于是他注意到厨房里的东西很是杂乱：椅子翻倒了，桌子拖动了，地板上还散乱着许多零星东西。

他急忙冲到饭厅里去，发现他的妻子横倒在一张沙发上，她的头上和肩膀上全是血迹。

托纳跪下来，摸摸她的右手，觉得不仅冰冷，而且僵硬了。他便飞似的奔向隔壁的邻居家里去，冲进去也并不向屋主帕金斯夫妇招呼一声，立即赶到了电话机前。

帕金斯夫妇看到他行动这样奇突，很是诧异，帕金斯站了起来，走过去，拍拍托纳的臂膀问："托纳，有什么事情？"

托纳惊惶失措地回答："是谋杀呀！不知道是什么人把明妮杀死了。是我刚刚回来了发现的，我要打电话到警察局里去。"

隔了几分钟，大侦探布里奇带着他得力的助手尼兰赶来了。验尸官霍伯也随后就到了，托纳惊魂未定，向大侦探叙述发现他太太被害的经过。

"为什么你不用你自己家里的电话呢？为什么你要跑到帕金斯的家里去？"布里奇问。

"我一时吓得手脚都慌了，连家里有电话都没有想起来。我只想到要别人来帮我忙，"托纳回答，"屋子里面的东西，一件都没有碰过。"

霍伯医生已经在开始查验了。她所穿的衣裳很整齐，显然是像刚从街上才回来，她的手提包跌落在她身体旁边的地板上，并没有被打开过。布里奇把它打开一看，里面有十几块钱，还有些零碎的纸币。

那尸体经过了检验以后，霍伯医生说："她是先被棍棒打昏了，然后被手枪打死的。头皮上有受过重物击打的伤痕，肚皮上以及胸前，各有一个弹孔。手枪的口径不是点二二，就是点二五。开枪的时候一定离得很近，因为弹孔周围的衣裳上有烧焦的痕迹。子弹都没有穿出，回头我可以把它们取出来。"

"这对于我们很有用处，"布里奇坚决地说，"先用棍打，然后枪击，听起来好像有两个人干的，可是我敢打赌，只有一个人。"

"你怎么推测的呢？"医生问。

"我已经到厨房里去看过了，"布里奇解释，"那扇门是向里面开的。显然是托纳太太到外面去买了东西回来，凶手预先躲在门背后，看见她一走进来，就拿起棍棒打下去，并没有一棒子就把她打昏，大概是因为她的头发密，也因为她还戴着帽子的缘故。而她携在手里的东西便掉得一地，他们便开始争斗，从厨房间撕扯到了房间里，到了这里凶手就拔出了手枪来开枪了。"

"如果来了两个人的话，他们早可把她打死在厨房里了，我们还可以有一个看法，因为她所受到的枪弹，是从她的前面打进去的，显然同她争斗的只有一个人，要是还有第二个人的话，枪弹也许就会从后面打进她的身体里去了。"

“我明白你的意思，”霍伯说，“还有一件事情也许对你有帮助的。她死了大约两个钟头，所以我们可以推测，她被谋杀的时间是在4点钟左右。”

托纳到每个房间里去查看，看到一件值钱的东西都没有丢失。甚至连托纳太太的梳妆台抽屉有几件很贵重的首饰和衣橱里那一只手提包里的现钞，也一动都没有动。要说这谋杀是出于盗劫，凶手就绝不会把这些东西忽视的。

“她在3点半钟打电话到我的办公室里去，”托纳告诉大侦探，“她要我到一家店里去一趟，把她买的几包东西带回来，她说她要回家了，那么她大约3点3刻就可以回到家里了。”

他还指出凶手把窗门上的百叶窗都拉了下来，他说这大概是在他的妻子被谋杀以后所做的。“那些百叶窗总是拉起来的，”托纳解释，“直到我们要进卧室去了，明妮才会把它拉下来。可是我想不出来，凶手怎样进入了这屋子的呢？我们总是把前后门都锁上的，明妮出去，也绝不会忘记把每一扇窗子的插销插好。”

查下来，没有一扇门的锁，或者窗子的插销，是被撞坏了的，所以布里奇说：“看来那家伙好像是有一把钥匙的。”

布里奇和尼兰从邻居们的口中得知，托纳太太是1点的钟声敲过以后不久出门的，在她出去以后，以及她回来以前的一段时间，是很容易从她买东西的几家店家调查清楚的。她还同几个朋友讲过话，提到她打算怎样过这个星期日。帕金斯太太说，她确实也看到她是在4点差10分回到家里的。

先后询问过十几个人，却没有一个看到过有什么人在这天下午在托纳的门口徘徊过，这也并不奇怪，因为北季宁斯街相当热闹，在那里来往的人很多，除非有什么特别的情形引起别人的注意，无论谁，总会有随意望一眼，就这样不留什么印象地过去了的。

“要是托纳太太是在3点50分到家里的，我们可以确定，凶手4点钟就可以离开出事地点了。”布里奇指出，“要是没有一个大人看到他离开这里，也许街上的那一群孩子会瞥见他的。”

“还有，这桩谋杀究竟是什么动机呢？”尼兰问，“被害人的家里什么东西都没有少。托纳太太又没有受到人身的污辱，看来好像凶手的唯一目的就只是把她弄死——可是究竟为了什么呢？”

“据说托纳太太是没有仇人的。”布里奇着重地说。

“会不会有什么人为了要报她丈夫的仇，才把她弄死的呢？”尼兰试问。

他们问托纳有没有这种可能性，他沉思着皱了皱眉头：“有些家伙到矿所里来做几天工，拿了一些钱就走了，我同他们有时候是有一些小麻烦，可是并没有什么严重的。”

于是大侦探也沉思着皱了皱眉头。

邻居们帮助在托纳的家里内内外外寻找凶手所使用的那根棍棒。据验尸官推断，那凶器一定是一根有锐利棱角的硬木头。因为托纳太太的头皮下虽然受伤，她的头颅却并没有被击得裂开，所以那绝不会是铁棍。

布里奇自己也在屋子里到处仔细搜寻着，尼兰和托纳也在四处找寻，因为凶手对于这一桩谋杀显然早有准备，他可能把那根他预先预备好了的木棍在用过以后，把它塞在什么黑暗的地方了。

在地下贮藏室里，布里奇看到一张小床，他推动它时，发现有一条腿已经残缺了，而且上面还有一道新鲜的划痕。

“这是什么时候断了的？”他问托纳。

“我不知道，”托纳回答，“它昨天还好好的，因为我昨天到这里来拿别的东西，还推动过它，却并没有看到它的腿断了。”

直到半夜，大侦探和他的下属才停止了搜寻。第二天一早，他们又回到这地方来了。

好几天以前，矿所里有六个人离开了。其中三个是本地人，他们都被证实昨天下午4点钟前后都无法到达托纳的家里。还有三个是居无定所的人，布里奇无法追迹出他们中间任何一个人的行踪。显然他们是一拿到工钱，就离开此地了。

布里奇和尼兰开始询问在街上游玩或者走过的孩子们。有一个小女孩说，她看见过一个陌生的男人，穿一件样子很特别的怪绒线衫，在托纳太太出去以后不久，向她的后门口走过去。她说那件绒线衫上好像是铺满了一方方红色的、黑色的和白色的格子。还有一个女孩说，她记得他是戴一副黑眼镜，她们两个人都说，他穿了一件短大衣，戴了手套，像一个流浪汉。

还有一个10岁的小女孩她说在她放学回家的时候，她看见那陌生人从托纳的后门闪过，手里拿一根木棒，在他走过一条沟渠的时候，把它丢了进去。他并没有注意到她，她也是因为他老是回过头来张望，才注意到他的。

“我以前也看见过他的，”她告诉大侦探，“我想他是时常帮托纳太太做一些洗刷工作的那个人。”

她领侦探们到那个人丢掉了木棒的地方，布里奇在几分钟以内就从那沟渠里找到了那条小床的腿。

布里奇和尼兰马上找到了托纳，向他问到这个时常在他的家里做一些杂工的人。但他无法把那个穿方格子绒线衫的人指认出来，因为他说，托纳太太时常随意雇个把闲荡的人做一些打扫工作。

大侦探布里奇迅速到长途汽车站和火车站，向那里售票房的职员询问，有没有这样的一个人在昨天下午去购过车票。

“我们并没有出售过车票给这样的一个人，”长途汽车站的一个售票员说，“可是听起来好像他就是约瑟·斯格登。他昨天到这里来过，问到关于到新墨西哥去的情形。他告诉我说，他矿里的事情已经不干了。”

在几分钟以后，大侦探已来到了盐矿。“还有一个叫约瑟·斯格登的，”他问盐矿里的一个办事员，“他也已经不做了，刚才你为什么没有把他告诉我？”

“关于他不做的单子还没有交进写字间来，”那职员回答，“我刚拿到一个条子，说把约瑟·斯格登的工钱付给培恩·托纳，因为托纳已在昨天夜里代为付给他了。我以为托纳已把斯格登的事情告诉你了。他是做到昨天为止，就从今起才开始不做。”

布里奇不明白托纳为什么不把这事告诉他。

大侦探稍稍费了些力气，才把这22岁的斯格登找了来。他所穿着的一件绒线衫，正如女孩们所描述的一样。

一经布里奇的询问，斯格登就承认了是他把托纳太太打死的！

“你的手枪在哪里？”大侦探问。

“在我的寓所里。”斯格登回答。

他领侦探们到他的寓所里去，从枕头底下把一支手枪拿了出来，是点二二口径的，枪柄已发锈，枪膛中少了两颗子弹。

“你为什么要打死托纳太太？”

“因为培恩·托纳出钱叫我打的。”

斯格登好像毫不在乎，无论什么人只要肯出钱，叫他做什么事，他就做什么，到开矿所里去开盐，同打死一个人，在他看来，并没有什么两样。

只经过稍稍的询问，他就把这桩谋杀的经过都叙述了出来。他说在他不在盐矿里做短工的时候，他时常为托纳太太做些杂务。几个星期以前，托纳问他愿不愿意赚一两百块钱外快。

“你不是常想到新墨西哥去吗？”托纳向他提醒，“你有了这一两百块钱，就可作你到新墨西哥去的旅费了。”

“我怎样才能赚到这一两百块钱呢？”

“把我的妻子弄死。”

斯格登说，他们争论着，他把托纳的妻子弄死了，他应该得多少钱，而最后定了一百七十五元。因为托纳太太有一架钢琴想要出售，他便装作要买它，就这样到托纳的家里去。他把她打死了，就逃离了那里。托纳装作他回到家里才发觉他的妻子不知道已被什么人杀死了。他于是报警，接着便空指几个嫌疑人物。

“我们这样决定了，我就开始来干了。”斯格登接着说。

托纳预先付了他六十五元，答应还有的一百一十元到事后再付他，可是在他把托纳太太弄死了、回到盐矿里去的时候，那盐矿监督却不肯把那余下的钱付给他了，只把矿里的工钱垫给了他，说明天由他来扣除，意思要斯格登当天就离开这里。

“还有一百一十块钱他没有付清呢，我怎么能走呢？”那个业余杀手斯格登说明了他还在本城的缘由。

斯格登的叙述真使布里奇有些难以相信：一个堂堂的盐矿监督，竟会这样买一个人来把他的妻子杀死。

“你怎样进入托纳家里去的呢？”大侦探想起了那里的门和窗都没有一丁点破损的痕迹。

“托纳预先给了我一把钥匙，我自己开门进去的。”斯格登回答。

接着他叙述，他进去了，要寻找一根棒头，找到了贮藏室，见有一只小床，就把它的一条腿弄了下来，等到托纳太太回去，他就举起它来一击。

正在大侦探迟疑着是不是可以完全信任斯格登的话的时候，一个非常漂亮的金发女人来看布里奇了。她叫特蕾西，几个月以前才搬到了这个城市来住。

“培恩·托纳要我雇一个人来把他的妻子弄死，”她宣说，“他蓄了此心已经有好久了。”

“他在什么时候要你这样帮忙？”大侦探问。

“四个月以前。他要把她弄死了，然后同我结婚。他说要是我找到这样的一个人，他肯付给他一百块钱。”

她说在她家里的信件中，大概还找得出托纳向她这样要求的信，布里奇便派了一个侦探，随同她到她的家里去找寻。

同时，盐矿的侦探安德森，也愿意协助大侦探布里奇办理这桩案件。

经济稳固、地位又高的培恩·托纳，会干出如此狂妄到杀害妻子的事情，是谁都不肯相信的，在他的熟识者之间，也有很多人肯站出来为他证明他是无辜的，虽然另有很多人却也不能不说他的罪不容诛。

有了充分的人证与物证，即使再要抵赖也没有用，培恩·托纳终于供认了，约瑟·斯格登谋杀他的妻子，是出于他自己的指使，于是这两个共谋者，在许多人的摇头与叹息中，都被判决了无期徒刑。

金容　译

水底箱尸案

乔治·西默农

宝威马戏团，从布鲁塞尔来到巴黎，2月3日在十一区开始表演。篷帐设在巴黎广场。有些演员就住在篷帐里面，还有些寄宿在加佩达旅馆里。这是一家三等旅馆，大门在夜里关上，可是旅客能从里面开启。旅客在关门以后回来，他们必须得按铃，并报出他们的房间号码，然后管门人才开了侧门，让他们进去。

脚踏车表演员戴蒙夫妇，同他们的外甥女海妮，一起住在三楼十五、十六号两个房间。他们加入宝威马戏团已经有五个月了。他们加入的时候，马戏团是在安特卫普表演，那时该团正从南美洲失意而归。

魔术家杰克·艾伯，32岁，一个未婚男人，仅同马戏团订了1个月的合同。他住在二楼的六号房间。艾伯是一个美男子，性情活泼，大半的女人都对他有好感，尤其是海妮。

表演到17日为止，18日休息。19日马戏团移到拉伐伦去。8点钟，有人看到杰克·艾伯和海妮，搭上去巴黎的街车。他们没有行李，海妮告诉人家说，他们是到巴黎看电影去的。

那天夜里12点30分，旅馆里的管门人听到有人在按铃，并通报说是住在六号里的旅客。他差不多可以确定，那是艾伯的声音，可是因为他对这个人并不十分熟悉，所以不敢确切断定，连他是一个人进来的，还是两个人进来的，他也不敢断定。

戴蒙夫妇在十一区的一个咖啡室里坐了一些时候，10点钟回旅馆。

深夜3点钟，管门人隐约听到有人开门出去的声音，好像有几个人在一起。

那天夜里他再没有开过门。

早上8点钟，戴蒙夫妇大声叫闹，因为他们的外甥女逃走了。他们说，他俩自从昨晚七点钟以后，就再没有看见过她，她十六号房间里的床，并没有人睡过，她的行李也不见了。

他们在叱骂杰克·艾伯，他们敲他的房门，没有人应答。艾伯也不见了，他的衣箱也带走了。

马戏团里其余的人员，对于这个消息都显示出一种讽刺的意味。马戏团离开了十一区，19日起开始在拉伐伦表演。艾伯的位置请了别人来代替，戴蒙夫妇因为没有了海妮，势必减去了好多的表演，并在报纸上刊登了一小则征求一个共同表演者的广告。

2月23日，在十一区的河底里，船夫打捞起了一只衣箱，在箱盖上有“J.A.”两个字母。

他们把衣箱打开了，发现了杰克·艾伯的尸体。在尸体旁飘散着几张钞票：三张一百法郎的，还有五张十法郎的。

验尸的结果，证明杰克·艾伯是被勒死的，大约是在18日的样子。

发现衣箱的地方，离加佩达旅馆九百米左右。衣箱和尸体的重量是（不连水）228磅。

警务当局无法找到海妮的尸体，她并没有出现：不管活的，或者死的。现在已是2月25日了，还是都找不到她的一丝踪迹。

宝威马戏团的演员们都认为是戴蒙夫妇干的，可是一点证据都没有。这一对夫妇的名誉一向不大好，只要有他们在一起的地方，首饰和金钱就会时常失窃，虽然他们从来没有在偷窃的时候被捉住过。

急待解决的问题是怎样才能证明他们的犯罪，以及怎样才能找到海妮的尸体。

要破获杰克·艾伯的谋杀案，既没有证人，又没有线索，这是显得相当困难的。然而着手侦查这桩案件的大侦探弗洛耶，却在不慌不忙地询问着戴蒙夫妇——一个52岁的男人和一个48岁的女人，他们被召进了大侦探的侦缉间里。

戴蒙出生在荷兰北方的华格姆，可是他的大部分的青年时期是在比利时度过的，20岁以后，他加入了德国的一个马戏团，担任管马的职务，到了30

岁，他同一个卖艺者翠丽娜结婚了。

翠丽娜和她的丈夫把这个外甥女——她已经死去的姐姐的女儿带在身边，走遍了全欧洲。不久，戴蒙夫妇和他们的外甥女，变成了脚踏车表演三人团，可是他们的表演从没有获得过很好的成就。自从他们初次露演以来，一年接着一年，总是在这种不十分响亮的情境中过去。他们时常从一个马戏团转到另一个马戏团，随同到欧洲各国去表演。

戴蒙的腿生得很短，他什么都显得很是坚硬：他的肌肉，他面孔上的线条，以及他表演的姿态。在弗洛耶的写字台上，放有一张他在表演时的照片：一半是卖艺的，一半是小丑的。在那一张照片里，翠丽娜站立在她丈夫的肩膀上，他则是骑在一架脚踏车上。

“总之一句话，”弗洛耶说着，眼睛望着别处，“十几年来，你们的表演一点都没有得到成功。”

翠丽娜的胸膛鼓了起来，像要说话的样子，可是办案人员一点都没有去理会她，继续说下去，他的声音是干涩而直接的。

“在你们以前所加入的马戏团里，像你们同宝威马戏团所签订的合同一样，你被规定，在你本职上的表演以外，在上一个节目与下一个节目的空隙间，你还要扮着小丑登场，在太太一方面呢，她还得为骑马表演的人打扮。”

戴蒙什么话都没有说，他深灰的眼睛里有一道坚硬的光。

“为了这个理由，你们本职上的表演是常被削除的。最近你们在十一区表演的时候，你们还受到了观众的嘘声。”

戴蒙太太的嘴翕动着。

“你们在马戏团的广告中被提起得最少，只要有人肯听，你们就向他们诉说到这一点，你们一直在诉说着，到现在已有十年了。”

戴蒙以一种询问的面色望着办案人员，他在紧咬着他的牙齿。

“你们时常在同道中，偷一些小东西，这已是周知的事实。”

“没有这样的事情！他们在中伤我们！他们……”戴蒙太太突然站起来说。

“请你坐下去，太太，在我问你的时候，才可以答话……你们所表演的最后一场，是你的丈夫骑了脚踏车在场中兜一个圈子，你站在你丈夫的肩膀上，你的肩膀上又站着你们的外甥女。”

“是的，只有我们才能这样……”

“海妮现在是22岁，是不是？”

“是的。”

“据说在你们的容许之下她有过许多爱人。”

戴蒙还是什么都不说，那个女人却熬不住了。

“我们容许？她这样喜欢男人，叫我们有什么办法呢？”

“她在18日同艾伯一起到巴黎去，你们知道吗？”

“我们是这样猜想。”

“她在走的时候，你们是看见她的，她并没有带手提箱，所以，她在夜里又返回来了。你们的房间正在她房间的隔壁，你们什么都没有听到吗？”

“什么都没有，要是我们听到……”戴蒙太太好像怕让她的丈夫讲话，就抢先这样回答。

“你们确切告诉我，你们带着一些什么行李？”

“主要是我们的脚踏车，以及我们在表演时所穿的服装——那些留在团里，由团里的车子装载着，我们还有一只柳条箱和一只乌木箱，用来放日常穿的衣服，以及其余的东西。此外，还有两只小手提箱，一只是海妮用的，一只是我们用的。”

“两只大衣箱是在你们的房间里吗？”

“是的。”

“海妮的手提箱是在她自己的房间里吗？”

“是的，她把它带走了。”

“她把她所有的东西都带走了吗？”

“都带走了，除了她表演时所穿着的服装，那些衣服是马戏团里的。”

“在十五号与十六号房间之间，是有一扇门相通的吗？”

“是的。”

“你们在艾伯加入宝威马戏团以前，并不认识他？”

“并不认识，他说他是刚从英国来的，我们从没有到那里表演过。”

“他有没有讲到要娶海妮？”

“他？没有！他只是一个追求者，什么姑娘在他看来都是一样。”

“他在马戏团的广告中，被讲得最好，是不是？”

“我看是的。”

“你们是19日一早就离开了加佩达旅馆的？你们的行李都整理好了吗？”

“是的，我们是在18日下午就把衣箱整理好的。”

“你们最后一次看到你们的外甥女的时候，就是在她同艾伯一起到巴黎去以前，她穿着什么外套？是不是穿她的冬外套？”

“不是的，那天天很暖和，两星期以来，她一直穿着那件她新定制的绿色外套，她很爱漂亮，她把她所有的收入都花费在……”

“她的冬外套是什么样子的？”

“棕色的皮外套，虽然有一次因为太靠近火炉被烧焦了一点，可是也不怎么能看得出。”

“你能够去把这件外套拿来吗？”

“我已告诉过你，海妮把她的东西都带走了，所以叫我怎么能够去拿呢？”

“对了，你们的窗子正对巴黎广场？”

“是的。”

“你们的外甥女所穿过的衣服，你真的一件都不能拿给我吗？无论外衣，内衣甚至鞋子。她有几双鞋子？”

“三双，可是除了她表演时所穿的服装以外，她的衣服我们什么都拿不到了。”

“海妮是去看什么电影的，你们知道吗？”

“我们怎么会知道呢？”

“自然你们是不会到过艾伯的房间，可是你们是不是知道他的衣箱放在什么地方？”

“不知道。”

“你们的衣箱是放在床边？”

“一只是的，还有一只是放在角落里。”

“放在床边的一只是柳条箱吗？”

“是的，是完全用绳子捆了起来的。”

“海妮小姐会游泳吗？”

“会的，不过并不高明。”

“你们还有别的亲戚吗？”

“我丈夫有一个堂兄弟，可是我们已经好久没有见面了，有时候有一张明信片……”

“他是做什么生意的？”

“他是一个农夫，住在旺斯，离华格姆没有多少路。”

“在谋杀案发生的时候，你们并不感觉对钱的需求吧？”

“我们怎么会感觉到呢？我们才领到薪水，差不多还一个钱都没有用呢。”

“到15日，你们身上只有75个法郎了。”

“这可证明我们是无辜的！你想我们总不会无缘无故去谋杀一个人的。”

戴蒙太太很得意的样子，她骄傲地望着她的丈夫，好像在说，你看到了吗？应该怎样应答他们！

弗洛耶最后的一句询问，却使她一时愣住了，他说：“你在窗口站了多久？”

弗洛耶先生只是干涩地说下去，好像是在背诵一篇文章。

“因为你们在马戏团里一直很不得志，不知不觉地已经有一种自卑的感觉了，你们甚至自卑得时时发生一些偷偷摸摸的行为。要是没有你们的外甥女的话，你们在马戏团里早已没有骑脚踏车的位置了，她在你们其他的表演中，也是不可或缺的。

“18日她同艾伯一起出去，他也是才领到薪水。你们所领到的，要比他的微薄得多了。你们确定他在半夜以前是不会回来的，所以你们走进他的房间，窃取了三百多法郎。

“海妮同她的爱人一起回来了，艾伯发现被窃，就怀疑是你们干的，便赶到你们的房间里来，叱责你们把窃去的钱还给他，否则他的拳头就要不客气了。

“你——戴蒙惊恐得失去了主意，跳过去就扼住了他的咽喉不放，也许你并没有要把他扼死的意思，然而事实上是被你扼死了，你们三个人于是不知不觉地在这具尸体的前面发抖。

“你们便把那尸体轻声地搬到楼下，把所窃去了的钱，也放进那衣箱中，使得不会有人想到，这是由于偷窃，就更不会想到这是你们干的了，于是把那口衣箱丢到河里去了。

“海妮同时也隐藏起来了，她是躲在荷兰的什么地方，使别人以为这是出于私奔。

“你！戴蒙太太，站在窗口望着，看见你的丈夫回来了，就到楼下去开门。”

证据：戴蒙夫妇宣说没有看见过海妮，却说她已把她所有的东西都带走了。其中有一件冬季外套，还有几双鞋子。他们又说，她所私用的仅有一只小手提箱，他们公用的大衣箱却在上一天就整理好了，不但已锁上，而且还用绳子捆住了。

换句话说，她要从那大衣箱里把她的东西取出来，就非惊醒她的姨父和姨母不可。

他们所以否认有这样的事情，因为有一个理由让他们装作不知道她的出走。

假定：谋杀犯是决不能单独行事的——因为在他回来的时候，不能没有一个人从里面为他开门，戴蒙夫妇的窗子是正对着巴黎广场。

戴蒙既然能在他的肩膀上扛得起两个女人，扛一只尸箱当然是完全能胜任的事。

艾伯的钱，在被谋杀之前已经失窃，这从四散在箱子里的钞票就可证明的，这些是在谋杀案发生以后，才被放进去的，以分散关于偷窃的注意，戴蒙夫妇又是习惯于常常偷一些小东西的。

戴蒙夫妇所以在他们收到薪水的第二天，就只剩下了75个法郎，是因为他们已把他们的钱给了海妮作旅费用了。

在那簿子上所记录的最后一项是：

戴蒙装作精神失常，显得很像有这种病症，因此免去了被判处死罪。

周迈　译

博兰小姐的日记

杰克·哈雷尔

8月23日的晚上，那天恰巧是星期六，弗吉尼亚的弗莱斯城里，显得很正常，街上没有停留的汽车，也没有三三两两驻足的路人在谈天，电杆木上的电灯也照常在那里发光。

大地上一切都呈露着扰杂和热闹，杂货店的店员正在忙碌地招顾着周末的顾客。糖果店、糕饼铺子、冒烟的酒菜馆，以及那些冷饮店门上都发出了灿烂的灯光，那些灯光连成了一块块平面，照耀在门口和街上。

这里有一家电影院，门口篷帐下的人行道上，也射出了夺目的光彩，大门口不断的人流，在那里沸腾似地波动着。

时间是晚上8点50分，那家戏院里的银幕上正放映着一部大片。

戏院里突然发出两声尖锐的火药爆炸声响，但戏场外面的工作人员对这些既不注意，又不惊恐，因为他们已听惯了银幕上的枪声。

他们也并没有注意到有个男人，推开了一扇安全出口的门向外溜走，这男人的黑影渐渐地消失在戏院外的黑暗中。

“火啊！火啊！”接着便有一阵可怕的叫喊声，从银幕的旁边发出来。于是一群人蜂拥地聚集到门口去。

“火啊！”这声音愈来愈响了。留在门外好奇的戏院工作人员，也拥进了里面，戏院顿时起了一阵骚动。

戏院的负责人立即奔到狭窄的休息室，打了一个电话给温格特探长，温格特探长正在家里，因此马上就赶到出事地点。不久助理员泰克伯也到达了这里。

“这儿并没有火，也没有什么危险。”戏院的经理很快地解释道，“只是一个女人被枪击毙了。她现在还在里面，跟她一起来的还有一个男人……”

温格特立即对他的助手说：“泰克伯，你快去打电话请史密斯警长来，同时你还得在此地检查一下，看凶手还留在此地没有，因为凶手常常会暂时混在出事地点以‘欣赏’自己的杰作。”

温格特在一间休息室里的长椅上，看到有一个美丽的女人，她的背部披着棕色的头发，身上穿着一件洁净的白色外衣，外衣里面是一件很漂亮的条子绸衫，外衣的左胸处，沾着一大堆血迹。

他按了按她的脉搏，知道这个女人的生命已经陷于险境。等到验尸的医生赶到，仔细地检验以后，断定她的呼吸已停止了。

“博兰小姐，”温格特喃喃地沉着脸，“是个好孩子，我知道她是跟她的妹妹和祖父母一起住在托浦山的。她是一个人到此地来的吗？”

戏院的经理面对着自己的写字间指手画脚地说：“她是跟一个年轻的男人一起来的，他现在还坐在里面，我想，你可以去跟他谈谈。”

那个男人说明了自己的身份：他今年19岁，名叫马歇尔，现在正在求学，他认识博兰还是几个月的事情，他难得和她一起到外边来。

马歇尔告诉他，说今晚7点钟到博兰家里跟她一起乘了汽车到电影院来，他们已经在戏院里等了一个小时。半个小时之前，博兰很惊恐地看见一个男人，鬼鬼祟祟地在戏场内的通道里踱来踱去。

“她紧紧地握住了我的手臂，”马歇尔继续报告发生的经过，“凑近了我的耳朵说：‘那个男人——他在盯着我看。’”

“她提起他的姓名没有？”温格特问。

“没有，那个男人向前面走了几步，然后又退了回来，一看见我们注意了他，他就溜到最后的一张空座位去，同时他同博兰咕噜着——当时我没听出他到底在说些什么。那时，我知道是凶多吉少，因此想走到他身边去问个究竟，谁料他却挺起了身子，向后退了几步，接连地放了两枪。”

马歇尔说这话时，伸出了右手的手腕——那个手腕已受伤了。“这样我哪里肯罢休，马上跟在他的背后。不料他重又放了一发子弹，我还没有走上通道，他已逃之夭夭了。于是，就有几个人大声地叫着：‘火啊！’一分钟之后，整个戏院陷于极度的混乱状态中。我抱住了博兰，只见她已奄奄一息，想大声地叫醒她，但已无济于事了。”

他肯定地说没有认清那个凶手。他又对温格特说博兰三四天以前神经很不正常，虽然他再三地盘问她，但她总是不肯把实情告诉他。

“她大概是在害怕某一个人，”马歇尔的报告已将完了，“今晚我们坐了我的汽车到戏院来，路上她老是东张西望，像是怕有人跟在我们背后。”

泰克伯和警长史密斯就查问戏院内的观众，同时还留意有什么嫌疑犯。

但这些观众都是本地人，而且侦探们都认识。史密斯将他们一一询问以后，立即又将他们释放了，因为在他们中间没有一个人有暗杀可爱的博兰小姐的嫌疑，也没有一个人能供给一些含有犯罪嫌疑的报告。不过有两三个人说，他们曾目击一个男人在戏院里徘徊，然而当时也未加注意，他们只以为他是一个很平常的、在找适当座位的观众。

这就使人大惑不解了：为什么那个凶手要走进戏院里杀人？为什么他能不被人家看到真面目而潜逃？

侦探们放过了最后一个观众以后，就开始侦查戏院内部。这时，他们发现了一个凶手的出入口。

他们看见靠近银幕的一扇只能向外开启的安全通道的门半开着，离开门槛二尺远的地方，有一根很长的一端卷成钩子的电线，它从安全通道的门上的一个小孔穿过，钩住了门锁。

那两发枪弹射得很准，它们都打中了死者的身体。当尸体弄到本地的验尸所去检验时，验尸官发觉有一颗枪弹留在死者的体内。此后温格特探长在死者的座位后面，找到了另外一颗，虽然那颗枪弹已经爆发过了，但仍旧可以看出它是从点三三口径“开立盘”（Caliber）的枪械中发出来的。

温格特探长发现了那个电线以后，便猜测到凶手所以要从靠近银幕旁边的那扇安全门里进去，完全是为了避躲别人留意。温格特探长根据案情的发展，又断定凶手是从原路逃出去的。因此温格特、泰克伯以及戏院的经理再拿起电筒，沿着戏院内的通道，很仔细地去察看有没有凶手的脚印或其他线索。

温格特探长握住了那根电线。“或许这就是一个很有力的线索！”他说。

在戏院里闲看的小孩子们都在留意侦探们的工作。有一个小朋友好奇地对温格特探长说：“探长，你真的能根据这根电线去破案吗？”

“是的，孩子，我相信一定可以的。”

“我可以告诉你一些更好的消息呐！”说这话的孩子声音有些颤抖，“那根电线是我跟我的朋友彭纳……我们用来混进戏院里看戏的。”

温格特探长很严肃地问戏院里的经理：“以前你们有没有过这种情况？”

“他的话大概是不错的。”

于是温格特探长就把这两个孩子叫到身边，问他们看见过什么事情。他们说当那个男人走进那条通道时，他们还以为他是来拘捕他们来看白戏的，于是他们就溜到门外，不久他们就听见了两发枪声。

“正当这事发生以后，”那个叫彭纳的孩子说，“就有一辆汽车从街上驶到小巷那里，汽车里面还有两个男子。”

“小朋友，你知道那辆汽车是属于哪一类的？”

“是一辆焦茶色的簇新的‘却凡’轿车。但我没有注意它的车牌号码。那个凶手就乘了这辆汽车飞也似地卷起了许多灰尘逃走了。”

“那么，你知道这究竟是谁的汽车呢？”温格特继续问他。

“这个……”看样子这孩子还不能肯定，“看上去是凡勒备用的新汽车。我们——我并没有说谎，我们是来看白戏的，探长！”他对戏院的经理看了一下。“我们明天就要来付清影票钱的。我的父亲明天一定会给我钱的。”

戏院的经理忍不住笑了：“假如你能帮助我们捉到这个凶手，我将送你一张免费看一年的观影券。”

温格特并不指望这年轻的彭纳的报告会有助于破案，尤其他说那辆汽车是属于凡勒的，他更有些不能相信。他知道凡勒是本地有地位的商人，他决不会加入这件暗杀案的。

商议的结果是，温格特和史密斯警长都以为这件暗杀案最可能的动机是出于嫉妒。

“我要和泰克伯一同到她的家里去调查一下，”温格特探长对史密斯说，“你呢？我以为还是马上去看看凡勒，如果那个孩子看见的汽车确实是他的，那么他一定见过在逃的凶手。”

悲惨的消息比温格特和泰克伯先到了博兰的家里。暗杀案发生时，博兰的妹妹——露易丝也在戏院里，她听说了死者就是她的姐姐时，便很惊慌地赶到家里。

“我是坐在靠通道右边后面的座位的，”她说，“我看见一个人停留在我姐姐和马歇尔的座位那里前后来回了两次，像是在寻找什么东西似的。”她继续说，“有一次，他曾走近我的身边，我还以为他要跟我姐姐说些什么话，不料他又走开了。”

露易丝并没有留意这个男人，她跟她的年老的祖父母也不知道博兰最近为什么有些精神失常。马歇尔也觉察到这些。

那么，博兰是不是有许多男朋友？马歇尔当然是名正言顺的一个，而且博兰家里的人跟他都很好。

此外有一个叫诺尔斯，不过他难得和她见面。还有一个叫许克斯——他是一个大学生，也是难得到她家里来的。

虽然露易丝也不明白她姐姐究竟为什么会精神失常，但有一件事，她记得很清楚。

“她曾拿了一只衣箱，”她说，“看上去她是想远走高飞的。”

温格特探长就和泰克伯检查这个女孩的行李，他们很高兴在几套外衣的中间，找到一本黑色簿面的小册子，册子面上印着“日记簿”等金字。

博兰是在1941年8月23日晚上被杀的，日记簿上最后一篇日记是8月21日——那天是星期四。温格特探长很诚挚地念着上面所写的字句：

这一次他又跟在我的身后来了，今晚我在一家杂货店里碰见了他，他要我约定一个日子出去，我回答他说这几天没有空。这天我是和马歇尔一块出去的，因此，他就气得发狂，临走的时候，他叫我小心一点儿。

这可把我急死了，我不敢去告诉任何一个人，即使是露易丝，我的祖母，我的祖父。不过，我应当去告诉我的姑母。

因此温格特探长和他的助手确信这件案子的关系是在博兰的日记簿里，凶手一定是为了妒忌博兰和马歇尔的感情而干出这种事情来的，好在凶手是在星期四晚上在杂货店里遇见博兰的，那么一定会有人目击当时的情形的。

第二天，史密斯警长找到了凡勒，凡勒告诉他说，那个小孩看见他的“却凡”轿车在暗杀案发生之后一两分钟，从戏院旁边的小巷开过，觉得非常诧异。

他又说暗杀案发生那天，他曾和考克斯驾驶那辆汽车出去，半路上考克斯还要他将汽车停在那家戏院附近的街道上，原因是为了他要到一家药店去买一些头痛药粉。

“不久，他就来了，”他说，“正在这时候，戏院里跑出了一大群人，我以为这大概是散场的也就没有疑心，所以调转了车头，开过那个小巷。”

他说今天早晨他才知道当时发生了一件暗杀案，他又疑惑考克斯是否也知道他侄女儿被杀。

温格特探长又想起了博兰的最后一篇日记。他想若是那个女孩怕去告诉她的亲戚，说有人要和她为难，那么她一定会到她的姑父家去暂时躲避一下的。

于是他们立即赶到考克斯家里。考克斯并不在家。他的妻子说他在回格兰克斯矿山工作的前夜，就离开家里了。格兰克斯是临近卡洛尔州的一个小城。

“他回来的时候是10点30分，”她说，“到家以后没多久又走开了。”

据他妻子表示，这种情形是很平常的。她也不知道博兰因为有人追求而遇到许多麻烦。

温格特又通知卡洛尔州警察局，请他们寻找考克斯，找到了以后，叫他赶快回弗莱斯来。

同时，温格特探长，泰克伯探员和史密斯警长又会同出发，去侦查那两个少年。

调查的结果是这样的：

博兰在戏院里被人暗杀的那晚，许克斯是在学校里参加一个聚餐会，那学校距本城有一百里远。

诺尔斯稍有可疑：他年龄较博兰大一些，是一个矿工，一有空闲，就喜欢坐在酒馆里喝酒，而且性情又很暴躁，人家都叫他“冒失鬼”。

还有，星期六那天他并没有到矿山去工作，而且他还打了一个电话给主管人说，他要痛痛快快地在弗莱斯那里玩上一天。

他曾遇到博兰吗？他曾看见博兰吗？温格特探长为了要找到这两个问题的答案，所以又回到博兰的家里。博兰家里的人都说，星期六那天并没有什么人来看她。不过露易丝却想起，那天早晨她姐姐曾接到一个电话，当她挂上电话听筒的时候，看上去心神很不安宁。

星期一，他们又去找诺尔斯。诺尔斯正在一家酒馆里，当侦探们说他有杀人的嫌疑时，他就一口否认，他说从星期六晚上8点半钟开始，一直到星期日早晨。是在一个朋友家里和六个朋友玩扑克，并没到电影院去看过戏。

“不错，以前我曾约过博兰外出，”那个大汉说，“但她的意志却很坚定，她是个纯洁的好女孩，我约了她两次，结果都被她很坚决地拒绝了。以后，我曾听见考克斯说过要跟她做对。我不见博兰已有三个月了。”

“那么在星期四晚上你在城里吗？”温格特探长问。

“到过一会儿。”他回答说，“为什么你要这样问我呢？”

“你没有在一家杂货店遇到博兰吗？”

“我早就对你说过我已三个月没有跟她见面了。”诺尔斯有些耐不住了。

“诺尔斯，我现在想请你在这里稍留一会儿，”温格特探长打定了主意，“我们还要将你的口供对质一下，然后了结这件案子。”

诺尔斯耸了耸肩膀，离开了那张长凳，跟着侦探们一起走进汽车里去。

两个小时以后，温格特探长预备释放诺尔斯，因为质对的结果，知道星期六晚上8点55分时，他的确是在离戏院很远的一个朋友家里玩扑克。

验尸所的工作也宣告完成了，据那边的报告说，博兰的致命伤是由于一颗枪弹穿进心脏。验尸官同时还拑出了一颗点三八口径“开立勃”的枪弹。温格特随即将它保存起来，以便日后核对。

诺尔斯总算幸运地宣告无罪。

这样便苦了温格特探长。但温格特探长并不因此灰心，过后他决心要将博兰的日记重读一下，他知道要解决这离奇的杀人案，它实在是一个最有用的线索。

“糟糕，”他焦躁地拍拍书桌上的日记簿说，“我们虽然可以从这里获悉博兰的为人，但是我们不能知道谋杀她的凶手的姓名，这不可不说是件棘手的事……”

史密斯警长拿起了这本小册子，翻到了最后一篇日记，谨慎地看了几遍，顿时也蹙起眉头。

“我们或许可以根据这本册子去解决这件疑难的案子。”最后，他低声地说，“不过这本小册子里有一个使我大惑不解的地方：博兰虽然在日记上说明她怕任何人跟她惹是生非，给她许多麻烦，直到上星期四前，她还没有在任何人面前提起过自己的心事。不过，她的姑父——考克斯在三个月前如诺尔斯说起过，他要去找他的侄女算账，但不知他为了什么缘故？难道她已经将自己的心事告诉了他吗？”

“你是不是说，”温格特问，“或许是考克斯自己嫉妒这个女孩？如果你的猜度是正确的话，那么日记上所说她应当去告诉她的姑母——考克斯的妻子，就大可研究一下了。”

“我想，我们还是去找一找考克斯。”史密斯话刚说完，随即打了个电话到格兰克斯的警察局去。

格兰克斯警察局的报告说，考克斯并不在那里。

于是，他们赶到了考克斯家里。

他的妻子这样告诉他们：“星期六晚上他离开家里时，态度很不正常，看上去像是在发狂，当时我也没有问他为了什么。”她继续说，“当晚10点钟他突然又回来了，逗留了半个小时，又走开了。”

侦探们问过了许多话以后，她又说星期六那天，她丈夫的自备手枪并没有留在家里，大概是离家的时候带走的，不过她并不知道那手枪的口径是多少。

于是，温格特又打了一个电话给凡勒，叫他到史密斯警长的办事处来。

“现在你可以告诉我们，”温格特探长对他说，“上星期六晚上你将汽车停留在药店附近等候考克斯时，他究竟做过什么事情？”

“当时我只见他走进那家药店去买头痛药。”凡勒这样回答。

“他并不是去买药的，”温格特探长直接地反驳他，“我们知道他确曾穿过街道而到戏院里去的。你说是不是？凡勒，你应该老实地将这事的经过告诉我们，若是有半句谎话，那你也免不了有共谋的罪名。”

凡勒的脸色顿时变得苍白起来，但他仍旧摇了摇头：“考克斯走出我的汽车以后，我的确不知道他去做什么事情，我想，他一定是到药店去的。他出去以后大概有五分钟的时间，在这五分钟里他要走进戏院暗杀博兰小姐恐怕来不及，当然也说不定，不过，他为什么要开枪打这个可怜的女孩子，我却不得而知了。”

“那是因为那个女孩拒绝了他的爱慕的缘故，”温格特告诉他，“他老是盯住她，使她感到非常烦恼。按理说，她可以到警察局去，或是到我那里来，我们自然也会替她设法解决这件事情，甚至设法保护她，但她更不愿使家里的人都知道这件事，为了要免去她姑父给她麻烦，因此她就决定要离开家庭。凡勒，那么你知道考克斯到什么地方去了呢？”

凡勒告诉温格特探长说，考克斯在他家附近下车的。

温格特探长问过了这些话以后，一面将凡勒释放，一面很迅速地吩咐弗吉尼亚公路巡查队，以及北卡罗来纳附近各个警局，要他们赶快帮助缉拿逃犯考克斯。

捉拿考克斯的消息传遍了整个弗莱斯城，当地的居民对博兰的姑父这样疯癫地对待博兰，大为不满。

不久，就有一个住在城外名叫芬克的农夫报告温格特探长说：“上星期六晚上考克斯曾到他家里去借过一些钱。他说他立刻就要出门去，别人到此地来找他的时候，就说他不曾来过。直到我听见你们要逮捕他以后，我才知道他已闯了大祸。”

那家杂货店的主人也来报告一些当时的见闻，他说博兰还没有被杀的上星期四晚上，考克斯曾和博兰一起来过，他们两个在他店里谈了很久，我虽没有听清楚他们在说什么，但是看样子，两人争论得很厉害。

这件事和博兰日记上所记的符合了。

此外还有一个证据说考克斯在几个月之前曾警告过另外一个男子，叫他少与博兰接近。但马歇尔的报告是他并没有直接见过博兰的姑父。

9月1日那天，亚特兰大那边带来了一个消息说有一个流氓在北佐治亚看见过考克斯，因此第二天警察局就将那个流氓逮捕。那个流氓在温格特探长面前说：“我在杰斐逊碰到他的，他当时告诉我说他在弗吉尼亚枪杀了一个人。”

于是，温格特探长就集中了全力到杰斐逊去搜捕。杰斐逊是艾希县附近的一个小城，离弗吉尼亚也不远。

四天以后，一个农妇打电话到艾希县，说有一个形迹可疑的陌生人躲避在她家的谷仓里。

温格特探长和史密斯警长接到了这个消息，立即带了三个助手从杰斐逊赶到那个农妇家里。

他们全副武装包围了那个谷仓。“小心些，”温格特探长叮嘱他的同伴，“考克斯身上也有一支手枪，说不定他在心慌意乱的时候，还要击毙一个人而逃走呢！”

温格特探长推开了那个谷仓的门，在一片漆黑中，看见一个影子在柱子后面潜伏着，他就屈了一膝，提起了连发手枪。“考克斯，你出来吧！”他厉声地说，“现在即使你生了翅膀，也不能再脱身了。我们外面有许许多多人在等着你呢！”

“探长，我一定会很安静地出来的。”

“好吧，那么你首先得把武器缴出，”温格特探长命令他，“然后举起双手走出来。”

这时，只见一支连发手枪从地板上丢出来。考克斯也从匿藏的地方钻了出来，他的身上十分肮脏，头发乱蓬蓬地披在头上。他爽快地说：“我已经知道你们的来意，我预备跟你们一块儿去。”

回到弗莱斯，他这样招供：“我爱博兰已到了极点，虽然她是我妻子的侄女，但我仍想跟她结婚。我几次要约她外出，然而都被她拒绝了。以后我看见她同别的男孩在一起，我就气得发狂，我恨她。那天我走下了凡勒的汽车后，凡勒还以为我是到药店去买头痛药的。”他继续说：“我却穿过了街路，走进了那家戏院。当时也没有一个人看见我进去，到了里面我就四处寻找博兰的座位。后来，看见她同马歇尔坐在一起，我心里难受极了，因此，我就杀死了她。”

金发　译

狠心妇

维切思·罗伊

用猎人的口吻说来，项珞玲是一度从狩猎犬口中逃脱的一只狐狸。无论探员们怎么机警和警务组织怎样缜密，都不能证实她的谋杀亲夫案。

她的案件中，有一项不平凡的特征，便是她像英国的一个侯爵夫人一样，是使用火器杀人的极少数的女凶手之一。

再者，她像个男性暴徒一样会调度被害者，使他死在她希望让警员去发现的地方。

博森·谢弗是巴根城一个木材商人的儿子。他14岁时，母亲去世。父亲虽然发了一笔小财，但全家生活极为俭约。博森曾经上寄宿学校去念书，成绩极为恶劣。

母亲去世后的一年，他的父亲突然变更生平的习惯，在泰晤士河的列奇门买了一所大房子，带有三亩大小的花园，以河为界。这是一所与他们的需要不相称的家。他们雇用的仆人：一个上了年纪的衣衫不整的女人，跟着他们从巴根城搬过去。父亲不预备再叫博森读书。以后的四年中，他就在花园中虚度光阴，仅与上后门来送信的少年称兄道弟。

18岁时，他的父亲死了。父亲留给他的财产，估值达八万镑，但并未用任何信托性质的方式来保管。此外，父亲又草率指定一个监护人，他把博森交给那个年老的懒女人管教，似乎很满意。

21岁时，博森自行管理家中产业。其实他只是每次上律师兼监护人那里要钱，而那个人不再加以责难地照数付给而已。

博森并未像一般人预料中的“将整个市镇闹翻”，他也许根本没有这种能耐，仅有一个12岁孩子的嗜好和心境。他只是过着不规则的生活。

他在上年纪的懒女人管教之下，已成为十足的酒鬼，觉得饥饿时，他才想到吃东西，他在疲倦时才睡觉，绝少为了要睡觉而先上床的。他在餐室的一个抽屉内胡乱放了许多镑，需用钱时，便上那里去找出来。如果钱没有了，他就吩咐女仆替他打扮整齐，再上他的律师那里，支用更多的钱款。

白天或晚上的任何时刻，一个个不速之客，会上宽大的餐室去看他。室中依旧堆着跟房子一起购下的笨重的家具。城市里游手好闲的少年，约有十余人，成群地追随他。在桃木制的长桌上，会留下一大堆肮脏与破碎的盆子。壁炉架上，碗橱内和椅子上，放了数不清的杯子，地板上还有无数的空酒瓶。

某一日，来了一个不速之客——一个女人。时间约在下午3点钟，她是一家保险公司的业务员，她已经听到他的大名，上门专访，目的是希望他订立一张保单。

这位女客的年纪是35岁，面貌在中等以上，她那张铁板的脸，使她的淡褐色的大眼珠缓和了不少，她甚至可以列入美女的行列，不过仔细再向她看时，你会见到她的左眼眼白中，生满有色的斑点。

她站在高大的法兰西式长窗内，略感惶惑，而无知的少年们，却在纵声大笑。但是她惶惑的时间并不长久，她几乎在一刹那间，已经看清全盘事实，接着便抓住她的机会，下了铁样的决心。

铁的决心收效极大，她在六星期内，已和博森·谢弗结婚。

她一开始觉得无须向博森隐瞒，便老老实实地告诉他，她的名字是项珞玲，她是一个孀妇，在美国住过数年。

博森也没有欺骗她，他将他自己和他的财产，就他所知道的——其实所知的并不多，从实说出来。当然关于他自己的事，无足轻重。至于那笔财产，项珞玲似乎不做打算，并不关切。她只检视一下遗嘱，证实他的继承遗产所为属实，此外，她不再进行其他探查了。

她一直到结婚以后的一天，才去看他的律师。于是她发觉八万镑的财产，经过一种她不甚了解的变化，已经递减为七千镑。他们从中得到的收益，约与她做保险业务员的进款相仿。

她顿时请求她的上司，即保险公司经理，推荐一个她能够信任的律师，调查她丈夫产业的处理。查询结果报告称，一切并无隐瞒造假。两家公司已经破产，两三家的股票已经不值分文——如此，如此。总之，毫无希望。

她在这时候，暂不考虑以后的发展，正如一个勇敢的妇人，将一件难事倾全力将它做好。她将上年纪的懒女人解雇，自己操劳家事，使她的丈夫和她的屋子楚楚可观。

屋内经过若干小改革，大厅中安置了一架电话，且在最好的卧室内置有分机。

在上年纪的懒女人管教下，博森的健康极为不良。珞玲带他上哈莱格街去检查体格，在后来的三个月中，让他锻炼强壮。

她叫他从事划船运动，又监督他经常练习，她鼓励他参加其他有男人气概的运动。她替他买了一支短枪和子弹，督促他上花园中去演习，同时还买了一把打靶子的手枪。但是博森对这些事，兴致并不浓厚。

到了第三个月的月末，她觉得重新考虑他们经济状况的时间到了。

首先，她已经接管开支——不言而喻，这是出于他的请求。不错，支票由他签字，但是她持有支票簿。

据说，出于他的希望，他们彼此订立遗嘱，互以对方为遗产继承人。无论如何，他还有一笔剩余的财产（现在仅剩六千余镑）和归他自由处理的房屋。至于珞玲名下的产业，遗嘱上仅含糊地称为“有一些产业”。

为巩固经济状况谨慎起见，下一步她替他保了一万五千镑的寿险。这件事并未遭遇困难，在他的妻子照料之下，他变得很结实，身体极好，很轻易地列为第一等的保户。

珞玲似乎有一种保险的热忱。她将屋内的每一件东西都去保险，尤其是一套小型肖像，是跟家具一起购买的。发现两家著名保险公司的信札，每一家均称肖像绝无艺术上的价值。最后她在一家小公司内保了四百镑的火险与盗窃险。

在这里，一定得承认珞玲并非理财的天才，在三百镑的收入中，她单在保险费一项上，就花去二百二十五镑。

对于她们简短的婚后生活，很难有任何清晰的记载——一个35岁的女人和一个21岁的少年，除掉一个打杂的仆人偶尔涉足外，孤零零的只有他们两人住在这所空旷的房屋内。

以后的四个月中，只发生了一件意外的事，那就是博森患了轻性的肺炎，由珞玲看护。医生并不申述理由，突然拒绝续诊，并称除非将病人立即送往医院，不然也许会闹出什么乱子来!

我们并不知道医生察觉了什么，但我们能够从他不愿诊病这件事实推想，就可以知道他疑心她在使他的疾病恶化。

住了两个星期的医院，博森又回到家中，过了一星期左右，重又获得正常的健康。接着珞玲对他说，他们穷得厉害，他们甚至不再有钱雇用打杂的仆人。

博森并不在意，直到他觉察他要做家庭杂务时，才恍然醒悟，珞玲专司烹饪，其他的每一件事都由博森处理。他发现珞玲极为古怪，她要将全屋子打扫得不染纤尘。

六星期中，博森忍受一种实际与奴役无异的生活。他愚昧的心灵，并未想到他的辛劳工作是任何打杂仆人都难以独立担任的。他正到了不能忍耐的时刻，珞玲提出她的建议。

“博森，这些小画幅，有四百镑的保险费。假如盗贼把它们偷去，我们便可得到四百镑，这样一来，我们能够雇一个仆人，你无须再干任何家庭杂务了。”

“我希望有一个盗贼会把它们偷去。”

“我懂得你的意思——让我们谎报这里已经被窃。我们能够自己悄悄窃去——将东西丢在河内——同时得到这笔赔款。”

“哦，珞玲，这是一个好主意。今天晚上天一黑，我们就干吧。”

“不要在今天晚上。这件事一定得极仔细地去做，假如你要我帮助，你一定得答应我，必须处处听我吩咐。”

在拣定的那一天晚上，珞玲穿了博森的一双长靴，在列奇门桥的停船处，偷了一只小船，一直划到靠近屋子为止，将船缚好。

博森躲在河边等候她，他将一袋东西交给她，内中放着小型画幅和不少其他的物品，是从餐室中小铁箱内“偷出来的”。

她将这袋东西放在船内，他回进屋子从餐窗中跨进去，在博森的简单的头脑看来，在他返回家时，袋子早已沉到河底——因为他认为这是原定计划中的一部分。

事实上，这袋东西，由珞玲携至草地的中央，留在那里。以便在次日早晨显示盗贼匆促逃走而遗下的赃物。你能知道珞玲吃尽一切苦头，她的希望决不在得到区区的四百镑的保险费。

她已经穿过博森的长靴，旨在留下男子尺寸的脚印，她回到丈夫那里时，将她的靴子脱去，接着从容不迫地将它们洗净擦亮。

随后，他们将铁箱的门打开，登楼脱去了衣服，睡在床上，他们一上床，珞玲拿起电话，向约有1.25公里远的列奇门警局打了一个紧急电话。

她叫喊道：“这可是警察局吗？哦，我想盗贼就在我们屋子的楼下！等一分钟！我的丈夫来和你们谈。”

博森照她已经叮嘱的，仔细地复述一遍，他说：“我的确听见有盗贼上门。我下楼去看一看。我有一把手枪，可以自卫，但是请你们立即就来，好吗？”

于是博森将他的睡衣（这是珞玲在他私人生活中安排的许多讲究的物品中的一种）穿好，取起打靶子的手枪，已经荷枪实弹。他装束完毕，便下楼而去。

珞玲吩咐道：“等我来指点你时，你才可以行动。”

他一离开屋子，她戴上一副手套，从床下拖出一只旧箱子。在她认识博森以前，这早已为她所有。她从箱中取出一把旧式的双管短枪——这里得注意的是，这并不是她替博森买的短枪，短枪好好地放在起居间碗橱的后面。

接着她匆匆下楼。

博森正在餐室中等候她，一手执了蜡烛，一手执了打靶子的手枪。

“开枪！”

博森照原定计划，用打靶子手枪，向靠近铁箱的墙壁发射——仿佛他瞄准一个窃贼，却没有打中。他一将子弹射出，珞玲便溜到他的前面，举起双管短枪，连发两响，将他打得脑浆直流。

接着她取出弹壳，将手枪丢在近铁箱的地板上，急匆匆地回入她的卧室。她把门锁好，取下钥匙，跟空弹壳，一起放在她睡衣的袋内。这是一枚成双的钥匙。另一枚事先已放在博森的睡衣袋中。

最后，她在装作逼真的歇斯底里状态下，又打电话给警局，报告她已经听见楼下开枪，只怕闹出最不幸的变故。她不能从卧室出去，因为她的丈夫为安全起见，已经将她锁在室中，警察发一下慈悲心，快速前来好吗?

这件假案子布置巧妙，确凿得找不到一丁点儿漏洞，警察到达后，他们从死者袋中取出钥匙将珞玲放了出来。那一晚，他们并不知道死者保有巨额寿险，是以他的妻子为受益人的。等到他们知道这一点时，我们知道珞玲已经设法将成双的钥匙和空弹壳毁灭。

假如警局主张她有罪的话，他们不得不打消这项见解，因为找不到对她不利的证据，珞玲已经安排一桩盗窃案，思考缜密的逐步“扮演”，因此在一切事物的迹象中，绝无可疑之处。

事实上，每找到一些新线索，终是帮着证明假盗窃案的。铁箱未用暴力打开，而是用钥匙旋开的。窃贼们怎样能取得一把钥匙呢？调查之后，发现约在三星期前，博森失去过一串钥匙。但是凡事谨慎的珞玲已经将钥匙遗失的事报告保险公司，经保险公司推测，在他们遗失期间，一个窃贼也许仿制了一把。

枪是最有价值的一件证据。你能查明枪，便就能找到凶手。粗略一看，似乎很容易探明短枪的来踪去迹。

这把枪约有三十年的历史。新的时候，极为昂贵，枪上镌有伦敦某著名制枪厂的名字和号码，再者，枪身上有一条深入的不规则的纹路，略似鹦鹉嘴的形状。此外，枪上板的一端，刻着P.O.两个起首字母。

制枪者能够说出该枪交给西乡某地主使用。侦探照这条线索查究，知道地主购买后不久，便交给他的狩猎场的看守人，后来听说，这枪由艾家宅一个周游各地的商人，卖给一个叫做乌德伦的农夫。他在一年以后，又售给原经手的商人。在同一天，给一个商人不认识的男人购去。这一次最后的交易，在二十年之前，此后，这把枪无从追究了。

这把枪是否由一个人藏了二十年，后来他变为窃贼呢？短枪并非普通窃贼所备的家伙。再者，犯命案的凶手知道枪的本身无从追究，但是害怕弹壳也许会泄密，因为他有冷静的头脑，将空弹壳带走——这是一桩理论上纠缠不清的小事，得不到什么结果。

侦缉机关尽了最大的力量，让各报刊登短枪的形状，但是没有效果。因此，经过一段时间后，将卷宗与短铳一起归入“疑案部”内。

珞玲取得寿险赔款，等到遗嘱由法庭鉴定后，她将列奇门的屋子售出。她使了一两项手段，在她的简单地从恋爱到结婚再到谋杀，多到手了二万镑左右。

她上甘兴顿的一家公寓式的旅馆中居住。闲来无事时，在城市内设了一间写字间，自营保险经纪，对这门职业她并不看得太认真。但是生意往来，使她和一个住在同一旅馆中的某富有的经纪人接触，他似乎对珞玲的美色有些不为所惑，因为他在旅馆中住了一年以后，人家仍旧不过称他们是朋友罢了。

最后，她是否使他就范结婚不得而知。他们一同上亚罗涧去的时候，仪式当然还没有举行。到达该处后，探员因为她在两年前所犯的谋杀亲夫案，将她逮捕。

凶手珞玲的心中，想不到在犯罪后的20个月，约翰·霍夫先生，一个美国公民，和英国朋友们一同住在康德区的七橡树，会干涉到一件盗窃案上去。

约翰·霍夫先生为了保全他的财产，赶过去和盗贼争夺，被击倒在地，因为受伤而不省人事。此事发生得很别致，因为他们先用短枪恐吓他，他反抗时，他们用枪机击了他一下，受伤颇重。但他的伤并非不治之症，调养了四个月，医生已允许他应苏格兰场之请，上伦敦去参观一番。同时叙述蒙难的情况，或可有助侦查的进行。

短枪是一件极不平凡的巧合。而这巧合在两年以内发生了两次。因此探长泰雷德提出一种合理的联系，立即认定击倒约翰·霍夫的贼，正是杀害博森·谢弗的盗贼。

约翰·霍夫先生向泰雷德诉说，盗贼是一群“光棍”。而对这一件事本身，并未提供什么有用的资料，事实上，他的报告一点也没有用处，只是泰雷德太重礼貌，没有直接对他说。约翰·霍夫也漫不经心地，以一个游客的身份观光苏格兰场，觉得十分有趣。他的眼睛看到一把短枪上，因为这把短枪在约翰·霍夫到达英国以前，已经在屋子内搁了两年，泰雷德觉得他对这把枪不会说出什么。

但是这次，泰雷德的猜想却错误了。简而言之，他在这里得到了一种偶然的不劳而获的成功。

“喂，警官，那很奇特。我想我以前见过那把枪的，枪身上有鹦鹉嘴似的痕迹，是我的朋友失手落地时，留下的痕迹。你在枪机的一端上看，你能找到P.O.两字的起首字母，假使这里的规则允许我的话，我要问问足下那把枪在这里是因为何种关系？”

“约翰·霍夫先生，你知道这把枪的主人吗？”

“当然！他是我的朋友——俄亥俄州密尔登市的向莱甫，项珞玲的前夫。他在英国游历时，从一家旧货店内购到的。这个可怜的人，把枪视同至宝一样。”

“你知道——？”

“警官，请原谅我，但是那是一件伤心的事，我的朋友用那把枪自杀。他在枪机上缚了绳，双管齐发。请注意，我并不是说他为了他的妻子而死的。她在英国出世。无论如何，她并不博人好感。她取得两万元的寿险赔款，搬走了。”

泰雷德追问道：“他的妻子可有任何嫌疑吗？”

“没有，那是自杀。他在自杀前，先将他的妻子锁在卧室内。她听到枪声，用床边的电话通知警察，警察从死者的袋中取出钥匙，把她从卧室中放出来。”

当然，接着的问句是：“约翰·霍夫先生，假如你现在看见这女人，你能够认清她吗？”

“我想来还能认识，但是那已经好多年了——啊，想起来了，她的特征是在左眼眼白中有一些有色的斑点。”

许靖孚　译

蓝雾夜总会移尸记

埃端克·哈奇

蓝雾夜总会的老板贝托潘达看起来真孩子气。但人们很喜欢他，所以他的夜总会里客常满。他虽已38岁了，但他那天真的笑脸时常会引起客人的欢欣，所以夜总会里的营业额便蒸蒸日上。

最近他花了一笔很大的钱，买进一架收银机器。它是最新型的发明，会记录收银的数目，同时会记录时间。因此它能把关于客人的一切动态的时间——要东西的时间、付账时间、进来的时间，甚至出去的时间都记录下来。他原是为了好奇而买它的，而且常在别人面前夸赞它。

他没有结婚，但身边有一个女人，叫潘琪·邓海，替他交际，伴他喝酒。总之，她是他的助手。他向她夸赞这架机器时总碰钉子。她老是埋怨他花了这样一笔钱，去买这种没意思的东西，骂他傻。

有一天晚上，潘琪·邓海忽然轻声地走到他身后，低声地说："你要是能够暂时离开一下你那宝贝的机器，我想叫你到那包厢里，去看一看一样东西。"

"那你为什么不自己去看呢？"

"我告诉你吧，那边有一个家伙像是烂醉了，但又好像是——死了。"

贝托听了一急。他想这夜总会里从来没有出过什么事。这蓝雾的好牌子就在这一点。他的夜总会里怎么可以让人死在里面呢?

潘琪又说道："这事真要命，那人简直像僵了一样，领班的已试着把他推动过，但一点反应也没有。"

贝托敛起了笑容，跟着潘琪一起去看。他们夜总会的后部有一个很特别的包厢，里面没有电灯，可是时常燃着蜡烛，情侣们常常喜欢到这里来。这晚，这一间可很静寂——只有两个角落的柗上有两对男女，还有一个单身男人就独自占一张桌子。

贝托一看，点点头道："这人坐着很像约翰斯顿·威廉那家伙。"

约翰斯顿·威廉是他店里的老主顾，而且也是他的老友。他每到这里来喝了些酒，便神志恍惚，语无伦次，失去了魂魄一样，简直不知他自己的脑袋在什么地方了。

潘琪说："有一点不一样的是，约翰斯顿·威廉是会呼吸的，而这人不会。"

贝托忽然叫道："嗨，这人是乔治酒吧里的侍者领班啊！"

他朝着那人走过去，他见过那乔治的侍者领班，这可真像极了。但他走到那人面前一看，叫道："这不是他，这是裘赛·波拉斯基。"

"这是裘赛·波拉斯基啊！"潘琪说，"这事情倒严重了！"

贝托知道裘赛·波拉斯基那家伙是个坏蛋，杀人的罪犯。他最近贩卖私酒，曾向贝托兜售过，但贝托没有和他交易。

潘琪急道："这种人死在我们这里，我们这蓝雾夜总会恐怕要被封门了。"

贝托一时不知所措，他说：

"现在呆看有什么用呢，快去叫我们的领班弗莱克来，希劳也叫来，快些！"

希劳是一向在蓝雾夜总会表演杂耍的。他在这里像丑角一样，很受一些客人们的欢迎。

贝托坐到裘赛·波拉斯基身旁去，假装着陪坐，避免客人的注意。他看见波拉斯基的眼睛闭着，一摸他的手，知道他的确已经死了。

很快，潘琪、弗莱克和希劳都来了。希劳是个幽默的家伙，他张着嘴，望了望死者，又把头扭回来，闭了一会儿眼睛，回头问道："这人在这里？"

"当然，这人还在这里。"贝托不解地说。

“我刚才想，假如我的头，向这边看看，又向那边看看，我的头这么地扭了一下，这死人已不见了，那么你觉得怎样？我们怎么不去试一下偷天换日的本领，把这家伙设法移走呢？这不是很好吗？”

贝托说：“无论如何，现在一定得把这人设法弄出去。”

希劳有主意了。他说：“我现在得到一个‘上帝的灵感’。街的那边不是有家乔治酒吧吗？它们老是在卖坏酒给人。我看这种事情只有在那里发生才合理，我们可以把这死人弄到它们那里去。”

贝托道：“这倒是一个办法，但怎样把这死人弄过去呢？”

希劳笑了一下说：“我先到乔治的酒吧去，我会设法先把他们的注意力分散，然后再行事。第一，我现在穿了这一套丑角的衣服，跑到那里去，就可以吸引他们大家的注意力。我再稍稍表演一下，他们便不会注意有人在把死人弄进去了。”

贝托和领班都点点头。希劳就上前坐到那死人身边，自己的身体靠着桌子，大声对那死人道：

“我不赞成，你决不能这样——你看见过有谁像你这样的吗？”他把拳头往桌子上重击了一下，“好，你假装闭着眼，不听我说话！你这东西，你不说话吗？”他又朝贝托大声地说：

“我看这东西喝得连路也不会走的了，你们设法把他搬出去。”

屋角里那两对男女开始在注意他们。

二十分钟后，贝托又站在那架收银机器旁，正在想这世界真好，他自己真伟大，客人这样多，那乔治的酒吧老是那么冷清清的，他有这样美丽的女人——潘琪·邓海，又有这样一架古怪的机器。

他正幻想着，潘琪又跑来了，向他说道：“现在这事可又重新严重起来了。”

她又领他到包厢里去，指着那烛光下面的一个人说：“你看！”

贝托看了一眼，有些不相信自己的眼睛，说：“咦！二十分钟之前，弗莱克已把那家伙送去了啊！”

潘琪接道：“唉！乔治又把他送回来给蓝雾夜总会了。我想你一定要赶快想办法才好。”

贝托听见了，并不思索，一手便把那死人抓住了拖出了夜总会。过了一会，他回来了，对潘说：

“我把那人丢在巷子里了。乔治那家伙一定会报告警局的。”

“那么警员们来调查，不是很讨厌吗？”

“比那死人在这里总好些。”

“嗨！我们不能在这里装扮一下吗？我们弄一个人在这里装死好了。我想那约翰斯顿·威廉倒是个好角色。”

他们在外面一间屋子里找到约翰斯顿·威廉了。贝托向潘琪道：“好家伙，他的样子比波拉斯基还有可怕——喝醉了就活像个神魂失守的死尸。”

“是啊，不利用他真有些可惜呢！”

一会儿来了两位便衣警探，他向领班弗莱克说，他们接到密报，这里有一个死人。弗莱克便领他到了约翰斯顿·威廉的桌边。那便衣侦探望了一望，他们自己也不禁噗地笑了出来，向侍者说：“有趣，有趣，原来就是这么一回事。”

原来约翰斯顿·威廉正伸直了一条腿，手臂僵握着酒杯，身子直挺，朝前呆瞪着。他这模样，难得见他的人一定以为他是个死尸。这两个便衣探员便笑着出去了。

贝托正在庆幸自己时，只见那大门口又站着一个穿着制服的警官和一个便衣警探。这次他们的脸上可没有笑容。

贝托上前问道：“你们是来找一个死尸的，是吗？”

那便衣警探摇摇头说：“不，不是的。”

“那么最好了。这里原没有死尸啊。”

“我们知道这里没有，但我们却在小巷里找着了。现在，我们只征求你的合作。我叫做柯西，警局里的侦探。”那穿便衣的对贝托说。

贝托有些发急，心里想，警探要是把他的客人都一个个地查问起来，那使他的营业不是大受打击吗？他对自己辩说道：“嗨！柯西，你想我这样的地位，这样的境况会干这种事吗？但我承认是我把那死人丢到小巷里去的。

你不想一想那死人不会在别的地方被杀后，才弄进这里来的吗？”

“我了解你的地位，但你有证人吗？”

贝托道：“当然！我的领班和希劳都可作证。”他去叫了那两人来。

但柯西摇摇头说：“他们说的故事与你所说的不会两样。我倒要问你，我来之前，这里有一个人在装死，这什么道理？”

潘琪说：“他并没有装啊！”

柯西跳了起来道：“天啊！那么你是说那也是个死人吗？”

“不，我只说他并没有装死，他生来就这副死模样的。你知道约翰斯顿·威廉这人吧！”

柯西说：“不，但我很要想见见他。”

贝托去叫那约翰斯顿·威廉过来。

约翰斯顿·威廉那副古怪的样子令人发噱。他的神志老是恍恍惚惚。他差不多一天到晚消磨在酒吧里的。他说话时老是语无伦次，但有一副学者的派头。

柯西见了他问道：“约翰斯顿·威廉，我现在要问你一个问题：你刚才为什么在那桌子上装死？”

约翰斯顿·威廉道：“这倒是个有趣的问题。我倒要问你，你自己没有装死，别人问你为什么要装死，你回答得出来吗？”

柯西说：“你是在那边装死的，我要知道你究竟为了什么？”

那专扮丑角的希劳又有主意了。他向柯西道：

“我又有一个‘上帝的灵感’。我想那死人也许在乔治的地方被人弄死后，再弄到这里来的。”

柯西静静地说道：“依据我所得的报告，这死人并不是从乔治酒吧扶出来，却是从外面扶到他那里呢。一个苦力看见的。”

希劳道：“哦，天啊！但是他是被人弄到这里后我们再弄他出去的啊！”

柯西摇摇头表示不信任。他又盯住了约翰斯顿·威廉道：

“我只要知道，你为什么要装死？”

希劳代为辩解道："你不能这样一味说他有意装死，你以为他的装死会把我们同波拉斯基的死连在一起的吗？我现在来给你看。"

他说着，便倒了一杯酒给约翰斯顿·威廉，让他坐了下来。只见约翰斯顿·威廉捧住酒杯在前，大口地喝了一下，便又僵坐在那里了。

"你看，柯西，他并不在装死啊！"希劳道，"他喝酒时就是这副死德性，现在你总可以知道我们和那死人无关的了。"

"柯西，你不会找别人问问吗？"贝托也补充道，"我告诉过你，我们看见波拉斯基时他已是死了。我想一定有人把他弄到这里来要我们代为受过。"

"你怎么知道他是被人弄死后，移到这里来的呢？"柯西问。

"因为我不允许有谋杀的事情在我这夜总会里发生，所以我知道。"贝托很肯定地答复。

"但是，我们查问那些客人时，"柯西继续说，"有两对男女说他们亲眼看见那人坐在一间——那个点蜡烛的包厢里。他们又看见他付过账后离开过，把一些找头放在台上，后来又看见他回来了。他们都愿意发誓说看见你们同那人相骂，那时正是凌晨1点10分。"

贝托呆着不动，但他的心里却很明了这一定是由于他那架古怪的收银机器，把时间注在账单上了。

过了好几天，警察当局仍然找不到什么线索。贝托却被拘禁了。

医官的报告说：裘赛·波拉斯基死的时间是在1点钟前，后脑勺被人击破了，凶器可能是一个酒瓶。但柯西疑惑，为什么贝托这些人要同死人相骂？贝托当然不肯说他是为了要把死人当做活人而避免别的人注意，因为假如他说了，警探一定要认为贝托一伙人中一定有人与这案有关系。现在却已知道裘赛·波拉斯基的脑骨是被人击碎，凶器可能是一个瓶子。

贝托·潘达在他的夜总会外望着里面生意兴隆的情形。"蓝雾"至少要比同一条街上别的酒吧生意好得多，报上记载着"蓝雾"夜总会里发现尸体的事，好像反使他的夜总会里生意更好些。但他总认为他的夜总会里发现尸体的事一定有人在暗算他，但他又不知道是谁。他走进店里去，他忽然觉得约翰斯顿·威廉并不在里面了。

他想这倒奇怪，约翰斯顿·威廉是不太缺席的，今天怎么不在？他问看门人有没有看见过约翰斯顿·威廉，那看门人道："他刚才出去了。我看见一辆汽车停在门口，一个人走到总会里，另一个人等在车里。那人走进夜总会里后，给约翰斯顿·威廉一张字条，约翰斯顿·威廉便跟着那人出去同坐一辆车子去了。"

那看门人又说："那乘车来的两个人样子很粗鲁，看上去好像是两个坏蛋，或许是强盗。"

贝托心中想：这事倒出乎意外的。他觉得这同约翰斯顿·威廉的日常行为大相径庭。这一定是什么人所设的计策。约翰斯顿·威廉一定知道一些与这件谋杀案有关的事情。

他正在着急时，只见约翰斯顿·威廉毫不在意地走进来了。贝托跳向前问道：

"你倒还活着回来了？你去什么地方了？"

"哦，我刚有过一次极有趣味的经验。我被绑去的啊！但我又回来了。"

"我不相信。"

贝托给了他一杯酒，只见约翰斯顿·威廉笑着说："唉！就是这么一回事。我们到了九十四街时，我想这已经够远了。那时正值红灯，车停着。我便对那个家伙说，你看，隔壁车中坐着的不是警探柯西吗？他朝那面看时，我便把他的头往窗外一推，自己便从另一门走下车来。"

贝托说："我看你能回来真可算是奇迹了。你知道他们为什么要绑你吗？"

"呀！我告诉你实话，我并没有问他们呀！"

"喂！听着。你一定知道一些关于这件谋杀的事，所以人家才绑你。"

约翰斯顿·威廉想了一会儿，眼睛朝前面瞪着。他在竭力思索，但终于想不起什么来。最后他又自言自语起来了。

"哈利·乔治，我记不起这人同什么东西有关系。这人一定同打架有关系的。但我记不起来了。”

那时，贝托只见柯西一脸正经地朝他走来，向他说道：

“我现在是来拘捕你的。罪名是谋杀裘赛·波拉斯基。”

“我没有做这种事，这真是笑话。我们看见波拉斯基时，他早已是死的了。你知道——他是别人弄进来的。”

“你不说他是死的，我不来拘捕你了。”柯西从袋中拿出一张“蓝雾”的账单来说，“你的收银记录器上记着波拉斯基叫酒时的时间是12点20分。你开账时是12点45分，而波拉斯基付账时是12点52分。见证人说你在1点10分还在同波拉斯基争论。你现在跟我来，免得我用手铐。”

贝托说：“倒霉的机器，非但没有用，而且还会说谎！”

柯西笑着说：“但它对于警局倒大有用处呢。”

他们走后不久，只见约翰斯顿·威廉穿了睡衣睡裤跑了进来。那时酒吧里只有潘琪·邓海，希劳和那个侍者领班弗莱克。约翰斯顿·威廉告诉他们说，他已记起哈利·乔治来了。他告诉他们一切他所记得起来的事。他说完后，他们四人便坐着，想怎样设法证明哈利·乔治有罪。

希劳又有主意了。如此如此地商量好了之后，他们便打电话给柯西，叫他到乔治酒吧里去。

乔治的酒吧一切都是模仿“蓝雾”夜总会，但里面就缺少一个像贝托这样的人物。所以生意总是怪清冷的。柯西到那边时，只见约翰斯顿·威廉同弗莱克在喝酒。那个丑陋的哈利·乔治正在招待他们。不一会儿，约翰斯顿·威廉站起来走向哈利·乔治，指着他说：

“我看见你同波拉斯基厮打的。我看见你同他扭住时，伸手握到一瓶酒把他脑袋击碎了。你是个谋杀犯，我看见的。”

柯西道：“天啊！这孩子发疯了吗？”

但正在那时，他看见哈利·乔治弯身握了一支手枪在手。同时弗莱克也正想拔枪，不过只听得砰的一响，哈利·乔治倒下了。原来柯西的枪弹正穿过哈利·乔治的心脏。

柯西向贝托道：“喂！关于这件谋杀案，还是你来告诉我吧。”

贝托道："唉！我一直在想袭赛·波拉斯基活着时的样子。他同乔治酒吧里的那个侍者领班真是长得一模一样。那天一定是那个侍者领班趁着外面人多的时机，穿了波拉斯基的衣服，到了我们那间点蜡烛的包厢里去。他叫了酒，又要了账单，最后便付了账。他把找头放在枱上，去了。那侍者领班再来时，已换上了自己的衣服，同时又扶了那已死的波拉斯基进来。死者就是这么的转移到我们的夜总会里来。"

柯西道："是的，我原是这样想。起先我一直弄不懂时间上的问题。这收银机器上所记的时间与医官的报告使我相信你看见波拉斯基时他已死去了。那些见证人说他们看见你同波拉斯基争吵，那一定是另外一个人。但波拉斯基究竟同你有什么关系啊？"

贝托道："我最后看见波拉斯基时，他正要我推销黑市酒。现在人人都知道哈利·乔治在干这黑市酒的勾当，而波拉斯基则是他的推销专员。不过，波拉斯基向我兜销的黑市酒并非乔治的货色，却是他自己的。"

柯西插口道："哦！原来波拉斯基拿了乔治的薪水，却做他自己的生意！"

贝托点头道："是啊！他同乔治争吵起来，以致动武。乔治便在他自己的店里把波拉斯基打死。约翰斯顿·威廉直到最近才想起他那天所看见的事来，他原是这件谋杀案的目击者，但他一向有些神志恍惚，也许这事给他的印象太深了，所以他一时竟记不起来。"

最后潘琪道："乔治一定是想嫁祸我们，亏得我们有了一架古怪的机器，倒免去我们不少的麻烦。"

贝托笑着道："呀！你再也不会埋怨我买这架机器了，是吗？"

凯蒂　译

大破“黑手套”

H.T.卡特

侦探伯拉德和赫斯顿在街头散步，伯拉德虽然年仅36，却已有子女九人。他突然在一家鞋店前站住了，向陈列在橱窗里的鞋子凝望着。

“你相信吗？我准能一猜就猜到你在转些什么念头，”已52岁的赫斯顿说，“你的那些孩子又要添新鞋子了，是不是？”

“又要添？”伯拉德笑着回答，“我好像觉得，他们是一直不停地要买新鞋子。”

老侦探点点头。“我知道——我只生两个孩子。你却有九个！有时候我真有些弄不明白，凭你所赚的这一点薪水，你怎么能应付过去的。”

“哦，情形也不至坏到如此地步，”伯拉德说，“我妻子和我在各方面都竭力节省。那些孩子实在太可爱了，我们觉得是值得为他们牺牲一些的。啊！赫斯顿，你看那里，那个家伙……”

在距离他们仅15尺远的地方，有一个样子怪异的男人，从一条小路中转了出来。他的帽子拉得那样低，好像生怕被别人见到的样子。

“嗯！真是，”赫斯顿低声地喃喃着说，“他的样子有些不对。预备起来，伯拉德。”

两个侦探都把衣服一拉，把他们的手枪拔出来。

可是那个行动诡秘的人手脚比他们更快。在他们还没有来得及让他们的手指扣动扳机的时候，那边已有子弹穿射了过来。

第一颗弹射中了赫斯顿，他应声跌倒在人行道上，血从他胸膛的创口处汩汩地流出。

“当心，伯拉德！”受了伤的侦探惊呼，还想要举起他的枪来放，“当心，伯拉德，当心……”

伯拉德正在扣动他枪上的扳机的时候，另一颗子弹已打中了他，使他的子弹向别处穿了出去。

那凶手立即逃进了小路的黑暗中去。

一个过路人，麦克马洪，跪倒在伯拉德的身边，想把他不停地出着血的伤口包扎住。

“不要管我，朋友，”伯拉德呻吟着说，“哪，把这个拿去。”他说着，把他的手枪递进了麦克马洪的手里。“去追那个坏蛋！”

麦克马洪立即冲过去追赶了，向黑暗的小路中的一个模糊的人影开着枪。可是凶手东躲西闪地，很快便在黑暗中逃得无影无踪了。

过了一会儿，在这芝加哥的城北，聚集了七辆巡逻的警务车。这天是9月里的一个星期日晚上，时间是11点25分。

赫斯顿是已经死了。伯拉德的生命也随时就会终结的。可是在送到医院里去以前，他一定要先向他们把凶手的样子说一说。

据他的描述，凶手是大约从30到35岁的年纪，体高5尺10寸，一脸龌龊相，所戴的一顶灰色毡帽也很污秽，而且破旧。

“他有一点特别引人注意的地方，”伯拉德继续说，“他左手上戴一只黑手套——照现在的天气，自然还不需要戴手套的，所以他戴手套，很可能是为遮掩一只有毛病的手，或者一只假手。他……”

血在从伯拉德的嘴里冲出来了，他便向后靠了下去。

“那只黑手套，”他挣扎着说，“要记得——那只黑手套……”

接着他就不省人事了。

伯拉德被送进了弗兰西斯医院，虽然还醒过来一些时间，但终于因为出血过多，已来不及救治，在慈祥地叮嘱了他妻子好好看待他们的九个孩子——最大的13岁，最小的还仅诞生7个月——以后，他即同这个人世永别了。

几个星期过去了——在这几个星期中，有好几个嫌疑犯被带了进来，被盘问过了。可是一个接连一个地，他们都想法证明了自己的无罪，到最后，警务当局只有承认，他们怕要无法破这桩来得突然的案件了。

年轻的侦探科主任斯马克，和他的助手朱里卡和艾瑞克，却不甘愿从此歇手，他们仔细研究枪击案的报告，把差不多已被忘却的抢劫案卷也拿来翻查。

“在那样热的一个晚上，凶手绝不是为了取暖起见才戴上手套的，”斯马克说，“然而六个月以来的抢劫案卷我们统统翻查过了，却没有一件案卷提到有一个戴手套的强盗。”

“他也许还是第一次实施抢劫。”管理案卷的职员这样说着。

“不会的，”斯马克决断回答，“一个初次抢劫的罪犯，枪决不会打得这样准确。”

“他可能是一个惯犯，”艾瑞克插入说，“可是被劫者是不大容易把强盗看得很清楚的，所以他们从没有注意到过那只手套，而那个强盗所以要戴一只手套，也许就为免得把他的指印留了下来。”

“这不能说没有道理，”斯马克说，“可是这个理由是很没有力量的——强盗们很少在他们干事以后，还不把他们的标记除去的。从各方面的情形看来，我认为他决不会是一个初犯的盗劫者。”

“可是在抢劫的案卷中却没有一件提到他的——要是有他的话，被劫者在这样的热天，是不大可能会不注意到那只手套的，”朱里卡指出，“或者，他在过去的抢劫中没有戴手套，也说不定。”

“现在我们就只有手套可作为我们的线索，”斯马克紧接着说，“让我们把注意点集中在它的上面，要是我们连这一点都丢弃的话，我们就什么都没有了。”他的面孔上显示出了一种忽有所得的面色：“哪，还有这样的可能——也许被这个戴手套的强盗抢劫过的失主们，从没有一个到这里来报告过的！”

正有一个便衣警务人员经过那里，听到了忍不住笑着说：“大概是因为失主们所有的钱都被抢劫光了，连要打电话到局里来的一个镍币都不再有了。”

斯马克并不理会他，只领了他的助手向停在警察局后面小路上的警务汽车走了去。

“我以前竟没有想到这一点，实在太说不过去了。”他叽咕着说，“近来我们时常听到人家窃窃私语，说在赌场怎样遭受到抢劫——被劫者所以不来正式报告，就因为他们自己也处在违法的情境中。

“邻近赫斯顿和伯拉德被枪打死的地方，是有过报告有一个赌场在那里的。就在那次枪杀以后，是有一队人扑到那里去过的，却已逃得一个人都不剩了。

“所以，依我的推断，凶手正在预备去抢劫那个赌场，却受到了注视，以致发生了那件事情。他在附近很可能还有同党，一听见枪声，也就都逃走了。

“他利用被劫的赌徒们不敢来报告这个弱点，就肆无忌惮地时常到各个赌场去抢劫了。所以，虽然他那一次受到干扰了，没有得手，他是不会就此不这样抢劫下去的。我们实在早该从那一个角度入手！”

于是，斯马克和他的两个助手便到各个公众场所去有偿寻找内线，不出一个星期，他们找到了46个之多，都是很可信的，他们一得到关于抢劫赌场的消息，就来报告斯马克，或者他的助手。

在这46个之间，有衣帽间的少女，酒吧间里的侍者，夜总会里的招待，出租汽车的司机，以及其他职业的人，只要能同爱跑跑赌场，以及其他地下组织的人接近的，什么行业的人都占一份。

这些人不是以前受到过斯马克和他的助手们的好处，就是希望以后受到他们一些好处的。这种情形一点都不稀奇，在繁盛都市的侦探看来，警方的线人正像他们的徽章和手枪一样重要。

其中的一个是老赌徒——他是一向以在他的血管中所流动的并不是血液，却是冰水出名的，可是终于也不免为碰到一个美丽的金发女人，跌了一个跟斗。

从此他就一直不得志，终于流落到做了一个赌场的收账员。于是，为了解除心中的苦闷，他染上了酒癖，时常喝得烂醉如泥。九个月以前，斯马克和他的助手们途经叫做“被忘却者之街”的麦迪逊街时，发现他卧倒在那边的人行道上。

他们不但没有把他抓进监狱里去，反而把他送进了一个医院，关照医生好好医治他。

从医院里出来后，他赌咒不再喝酒，回到了那小赌场去做他原来的职务。他是很愿意为斯马克和他的助手们做一些事情，以报答他们的好意的。

“我所要的，”斯马克告诉那个赌徒说，“就是你能引导我们把那个打死了我们两个同事的、戴黑手套的坏蛋捉到。我看他是参加了一个专劫掠赌场的团伙。你是知道开赌场的人的情形的——他们绝不会来报告警察局。”

“我要尽力为你们去打听，”那个赌场收账员许诺，“我想我迟早总能打听出来的。”

从各个警方的内线那里开始递进来了好些报告——对于这些必须加以仔细的分析。当然，其中的大半都是什么用处都没有的——可是并不统统这样。

这洗衣服的单据却是破获盗党的主要线索。

第一个来报告的是一个女侍。她说有一个赌场被劫，抢去了二千一百块钱。

“我并没有亲自看到那些强盗，”她述说，“我是背对着门，我服从他们的命令，一动都不敢动。可是随后我听到有几个人说起，强盗中间有一个人他的左手上戴一只黑手套。”

那赌场被劫后就关闭了，侦探们无法去追迹到那个赌场老板。

因为在他们问到那房屋管理人的时候，他表示惊异，反问：“怎么，你们是来探查赌场的？什么人在使你们当上？这屋子的租户在前天才搬出去，他们是正当生意人，在做投资事业的。”

“自然，”斯马克回答说，“所有的投资事业都是做在牌面上的。”

随后，从各方面收集来的报告，斯马克得知了，在两个侦探被枪杀以前，那个戴黑手套的凶手至少已经犯过七桩赌场抢劫案。每一次抢劫，他总是有四个到六个同伙在一起，其中的一个总是守在一辆开动起来非常便捷的汽车旁边，那就停在目的地的附近。所抢劫去的钱，估算起来，至少有十五万元。

而且不久，侦探们依据报告，侦查出了抢劫过赌场的两兄弟，蒙克·塞末斯和福吉·塞末斯。

蒙克和福吉都犯过案，可是他们的照片，同那戴黑手套凶手的模样都并不相像。

斯马克和他的两个助手都化了装，开始到蒙克时常出进的酒店里去。

只过了两天，他们就在一家小酒店里，看到了这个一直苦苦寻找的罪犯。他在很快地一杯接连一杯地喝着啤酒，并恶狠狠地凝视着镜子里他自己的影子。

这三个穿得像运输车司机的侦探，在偷偷密商着他们该怎样下手。

“现在把他抓起来是没有用处的，”斯马克决定，“他什么都不会肯讲。我们又无法找到什么人来证明他犯过什么案。赌场里被劫的人是一个都不肯来的。然而我们出来是为要捕捉到那个戴手套的家伙。我们就不妨尾随蒙克，也许他会引领我们捉到我们要的人。”

在蒙克摇摆着走出那小酒店的时候，斯马克暗暗地尾随在他的后面。使侦探觉得惊异的是，在他尾随了没有多少路程以后，他发觉还有一个人也在尾随蒙克。

斯马克便倒退了一两步，注意另一人的举动。他一时竟想不出这究竟是怎么一回事。随后他想，那人大概是被赌场老板所雇用，看有机会是要把蒙克“做掉”的。因为他也常听说，赌场老板们对于这些常去劫掠的强盗们，痛恨到了极点，他们就雇用了好些打手，预备把那些强盗一个个都打死。

“他跟我们走着同一条路，”斯马克告诉他的助手们说，“可是我们不能落在他的后面。我们不能让他先动手。我们非把他阻挡住不可。你们去把他抓来。你们可以随便假借一桩不重要的罪名，加在他的身上。你们却不能让他知道，你们已知道他为赌场老板所雇用的事情。尤其不可向他提到蒙克的名字。”

朱里卡和艾瑞克点了点头，立即迅速赶了过去。他们擒住了他的臂膀，把他拖到了一个比较隐僻的地方，在他的身上一搜，知道他在身上并没有携带武器。

“我们是来拘捕你的。”朱里卡告诉他。

“为了什么事情呢？”被捕者诘问。

“你抢劫一个女人的钱包。”朱里卡回答。

犯人喘息着。“我抢劫一个女人的钱包？”他讥刺，“你们看错人了。我不是做这种低级抢劫的人。就在口袋里，我就有四百多块钱呢。”

“四百多块钱！”艾瑞克惊呼，“那么你一定是抢劫银行的。好，跟我们到局里去。”

到了警察局里，恰巧有一个女新闻记者在那里，他们便向她讲述了此事，她走进来向犯人打量了一番，说，“抢劫我的钱包的不是这个人。”

“对不起，朋友，”朱里卡对犯人说，“我们弄错了。现在没有事，你可以走了。”

犯人便快快地走了出去。

赌博科的警务人员认得出这个犯人，证实斯马克对于他为赌场老板所派的怀疑是对的。

“然而他并不是打手，”他们说，“他是他们所雇用的一种私家侦探——是用来去料理退票，以及这一类的事情的。他也许在认清抢劫团伙的面目后，告知赌场方面的打手，好让他们去做那种谋杀的事情。”

在其间，斯马克却尾随蒙克走进了另外一家酒店，在那里看见他同一个男人低声地谈了好些话。那男人斯马克也认识，也是一个惯犯，年龄23岁，名字叫做凯利。最后蒙克走进了一家小旅馆去。

“现在我要到楼上房间里去睡觉了，”蒙克对旅馆里的一个服务员说，“我已经有三十六小时没有睡过觉，我很疲倦了，所以不要让随便什么人来打扰我，否则我要把你的牙齿都拍掉的。”

“是，先生。”服务员小心翼翼地应答。

蒙克于是走到了电梯边，搭了上去了。

斯马克看得出这个服务员是靠得住的，他便拿出了他的徽章给他看。他得知蒙克在那里所用的是一个假名字。

“要是你能把那个家伙终身监禁的话，”服务员恳求地说，“我就感激不尽了。他不但对我，对无论什么人都很粗暴，我们的经理又不敢叫他搬出去。”

从电话接线生的记录查到，蒙克在这家旅馆住了两个星期，只要她接出去过两次电话。两次都是打给住在离这里不远的一个公寓里的人。

“他所打电话去的人的名字叫做凯利，”正在值班的一个金发女人说，“我们的这个客人，行动非常秘密，显然他并不信任我们接线生，他每天总要到休息室里去五六次，就用那里的公用电话打他的电话。那两次的电话他所以会在他的房间里打出去，都是因为他已喝得醉醺醺的，以致稍稍松弛了他提防我们的心思。”

斯马克便打电话回去，要朱里卡来守着蒙克，他自己却去寻找凯利去了。

他回到那家酒店里去，看到凯利还在那里。可是很快他就走了。斯马克暗暗尾随在他的后面。

走了没有多远，凯利停下来同一个人讲话，后者显然是约好了等在那里的。

这个新登场的人物，一边讲话，一边东张西望。斯马克更走近了一些，使得可更仔细地望清这嫌疑犯的手。可是结果又是失望——那个人并没有戴手套，他的手也并没有什么毛病。讲了一会儿话，那两个人分手了。斯马克知道凯利住在什么地方，他于是尾随这新登场的人物。他跟他穿过了几条马路，便上前去按住了他的臂膀。

“我是局里的。”他告诉他。

“有什么事？侦探。”

“我看你有些不好。你打算干什么？”

“我没有什么，”嫌疑犯泰然回答，他说他的名字是叫路易，“我是在酒吧里做侍者的。”

“你住在什么地方？”

“芝加哥郊外——住在洛克福。”

“证据呢？”

嫌疑犯取出了一只钱包，从中抽出了一张上面写着一个洛克福地址的单据。

斯马克把那钱包攫了过来，他自己抽出夹在里面的纸片看，其中有一张洗衣店的发票，名字果然是路易，地址却是艾格6311号。

“艾格？”斯马克沉思着说，“哦，那一定是艾格斯敦路的缩写，是不是？”

路易点点头：“是的。”

“那么，你怎么说住在郊外？原来你是在欺骗我。就为这一点，我已可把你抓进去。”

在把路易关进了监狱以后，斯马克和艾瑞克即到犯人的房间里去搜查。他的床底下有一只箱子，把它打开，见其中藏有一支机关枪，一支霰弹枪，三支手枪，两支自动机关枪和十盒子弹，还有面具、兜布等物件。

“是黑手套抢劫团伙的军械局，”斯马克喜洋洋地说，“我们已中了头奖了。”

他们立即把这些枪支和子弹带回了警察局。

路易看到证据太确凿了，他已无法否认，他便什么都照实地回答了出来。依据他的述说，那盗党的领袖是史密斯，打死了伯拉德和赫斯顿的就是他。

“史密斯现在在什么地方呢？”斯马克逼紧着问。

“他是不在什么地方了。”

“你是什么意思？”

“史密斯死了——是被我用枪打死的。”

“这是因为，”路易继续述说，“赌场当局雇用了打手，有把抢劫团伙一网打尽的企图，史密斯得知了，为了要保全他自己的生命，也为了要借别人的手，把得知他打死两个侦探的仅有的人消灭起见，他把他的同伙出卖了。”

所以路易以及其他的同伙，决定了要把史密斯打死。在他们把一切都已准备好了以后，一辆汽车开到史密斯的门前。他们告诉他在郊外有一桩小买卖可做，他便不迟疑地跳上了汽车。他们决定了一个名叫贝莱斯的同伙下手。

开到了他们选定执行的地方，贝莱斯便举起了他的枪正对着史密斯的头。

“你——你这叛贼！”他对他吃惊的同伴轻蔑地说，“今天你死期到了！”

“你发疯了吗？”史密斯讷讷着说。

贝莱斯扣动扳机——可是扳不动，不知道那扳机出了什么毛病。史密斯急速地要抽出他自己的枪来。路易的枪正好放在膝上，便举起来就对准史密斯的头连发两枪。

“我们是随身带了一柄铲刀来的，”路易不动声色地说，好像并没有发生过什么事情似的，“我们下去在田里掘一个坟墓，把史密斯安葬。”

依据路易的指导，一辆警务汽车开到了郊外。

“拿那些铲刀到这里来掘吧，”他指着一处地方，这样告诉侦探们，“史密斯的最后安息处就在这里。”

掘到一尺半样子，那尸体就露了出来。斯马克便迅速俯下去细察那左手，看到它是畸形的。到这时，他才好像松了一口气。

周平　译

溪中艳尸

弗兰克·沃德

大侦探博涅特过去担任探长的时候，已有名望。现在虽然告休了，可是本地发生了什么案件，碰到了很难侦破的案情，或者新探长正忙碌于别的案子而一时脱不开身的时候，他还是时常会被请来帮助侦查。

这天，为了伊丽莎夫人的失踪，新侦探长又正为别的事情缠身，不能亲自出马，探员富兰克林和亨格尔便求助于博涅特。把这件案子接收以后，他们随即打了电话给他。于是，在接到电话的半小时以内，这位大侦探就赶到了出事地点。那时早上刚过10点，他立即着手帮助侦查。

富兰克林和亨格尔也是一接电话的通知，就到伊丽莎夫人的寓所来了，所以在博涅特到达的时候，他们已到了半个多钟头了。

屋子里很是杂乱，一看就知道是经过了激烈的打斗的。

“这里杂乱的情形，完全是原来的样子，我们一碰都没有碰过。”亨格尔告诉博涅特，“伊丽莎夫人昨天夜里还在家里，因为昨天晚饭以后两小时的样子，有人同她通了电话。到了今天，家人才发觉，她是失踪了。屋子里的情形，对了，你还是自己来看吧。”

伊丽莎夫人的寓所离村庄有一里路的距离，别的寓所都是稀稀落落散开在铁路线的两旁，在四分之一里以内并没有别的房子。屋子后面，相隔不足百码，有一条小溪，水经常在潺潺地流淌。

屋子上上下下都有被搜索过的迹象，尤其在二楼的起居室里，更显得零乱。一张椅子被推倒在地板上，还有一只花瓶的碎片。地毯也被拖了起来，一张安乐椅被拖得歪斜在那里。

博涅特从地板上拾起了一块白手帕。手帕的两角打着结，中间有一块血迹。

“大概是用来包扎伤口的。”亨格尔猜测着说。

“不是的，”老探长犀利地说，“更可能是用来塞住什么人的嘴的。那个人一定就是伊丽莎太太。可是，她究竟到什么地方去了呢？”

富兰克林耸耸肩膀。“我们已经什么地方都寻找过了。你看会不会歹徒们已把她谋杀？”

“看来有些像。”博涅特点点头，“可是为什么他们要把她的尸体藏匿起来，我却有些弄不明白。”

他的视线在向房间的每一个角落里投射着。他终于又在安乐椅的底下发现了一把切菜刀，刀上并没有血迹。

“这一定是她用来自卫的，”他说，“却被歹徒一脚踢到了那安乐椅的底下去。”

这时出去搜寻伊丽莎夫人的邻居们都回来了。博涅特正想走上前去探问他们搜寻的结果，一个看上去好像是那邻居搜寻队中的领袖，乡长乔治踏前了一步，报告说：“什么地方都找不到她，现在我们还要做什么呢？”

博涅特关照他们再搜寻去，他说他们一定能在什么地方找到她的，无论是活着的，或者已经死了的。她决不会插翅飞到了天上去。他要他们很仔细地搜寻，无论溪流的拐角处，新掘的泥墩，或香树叶的丛集处，都不可轻易忽略。

在侦案期间，法庭律师克拉克和他的助手威廉来了。博涅特把这案件的情节讲给了他们听。

“有什么邻居可以怀疑吗？”克拉克问。

“看上去一个都没有，”博涅特回答，“自从她的儿女相继离开她以后，几年以来，伊丽莎夫人一直一个人住在这里，邻居们说她并没有什么仇敌。”

“我们还是探听探听，看近来有什么陌生人到这里来过没有。”克拉克说。

又经过了两小时的搜寻，伊丽莎夫人的尸体终于被找到了。她被丢在溪水里了，面孔朝下。一身衣服完好无损。离身体不远有一条绳子。

博涅特查看那尸体，好像并没有什么伤痕，就只在头颈上和耳朵后，稍有轻微的印。

“她一定是被缢死的！”克拉克惊呼，“当然就是用的这个。”他举了举他们所拿着的那条绳子。

博涅特在深思着。“我总想不明白，”他喃喃地地，“要是动机是抢劫，歹徒为什么要用这种残暴的方法把她杀害呢？”

“看起来有些像报仇了。”律师助手威廉说，“也许凶手要把屋子弄得那样杂乱，目的就在想转移我们的目光。”

尸体被搬运到了验尸所去。

博涅特和威廉又盘问着邻居们。可是从这次盘问的结果，他们还是只得到伊丽莎夫人同邻居的感情都很好，从没有听说过她有什么仇人，而且她已是53岁了，她对于教会的活动始终很热心。

她像这样被谋杀引起了邻居们的愤怒，他们都憎恨地说，日后要是把那凶手捉到了，也要把他同样残暴地处死。

可是在邻居们中间，他们没有对于任何人可以加以稍微的怀疑。因此他们想，那一定是来自别处的。

这使办理这件案子的人感觉到了十分困难——他们说的一些线索都寻找不到。勉强说来，关于这件谋杀案，只有一个线索。

这个线索是苏珊太太提供的。她是被谋杀者最亲近的朋友。苏珊太太想起有一次，已是几星期以前的事情了，伊丽莎夫人说她很寂寞，现在她的儿女都长大了，离家独立了，她一直这样一个人住着，有些怕起来了。

“怕？”博涅特问苏珊太太，“是怕什么人吗？”

“我不知道，”苏珊太太回答，“我是那样觉得，可是她随即转变了话题，没有说明引起了她恐惧的是什么。她似乎有些不安。她说她要把她的房子卖了，搬到城里去住。我说她还是住在乡下比较适宜。”

“你可有些想得出她是怕谁呢？”律师的助手威廉问。

“一点也想不出，但我猜测她总是怕一个什么男人吧。他究竟是谁，我却想象不出了。可是关于这件事情，她一句不再提起了，所以我也就不再问她什么，想她总是因为一个人住寂寞了，才生出了这种念头的。”

随即博涅特和其他官员都回到了办公室。

“我报告一个消息，”法庭律师克拉克对博涅特说，“纽曼医生告诉我，被谋杀者的肺里没有水，所以她不是溺死的，她是先被勒死了，然后被投进溪水里的。”

“我们也这样想。”博涅特说。

“是的，可是还有呢。她并不是被绳子勒死的！是那谋杀者用两手把她扼死的。”

“哦，天呀！”博涅特惊呼。

“所以你明白，”克拉克说下去，“那动机也许不只是抢劫而已。”

“可是那条绳子对于这件谋杀总不会全然没有关系的。”老探长犀利抗议。

“当然也有关系，”克拉克告诉他，“那是在她被扼死以后，绳子才缚在她头颈上的，那耳朵后面的印痕，却是用手扼出来的。”

博涅特于是想那凶手的力气很大。他不但用他的两手扼得死一个人，而且在那女人被扼死了以后，他还把她带到了离出事处四分之一里远的地方去。可是那溪水明明只有三尺深，他怎么会把她丢在那里面，以图匿迹？也许他不知道。那么那凶手，看来是一个，或者不止一个来自外乡的人了。

于是他在侦查，看近来有什么外乡人到这村庄上来过没有。

那天下午，有人来报告，在那命案发生以前的两天，有一个游手好闲的人沿着那条溪旁拾取木柴。

经过仔细的搜索，那嫌疑人终于被拘到了。那人承认，是有在那里拾取木柴的事情。可是在那命案发生的那天，他并不在那村庄上。于是再经过了一番仔细的侦查，证明他所说的完全属实，于是把他释放了。

正在苦于没有线索可获得的时候，伊丽莎夫人的一个很要好的朋友——凯莉太太，打了电话给警务处。

“伊丽莎把她的房子卖掉了，得到了一笔相当多的钱，”她报告，“这正是在她被谋杀之前大约一两天内的事情。”

这对于博涅特自然也是一个线索。他便赶到本地的银行，他从那里查知，伊夫人的账户里，就在她被谋杀的前一天，存进了三千五百元的钱款。

他接着找到了那所房子的买主唐纳，他说明，这笔交易是约好了要暂守秘密的。

“不知道什么缘故，”那买主唐纳告诉博涅特，“伊丽莎夫人关照我，要等到她准备搬出去的时候，才好把这笔交易向外界宣布。她还打算在城里购买一所比较大的房子，预备把它改为公寓。我答应她，在她购买她所要的房子以前，她尽可在她这所原有的寓所中住下去。”

“她对你说过为什么要使这笔交易暂守秘密没有？”博涅特追问。

“没有，我也没有问过她。”

总的说来，关于伊丽莎夫人的谋杀，动机还是在谋财害命，博涅特是不能不这样相信。谋杀者得知她的交易终于已经完成，便到她那里去抢劫，想不到她已把这笔款项存进银行，以致他无论怎样在她的寓所里搜索，还是一无所获，而终至于把她谋杀为止。

大侦探博涅特想探知一些更细微的情形，便到了凯莉太太的家里去。

“她曾告诉过你她在怕什么人没有？”博涅特问。

“那没有，”凯莉太太回答，“然而现在想起来，她近来似乎有些心神不定的样子。我不知道为什么，可是这也许就因为她卖掉了她寓所的缘故。她把它看得很重，可是终于也不能不把它卖掉了。她讲给我听了，又关照我不要讲给别人听。”

博涅特去询问了伊丽莎夫人其余的朋友，可是他们没有一个知道关于她出售房子的事情。因此，既然他们并不知道她新获得了一笔钱，他们也就似乎没有了这劫财的嫌疑。

那么那凶手究竟是谁呢？

博涅特在想：“这一个案件难道真的不能破案吗？”

有一天，邻村的罗斯牧师来看他。他说，他相信他知道那谋杀者是谁。

“就是诺斯医生。”他说，“他是一个跑码头医生，他新近在我的家里住过，我在夜里听到他在自言自语，也许他是在祈祷，我无法确定。但我听到他是自责得非常严厉的。”

“他说些什么？”博涅特问。

“说些关于谋杀的事情。我有几次听到他重复说：我为什么要把她杀死？唉，我为什么要杀死她？——还有别的呢。我们谈到过关于谋杀的犯罪，他的举止很是奇怪，仿佛他想要向我说出一些什么，以释去他心上的重负的样子。”

于是，诺斯医生就以谋杀的嫌疑，被拘捕了。可是在开庭的时候，要罗斯牧师来这样证明，这牧师却表示并不愿意。庭长问他：“你是不是听见被告说过‘我为什么要把她杀死？’的时候，他却显得有些不自在的样子。”

“我想我听见过，”他勉强地说，“可是我不能发誓来证明这个。”

所以诺斯医生的谋杀罪不能成立，也只有暂且把他释放了。

诺斯在被释放以后，随即收拾了他的行装，转地到波特兰地方去行医了。

博涅特已派好一个私家侦探，随时注意诺斯的行动。那私家侦探也随同到了波特兰去。他随时把诺斯行动的报告，寄回给博涅特。可是时隔不久，诺斯忽然失踪了！

博涅特得知这个消息，即刻赶到波特兰。他去搜查诺斯的寓所，在他不多几件的行装中，搜查到了一件有血迹的上衣。他便行文到西部数州的警察局，要他们随时注意，而且拘捕诺斯。

可是毫无下文！

已经有半年过去了，关于伊丽莎夫人的谋杀案还没有一丁点儿头绪。博涅特忽然想到，他也许找错了线索。诺斯固然很有嫌疑，可是他为什么要谋杀伊丽莎夫人呢？他过去总在想，那凶手可能不是本乡的人，可是他现在想，那死者出售屋子的事情，除了凯莉太太一个人以外，即连她最接近的朋友都不知道，外乡人又怎么能得知她新获一笔钱，而去向她抢劫呢？

是的，还得重新向本乡人侦查入手。

从这次重新侦查的结果，博涅特得知乡长乔治和他的兄弟查理都已离开本乡，没有一个邻居说得出他们所去的地方。而且博涅特还得知，在伊丽莎夫人举行葬礼的时候，乔治、查理兄弟俩并没有去参加。全乡没有去参加这次葬礼的，就只他们两个人。过不久，他们也就不知所踪了。

因为如此显有嫌疑，博涅特更不能不找到他们。经过两个星期的追踪，他得知乔治是在华盛顿州，住在一个叫做希尔斯波罗的镇上，那镇恰恰离波特兰很近。

他立即赶到了希尔斯波罗镇，很容易找到了乔治。可是乔治在被盘问的时候，表示很惊异。因为他在出事的那天是已被盘问过了的，显得他并没有丝毫的嫌疑。而且他在寻找死者的事情上还出过很大的力的。他不明白现在为什么又要来盘问他。他便把他上次所回答过了的，照样回答了一遍。

“查理在什么地方？”博涅特问下去。

“我不知道，”乔治无辜地回答，“我们一出来就分了手，各自去找各自的工作。”

“在伊丽莎夫人被谋杀的前一天，你同他一起到过银行吗？”

“我一点都记不起来了。”

“你和查理怎么会知道伊丽莎夫人已把她的房子卖了，而把那笔钱款存进了银行里的？”

乔治只是凝望着这位大侦探，一时竟有些不知所答的样子。

“你还是供认出来的好，”博涅特宽慰似地告诉他，“我们已清楚地知道，查理那天到银行里去了，我们也已知道，那寡妇就是为了她那笔钱财，才被谋杀的。”

“可是我告诉你，我并没有到银行里去！”乔治抗议，“查理不关我的事情，那寡妇卖屋子的事情，只有他一个人知道。”

“你再想想看，你一点都没有同你的兄弟共同参与这件事情吗？”

乔治仍坚决否认，便只有暂且把他关进监狱中再说。

隔了两天，查理也被拘捕到案了。他被关进在另一间狱室里，不准他同他的兄弟见面。可是他对于谋杀伊丽莎夫人，也坚决否认他有过参与的关联。

于是博涅特想出了一个计谋——

“乔治，”他说，“我知道你还没有想明白。你必须想想：相隔了这样长久的时间，我们怎么会突然把你和查理拘捕了进来呢？你只要一想，就可知道我们是已得到了确切线索的，我看你还是供认了好。”

乔治迷惑地凝视了博涅特好一会儿。

“是的，是的，”他终于迷惑地说，“我还是供认了好。”

“你对于伊丽莎夫人有什么冤仇呢？你为什么要用这样残忍的手段杀死她？”

“没有什么冤仇，我们就只为要去抢劫她那笔钱，想不到她已把它存进银行里，我们什么都没有抢劫到。后来我们怕她会把我们抢劫的事情报告警察局，我们就只有把她弄死了。查理提议把尸首丢在浅溪里，使警务当局会误认为凶手不会是当地居民。我们由此一时得到了洗刷，想不到终于还是落进了法网。”

就在这时，诺斯医生也重新露面了。他来要求把他的衣服还给他。至于那上面的血迹，原来是他为人拔牙齿时溅上的。因为他已不再有嫌疑，博涅特也就把那衣服还给他了。

谭吉　译

夜莺别墅传奇

热斯泰

“亲爱的，再会了。”

“再会了，好人。”

艾丽·金倚在乡间别墅的小门上，望着她丈夫远去的背影，她的丈夫正走在到镇上去的路上。

他突然转了一个弯，不见了背影，可是艾丽还是站在那里，心不在焉地轻轻地掠着她披到脸颊上的一股栗壳色的头发，眼睛望着远方，迷惘地沉思着。

艾丽·金固然算不上美艳绝伦，如果说得严格点，甚至算不得俏丽。她的脸已不是少女时代的脸了。可是今天，她的脸上是喜气洋洋的，柔和的，以前在公事房里当女职员时代的同事们可再也认不出她来了。艾丽的娘家姓金，艾丽·金小姐是一个端端正正的职业妇女，年轻干练，虽态度上有点野，可是她会做事、重实际的优点，是容易看得出来的。

艾丽是苦读书出身。从18岁到33岁，整整15年，她当一个速记员，自给自足。其中有7年时间，还要养一个有病的母亲。因为一度的生活艰辛，她脸上少女型的美丽线条渐渐变得粗起来了。

真的，她也算有过一段罗曼史，是和迪奇·威克曼，她的一个同事。艾丽是天生的女人心肠，迪奇·威克曼的态度，她看得很清楚，可是总不愿使人知道她关心迪奇的事。迪奇的薪水很少，还要供给一个弟弟读书，着实不容易，所以他暂时不能想到结婚的事。

非常突然地，艾丽被解放了，她不必再整天地劳作。原来她有一个远房的族姊死了，遗给她一笔财产，虽然不过是几千镑，每年可以有两百镑利息的收入。可是这对于艾丽，无疑是自由生活和独立了。现在她和迪奇可以不再听凭命运的摆布了。

可是迪奇的态度是出人意料的。他从来不向艾丽直接表白，现在他似乎更不谈了。他处处躲避她，变得阴沉起来。艾丽马上便知道了原因。原来她算是一个有钱的女人了，为了自尊心，他不便向她求婚。

他越是有自尊心，艾丽越是喜欢他，她真的在考虑可不可以由她自己来先开口，可是正在这时候，突然的命运又降到她头上。

在一个朋友的家里，她碰到了杰里·马特。杰里·马特疯狂地爱上了她，一个星期以内，他们订了婚。艾丽向来以为自己不是那种“一见倾心”的女人，可是这次却全然失败了。

可是想不到这事恼着了她的旧情人。迪奇·威克曼气冲冲地赶到她这里来，气得连话都说不清楚。

他说：“这人对你完全是个陌生人！你一点也不曾了解他！”

可是她的回答是：“可是我自知是爱他的。”

他问：“你怎么能够自知呢——一个星期能自知吗？”

艾丽愤怒得叫起来：“别人不用等待了十一年才知道他和一个女人互相爱着。”

他的脸变得雪白。

他说：“我见了你以后就有意。我想你也同样有这意思的。”

他说的是实话。

她说：“我也这么想。可是这是因为我不知道什么叫爱情的缘故。”

迪奇听了，又发作了一阵子，呼天抢地，苦苦乞求，甚至危言恫吓——要对他的情敌有所不利。迪奇这个男人一向静默，艾丽一向自以为很懂得他，可是在静默的底下有这火山爆裂般的热情，是她想不到而感到惊异的。

现在艾丽靠在这乡间别墅的墙上，在这晴朗的早晨，她回忆起了那次会面的情形。现在她结婚已有一个月了，享尽了田园的幸福。她的丈夫是她的一切，她的丈夫暂时不在眼前，这使她产生了一点焦虑。这焦虑是因迪奇·威克曼的恫吓而发生的。

她结婚以后，曾经有三次做了同样的梦了。环境虽不同，可是情节是大略相同的。她看见她的丈夫躺在地上死了，旁边立着的便是迪奇·威克曼，她记得清清楚楚，是迪奇·威克曼的拳头把她的丈夫打死的。

这梦固然可怕，可是更可怕的还有呢，便是她在梦中竟觉得这是非常自然而不可避免的事。她竟高兴她的丈夫死，她竟向凶手伸着感谢的手，甚至向他道谢。梦的结局总是这样的：她自己被迪奇·威克曼拥在怀里。

她从来不曾将这梦告诉她丈夫听，事实上她不安得很，不过不肯直说出来而已。这难道是一个警告吗？警告她要当心迪奇·威克曼这个人。

屋里响起一阵电话铃声，把她从沉思中唤醒过来。她跑进屋子，拿起话筒。她突然觉得身子有点摇摇欲坠，便把一只手撑在墙上。

她问："你究竟是谁呀？"

电话里说："怎么，艾丽，你的声音怎么了？我几乎听不出来了。我是迪奇。"

艾丽说："唔！唔！你在哪里打来的？"

迪奇说："我从'醉客居'打来的，这名字对不对？你对镇上的酒馆都不知道吗？这两天是我假期，在这里钓鱼，今天晚上吃过晚饭我来拜访你们夫妻俩好不好？"

艾丽断然地说："不，无论如何你不要来。"

电话里的声音停一停，然后迪奇又说了，声音也变了。

他客气地说："对不起得很，我当然不敢来惊吵——"

艾丽赶紧插进话去。他一定会觉得她的行为有点特别，确实特别，她的神经简直破碎了。

她解释说："没有别的意思，不过我们今晚有了约。"她竭力把声音说得自然，"你，你明天晚上来吃晚饭好吗？"

可是迪奇听得出她语气里缺少亲热，因此他还是那么客客气气地说："多谢多谢，不过我随时预备离开这里的。要看一个朋友来不来。那么艾丽，再会吧！"他顿一顿，然后赶快用另外一种口气添上一句："亲爱的，祝你幸福美满。”

艾丽挂起了话筒，心里宽慰很多。

她对自己说：“他不能到这里来，他不能来。我也太笨了！竟会想到这里去。不过他总是不来的好。”

她从台上拿起一顶乡下草帽来戴上了，然后再跑到花园里去，看着门廊上雕着的名字：“夜莺别墅”。

她在结婚以前曾经问过杰里·马特：“这不是一个很奇怪的名字吗？”杰里笑了。

他亲热地回答她说：“你这伦敦孩子，我想你从来不曾听见过夜莺。也好在你不曾听见过。夜莺是只啼给情人们听的。夏天的晚上，在我们自己的屋子外面，我俩会听到夜莺的叫声。”

现在艾丽立在别墅的门口，她记起了他们后来真的听到过夜莺的啼叫，想到这里，她的脸红了起来。

发现这“夜莺别墅”的是杰里。他兴奋得跑来对艾丽说，他找到了一座非常相当的屋子，真是天造地设的。艾丽自己去看了，也觉得非常满意。这地点固然僻静一点，离镇上有两里路，不过这别墅的家居风格非常好，浴室、热水龙头、电灯、电话一应俱全。她立刻觉得这地点非常好。可是问题便发生了，这屋子的业主是一个富翁，他不肯租，只肯卖。

杰里·马特虽然手头有一点钱，可是他不能动用他的资金。他至多只能筹到一千镑。可是业主要卖三千镑。艾丽是看中了这屋子的，于是答应由她来出钱。这事很简单，因为她有的是不记名的公债，立刻可以变现钞的。她愿拿一半公债来买这房子，于是交易成功了，这屋子便是他们自己的了，她一点也不后悔买了这栋房子。佣人是不会喜欢这冷僻的所在地，他们目前一个佣人也没有，艾丽正渴望着做家庭主妇，她非常喜欢烧几道可口的小菜，管理屋子。

园里的花木非常茂盛，他们从镇上雇佣一个老头子来照料，他每星期来两次。

她转过屋角的时候，忽然看见这老园丁正在花坛上工作着，她大吃一惊。她吃惊的是：这老头子每逢星期一星期五到这里来，可是今天是星期三。

她跑过去问他："喂，老伯，你在干什么？"

那老头子立起来笑着，碰碰他破旧的帽檐，说："我知道你会吃惊的，太太。事情是这样的，镇上的乡绅星期五请客，我想星期五不来了……"

艾丽说："没有关系。希望你后天吃得快快活活。"

园丁说："我想也这样，吃得酒醉饭饱，又不要自己花钞票，这多好啊！这位乡绅还时常请农户们吃茶呢。还有，我想在你出门之前，来问问你栽花的事。太太，我知道你们说不定什么时候回来呢，是不是？"

艾丽说："我不曾想出门呢。"

园丁望着她呆看，问："你们明天不是要到伦敦去吗？"

艾丽说："不。你怎么知道的？"

园丁摇头摆脑地说："昨天在路上碰着马特先生，他这样说的。他说你们两人明天要到伦敦去，什么时候回来说不定。"

艾丽笑着说："瞎说。你一定听错了。"

不过艾丽还是怀疑着，杰里不知说了什么话，竟使这老头儿误会他俩要到伦敦去。到伦敦去？她再也不愿到伦敦去了。

她突然狠狠地说："我恨伦敦。"

园丁说："啊！一定是我弄错了，不过我觉得他说得很明白。你愿意住在这里，那真好极了。我想那里有什么好玩呢？我一点也不想到伦敦去玩。这里真好啊，海德先生这房子，他在这房子上着实花了钱呢，卧室里都装热水龙头，装电灯，我对他说：'你花的钱收不回来呢。'他说：'我要卖两千镑，一个钱都不能少。'果然他卖了两千镑。"

艾丽笑着对他说："他卖了三千镑。"

园丁说："两千镑，他讨这价钱的时候，人家都说过的呢。"

艾丽说："真的是三千镑。"

园丁不相信说："太太们不懂得钱的，不要说了，难道海德先生竟然会厚着脸皮向你讨三千镑吗？"

艾丽说："他并不是向我说的，是向马特先生说的。"

园丁又俯下身去剪花了，他坚决地说："是两千镑。"

她不想再和园丁争辩了。她跑到另外一个花坛上去，摘起一束花来。

当她抱着花束回到屋子去时，看见花坛上的叶子中间露出一件小小的暗绿色的东西。她跑过去拾了起来，原来是她丈夫的日记簿。

她打了开来，看见里面的记事非常有趣，几乎从他们结婚之日起，她就注意到这位多情的杰里竟是有条不紊的。吃饭的时候，他一定要遵守时刻。

她在日记簿上看到有一天，是："2点半和艾丽在圣彼得堂结婚。"她觉得好笑。

艾丽一面翻着，一面轻轻地对自己说："这呆虫。"可是她突然看到了一项，上面写着："6月18日，星期三"——啊，这是今天那！

在那天底下，杰里用他清秀的笔迹写着："晚上9时"，此外便没有什么。今晚9时杰里预备怎样呢？艾丽疑问着。她记得常在小说里读到过，这里一定有特别的花样，她想到这里笑起来了。这里一定有另外一个女人的名字。她随便地翻着以前的书页，都是些约会，商业备忘之类，可是找来找去只有一个女人的名字，便是她自己的名字。

她把日记簿放在口袋里，抱着花束回到屋里去，她觉得有点不安。仿佛迪奇·威克曼就在她跟前又对她说一遍："他完全是陌生人。你一点也不知道他的底细。"

真的。她知道他些什么呢？何况杰里已是40岁的人了。40岁的人了，还怕不曾有过女人……

艾丽觉得不耐烦，她不能再想到这上头去。她现在有更亟须的事要解决。迪奇打过电话来的事，是跟他丈夫说呢，还是不说？

也许杰里在路上已经碰见过他了。假使碰见过的话，那么杰里一回家，便会先对她说的，这样倒好，不必她来说了。否则呢，艾丽很不愿提起这回事。

假如她说了，杰里当然会请他到家里来。到这时候，她一定要说迪奇说过要来，是被她严词回绝的。杰里一定要问为何回绝他，那她如何回答呢？

告诉他做过这个梦吗？他听了不过一笑置之，也许还会起疑呢。

结果她终于惭愧地决定一声不响。这是她瞒着她丈夫的第一个秘密，想到这点，她有点不安。

当她听见杰里从镇上回来时，她马上跑到厨房里去，装作忙着预备菜的样子，遮掩她的慌张。

杰里一进来，便看得出他根本不曾碰见过迪奇·威克曼。艾丽又宽慰又着恼。她现在必需抱着缄默的政策了。

他们吃了简单的晚饭以后，坐在起居室内，窗子全都开着，让甜蜜的夜风带着窗外红花白花的花香吹进屋子里来。那时艾丽才又记起了这日记簿的事。

她说："这是你浇花时掉下来的东西。"一面把那日记簿掷在他怀里。

杰里说："是我掉在花坛上的吗？"

艾丽说："是的，现在我可完全知道你的秘密了。"

杰里说："没有出什么毛病吧？"他摇着头。

艾丽问："你今天晚上9点钟预备怎样？"

"喔！这——"杰里呆了半晌，然后他微笑着，似乎找到了什么特别有趣的乐子似的。他说："艾丽，是和一个非常好看的女人约会呢！她有棕色的头发，蓝色的眼睛，非常像你。"

艾丽说："我不懂。你不要跟我说笑。"她假装着一本正经的样子。

杰里说："不，我没有说笑。实在是我记一记，今晚想去洗几张照片，要你帮忙。"

杰里·马特很爱拍照。他有一只旧式的照相机，镜头倒很好，他在地下室里布置了一间小小的屋子，作为洗照片的暗房。

艾丽惹气地问着："洗照片也一定要在9点钟洗吗？"

杰里有一点气恼。

他说："哎，做事总要有个一定的时间啊。这样才不会费事。"他的态度有点不耐烦。

艾丽在椅子里安静地坐着，看见丈夫靠在椅子里吸烟，头靠在椅背上，胡髭修得清清楚楚，明晰的线条映在背景上。突然地，她没来由地感到一阵痛苦，她不禁喊了出来："唔，杰里，你的身世，我多知道一点，那多好呀！"

杰里奇怪地望着她。

他说："但是，艾丽，我的身世你什么都知道了呀。我不是对你说过的吗？我是在诺丁汉长大的，后来到过南非洲，这十年来在加拿大，有了一点成就。"

艾丽讥刺地说："唔！又是事业！"

杰里突然笑起来。

他说："我知道你问的是——爱情事件。你们女人们总是这样的，什么事都没有兴趣，只管私人的事。"

艾丽的喉咙觉得干了，含糊地说："是呀，总有爱情的事。我的意思是——我想多知道一点你的事。"

又是静了半晌。杰里·马特皱着眉头，脸上现着狐疑不决的神气。然后他开口了，是严肃的，一点也没有以前那种嘲笑的口气。

他说："艾丽，你何必多心呢？想到这种'蓝胡子'[1]的事？是的，我生平确实有过几个女人，我不否认。我就是否认，你也不会相信我。但我可以向天发誓，她们之中确实没有一个中我的意。"

他的声音中有一种真挚的情感，使艾丽宽慰了不少。

他笑着问："艾丽，这样总满意了吧？"然后他带着好奇的眼光望着她。

他问："为什么你偏在今晚提起这种不愉快的问题呢？"

艾丽站起来，不安地跑来跑去。

她说："我不知道，我整天都心烦意乱。"

杰里轻轻地，似乎在对自己说："这奇怪了，这非常奇怪。"

艾丽问："为什么奇怪呢？"

---

① 蓝胡子是法国传说中的多妻者，曾杀死过六个妻子。

杰里说："唔，好孩子，不要这样盯着我。我说奇怪，不过因为你一向是那样可爱和恬静的。"

艾丽勉强装着笑容。

她说："今天什么事都使我烦恼，就连园丁这老头子也不知怎么会以为我们要到伦敦去。他说是你跟他说的。"

杰里急切地问："你在什么地方看见他？"

艾丽说："他星期五不来，是改在今天来工作的。"

杰里怒气冲冲地说："这老糊涂。"

艾丽惊异地望着他。她丈夫满面怒容。她从来不曾看见他这样发怒过。杰里看得出她有点惊异，于是竭力镇定下来。

他说："是呀，他是一个老糊涂。"

艾丽问："你究竟怎样对他说的，他怎么误会了的？"

杰里说："我？我不曾说什么。至少——唔，记起来了，我跟他开玩笑，说'早上到伦敦去'，我想他一定当真的了。否则一定是他没有听清楚。你当然解释给他听了？"

他着急地等她的回答。

她说："当然啦，可是他是那种老人，想到了一个念头，便不容易转过来。"

她又将园丁坚持说这房子卖两千镑的事告诉杰里。

杰里听了，半晌不语，然后他慢慢地说："海德先生本来讨两千镑现款，一千镑抵押品。我想误会的起源是在这里。"

艾丽说："恐怕是这样的吧。"

然后她望着钟，用手指指着说："杰里，我们可以下去了，已经迟了五分钟了。"

杰里的脸上显着一种非常特别的笑容来。

他静静地说："我改变念头了。我今晚不洗什么照片了。"

女人的心理是奇怪的。这星期三晚上她睡的时候，她的心安了，什么都满足了。她的幸福虽然暂时地被侵害了一下，可是现在恢复了过来，像以前那样地胜利了。

可是到了第二天晚上，她又觉得有什么微妙的力量在破坏着她的幸福了。迪奇·威克曼虽然没有再打电话来，可是她觉得这是迪奇·威克曼的力量在作怪。她的脑海里经常冒出这个声音："你完全不认识他。你一点也不知道他。"跟着她又记起了她丈夫对她说的话："艾丽，何必多心呢？想到这种'蓝胡子'的事？"他为何要说这句话呢？

这里一定有意思———暗示着一种威胁。这不啻是说："艾丽，你不必寻根究底来探问我的生平了，一探要吓得你直跳起来。"到了星期五早上，艾丽觉得杰里生平一定有过一个女人，即是他竭力想瞒过她的'蓝胡子'的事。她的妒忌心是慢慢地才能引起的，现在高涨得厉害。

那天晚上9点钟，他是去会一个女人的面吗？所谓洗照片不过是临时撒的谎吗？

三天以前，她还以为她的丈夫她是知道得彻彻底底的。可是现在她觉得她一点也不知道他了。她记起了他对于园丁这老头子的过分的恼怒，和他平常的脾气大不相同。也许这是一件小事，可是她对于她的丈夫，却确实一点也不知道。

星期五这天有几件小东西一定要到镇上去买。那天下午艾丽说，她到镇上去，杰里留在家里，可是杰里不肯叫她去，非自己去买，叫她留在家里不可，这使艾丽颇为惊异。艾丽只得顺从了他，可是他的那一副一定要那样的神气使她吓了一跳。他为何一定不许她到镇上去呢？

她突然明白了。杰里虽然不说，可是他实际上也许已经碰见迪奇·威克曼了，是不是？以她自己来说，他们结婚的时候，她的妒忌心是极少的，可是结婚以后，便渐渐大起来。是不是杰里跟她一样？他是否竭力想阻止她再和迪奇·威克曼见面？这解释和事实非常符合，于是艾丽的烦恼便一扫而光，宽慰得很。

可是喝茶的时候到了，过去了，她觉得不安起来。自从杰里去后，她一直在和诱惑斗争着。结果她自己找借口辩说，屋子是需要刷洗一下，于是她跑到楼上她丈夫的梳洗间去。她随手带着一根鸡毛掸子，想去收拾收拾屋子。

她不断地对自己说着："但愿能放了心，但愿能放了心。"

她对自己说，如果她丈夫真的有什么把柄，也早已毁掉了，可是她不相信。她说男人们有时过分感情用事，最糟的证据也会留起来的。

最后艾丽决定去偷看一下。她觉得偷看是可耻的，脸上在发烧，她屏息着翻那些信札和文件，把抽屉打开，甚至她丈夫的衣袋都搜遍。

只有两只抽屉她觉得可疑。一只是文件橱底下的一只，一只是他写字台中的一只，两只抽屉都锁着。艾丽现在一点也没有羞耻的念头了。她觉得其中一定有一只里有她想象中的那个女人的证据。

她记得杰里把他的钥匙随便地放在楼下的碗橱里。她去取了来，一把一把试着，试到第三把钥匙，正是写字台上的。艾丽热烈地抽开。里边有一本支票簿，一只塞满着钞票的皮夹，抽斗的后面有一沓信，用一根带子缚着。

她呼吸不匀了，解开那带子。她的脸上飞上两朵红花，把那叠信放回到抽屉里，关上，锁好。因为这些信便是她结婚以前自己写给杰里·马特的信。

然后她再去开文件橱上的抽屉，她倒并不是想找到什么把柄，只是想自己安慰自己，什么都找过了。

可是杰里那串钥匙，一把都不配那只抽屉。她不甘心，又到别的房间里去取了一串钥匙来，空房间里衣橱上那个钥匙刚配那只抽屉。她拉了开来。可是中间什么都没有，只有一卷剪报，陈旧得早已变色了。

艾丽透了一口气。她看着那些剪报，她想知道杰里为何对于这些剪报这样有兴趣，龌龊到这样还保持着。原来差不多都是美国报纸，七年以前了，讲的是当时一个著名的骗子兼重婚者叫乔治·利森的受审的事。这个乔治·利森有杀死他那些被害的女人的嫌疑。在他所租房间的地板底下发现过一具骷髅，所有和他结过婚的女人后来都失了踪。他在法庭上辩护得非常好，又有美国最有名的律师帮他的忙。结果只能说是"查无实据"，因此杀人罪不曾成立，但他还犯其他的罪，而被法庭判处长期监禁。

艾丽记得这件案子当时曾轰动一时，三年以后，乔治·利森越狱逃走，又曾哄传一时。后来他并没有被捕。当时英国报纸上讨论乔治·利森这人的性格及其对于女人的很多魔力，还有他在法庭上的侃侃而谈，热烈的辩论，有时他会突然晕倒，因为他心脏弱，可是无知的人还以为他是做作。

在杰里的剪报里还有乔治·利森的一张照片，蓄着长须，一个学者风度的绅士，艾丽有趣地端详着。

她觉得这面孔非常面熟！突然她记得了，原来便是杰里的面孔。眼睛和眉毛确实是非常像的。所以他要保存这些剪报。她又看到照片旁边的一段记载，似乎说被告的记事册里记着几个日子。有人说这便是他杀死他的许多妻子的日子。后来又有一个女人来证明，说被告左腕上，刚好在手掌以下，有一颗黑痣，于是证明了便是他。

这些剪报从艾丽的手中掉下来，她有点摇摇欲坠。在他的左腕上，刚好在手掌以下，她的丈夫有一个小小的疤痕……

她觉得屋子在旋转。可是再一想，她哪里可以这样随便地断定这就是他呢？可是她再一想，便立刻断定了杰里·马特便是乔治·利森。因为一件件零星的事实，凑起来便证明了这话是不错的。

譬如买房子的钱，便只有她自己的两千镑啊，还有她托他保管的不记名公债票。便是她所做的梦也对的。在她下意识的深处，她是怕杰里·马特的，想逃避他。她所希望求援的便是迪奇·威克曼。她内心的感应便是如此，所以她便毫不犹豫地断定了杰里·马特便是乔治·利森。她必然成为乔治·利森的另一个被害人。也许，很快地便会……

她突然又记起了一件事，几乎叫起来。“星期三下午9时”“地下室”，地下室的石板是很容易撬起来的。他曾经把一个女人埋在地下室里。星期三的晚上全都预备好了。可是他竟预先写了下来，这样按部就班的，不是疯了吗？不，这是很合理的。因为杰里有什么约会，总是事先记录下来的。在他看来，杀人不过是谈一桩生意经，没有什么稀罕的。

可是那晚他为何又改变了计划呢？谁救了她？是不是他临时发了慈悲？不，她突然想起了，这是园丁这老头子！

当时杰里听见园丁对艾丽这样说过后大怒，现在她可明白杰里大怒的原因了。他显然是预先布置的，遇着一个人，总说他们明天要到伦敦去，可是园丁竟提早两天到他家里来，而且把到伦敦的事对艾丽说了，而艾丽偏说没有这回事。假使园丁把这次谈话讲出来，那么在当天晚上杀了她是很冒险的。多么险呀！假使他不曾向他说到这件小事呢，那还真敢想象吗？她不禁战栗起来。

现在已到紧急关头。她必须立刻逃走——在他回来以前。她赶快把这卷剪报放回到抽屉里，关了，锁起来。

可是她实在呆住了，像石像一样。原来她听见了开前门的声音。她的丈夫回来了。

她呆了半晌，然后用足尖爬到窗口去，在窗帘后面偷看一下。

是的，正是她的丈夫。他微笑着，嘴里哼着曲子，手里拿着一件东西，她吓得心都几乎停止了。原来他拿的是一柄新的铲刀。

艾丽本能地领会了。是在今晚了……

可是还有一个机会。杰里哼着小曲转到屋后边去了。

她一点也不踌躇，便奔下扶梯去，跑出了屋子。可是她刚跑出门口，她的丈夫却已从屋后转过来了。

他说："喂，你这样着急跑到哪里去？"

艾丽竭力装作镇定和自然。逃走的机会现在是失去了。但她只要当心，不引起他疑心，机会还是会来的。就是现在吧，也许……

她说："我想跑到这小路的顶头去，再跑回来。"她的声音，自己听起来也觉得无力而犹豫。

杰里说："好，那么我来陪你。"

艾丽道："不，不要，杰里。我有点慌，头痛，我还是一个人走的好。"

他仔细地向她端详一下。她觉得他的眼光中略有疑虑。

杰里问："艾丽，什么事？你的脸色惨白——在抖呢。"

"没有什么，"她觉得不得不粗鲁地回答——她微笑着，"我不过有点头痛罢了。跑一会儿也许会好一点。"

“好，你总不能说我陪着你不好，”他随意地笑着，“我陪你去，不管你要不要。”

她不敢再反对了。假使他知道了她已经“知道”了呢……

她装作自然的样子。她觉得他还时常看她，有点怀疑的神气，她觉得有点不安。她觉得他的疑心还不曾完全消散。

他们回到屋子里以后，他主张她一定要躺下，由他去取点古龙香水洒到她的鬓部。他跟平常一样，是一个好丈夫。艾丽觉得像是坠在陷阱里似的，手脚缚住了，呼救无门。

他一刻也不离开她。他甚至陪着她到厨房里去搬盆子。晚餐她一点也吃不下，但她勉强吃着，而且装作快乐和自然的样子。她知道此刻是生死关头，一点懈怠不得。她只和这个人单独在一起，救她的人在几里路以外，她完全在他的支配之下。她唯一的希望是能够消除他的疑心，让她离开几分钟，足够她到客厅里去打电话求援。

她突然记得上一次他为何临时改变计划，于是现出一线希望。如果她对他说迪奇·威克曼今晚要来看他们怎样呢？

她想这样说出来，可是临时又不说了。他不会第二次再被阻挠了。在他表面的平静之下有一种决心和愉快，她怕极了。她觉得如果这么一说，反而促使他早一点动手。他会立刻动手杀了她。然后冷冷地拿起电话来告诉迪奇今晚的约会临时取消了。唔！但愿迪奇能在今晚赶到这屋子里来……假如迪奇……

她突然转到了一个念头。她用力看着她的丈夫，恐怕他看出了自己的心事。她计划已定，便勇敢了许多。她的神情是装得那么自然，连她自己也为之惊异。

她煮了咖啡，移到厅里，晴朗的晚上他们常坐在厅里的。

杰里突然说：“还有一件事，等一会我们还要去洗照片。”

艾丽不觉周身一股发冷但她还是漫不经心地回答着：“你能一个人洗吗？我今晚有点疲倦了。”

杰里笑着说：“时间不会长的。我敢保证你以后不再疲倦了。”

这一句话他似乎说得颇有兴趣，艾丽不禁战栗起来。她现在不依计行事，便再也没有机会了。

她立起身来。

她随便地说："我去打电话给肉店老板。你不必陪我去了。"

杰里问："打给肉店老板？这时候还打电话给他？"

艾丽说："店当然现在是关了，可是他是住在店里的。明天是星期六，我要他早点送些羊肉片来，不要给别人抢先买了去。这老板什么都肯听我呢。"

她赶快跑到客厅里去，把门关上。她听见杰里在说："不要关门。"她立刻轻轻地说："关了门飞蛾不会进来了。我顶讨厌飞蛾。呆虫，你难道怕我和肉店老板谈情吗？"，

她一跑进客厅，马上取下话筒来报个"醉客居"的号码。立刻便接通。

她问那里："迪奇·威克曼先生吗？他还在吗？请他听电话。"

门开了，她的丈夫跑进客厅来，她的心跳得厉害。

她暴躁地说："杰里，赶快走开。我打电话时不喜欢旁边有人听。"

他只是笑笑，坐到一张椅子上去了。

他问："你真的打给肉店老板吗？"

艾丽失望极了。她的计划失败了。迪奇·威克曼立刻便要来听电话了。她敢不顾一切地向他喊救命吗？

她焦急地把话筒上的按钮捏住和放开，捏住了对方便听见，放开了对方便听不见，她这样一捏一放，又转出了一个念头来。

她想着：这是困难的。这要头脑清楚，想好了适当的话，临时说起来不能犹豫，但是我想我做得到。我必得这样做。

正在这时，她听见迪奇的声音从对面传来了。艾丽深深地透一口气。然后她紧紧地捏着话筒上的按钮，说起话来：

"此地是'夜莺别墅'，我是杰里·马特太太，请你（她放开按钮）明天早上带六块好的羊肉片来。（捏住按钮）不要误事。（放开按钮）谢谢你，哈登，对不起，这样晚来打扰你。不过我明天真的一定要羊肉，（捏住

按钮）性命攸关的事。（放开按钮）好，那么明天一早赶快送来，（捏住按钮）越快越好。”

她把话筒挂上话，转身来看她丈夫，她气都透不过来了。

杰里问她：“对肉店老板是这样的口气吗？”

艾丽轻轻地说：“这就叫女人腔呀。”

她兴奋得很。他一点也没有怀疑。迪奇听了刚才这番话，就是他不懂，也会立刻赶来的。

她跑到起居室里，开了电灯，杰里也跟着她进来。

他好奇地望着她，说：“你现在似乎精神好极了。”

艾丽说：“是的，我的头痛好了。”

她坐在平常惯坐的椅子里，微笑着望着她丈夫，他便在她对面的椅子上坐了下来。她的性命保全了。现在还只有8点25分呢。9点钟以前，他早已赶到了。

杰里说：“今天的咖啡，我看不大好，味道很苦。”

艾丽说：“这是一种新牌子呢，我不过试一试，假如你不喜欢喝，我们以后便不喝这一种了。”

艾丽拿起针线来缝。杰里读几页书，然后他望望钟，把书本抛开了。

他说：“8点半了。到地下室去洗照片吧！”

艾丽手中的针线不禁掉了下来。

她说：“不，不，等到9点钟下去吧。”

杰里说：“不，孩子，8点半了。这时候是我决定的。你也可以早一点睡。”

艾丽说：“可是我想到了9点钟再下去。”

杰里道：“你知道我决定了时间，便一定遵守的。艾丽，来吧。我立刻要下去，不再等了。”

艾丽望着他，她不禁周身一阵恐怖。假面具是扯去了。杰里的手弯曲着，眼睛里闪闪有光，很是兴奋，他不停地把舌头在干燥的嘴唇上吮着。他不再遮遮掩掩的了。

艾丽想：对的——他等不及了——他已像一个疯子。

他跑到她那里去，一手搭着她肩膀，搀她走。

他说：“孩子，来吧，你不来，我来拖你了。”

他虽然开玩笑似地说着，可是这声音背后的一种凶相已无可掩饰，她非常害怕，拼命一挣，离开他的掌握，惶恐地靠在墙上不走。她逃脱不掉——她有什么办法呢——他一步一步地走近来了。

他说：“不，艾丽——”

她说：“不，不。”

她喊起来了，她的一双手无力地推开他。

她说：“杰里——不要拖我——我有点事告诉你，我要声明一下——”

他真的不拖了。

他好奇地问：“要声明一下？”

她说：“是的，要声明一下。”她是随便说着的，但她拼命地挣扎着，要抓住他的注意力。

他的脸上现出一副轻蔑的神气。

他嗤之以鼻地说：“我想，是有着一个旧情人吧。”

艾丽说：“不，是另外的事。你也许会称它是，我想，称它为一种罪恶吧。”

她立刻可以看到她的一击是中的了。他的注意力又被吸引住了。于是她的神经又镇定下来，觉得可以应付自如的了。

她静静地说：“你还是坐下来。”

她自己便转过去，在她原来的位置上坐了下来，她甚至俯下身去把针线拾起来再缝。可是她表面上虽然镇静，心里却在拼命地想着，想捏造出一个故事来，足以吸住他的注意力，一直到迪奇来救她。

她缓缓地说：“我以前告诉你，我在写字间里当过15年的速记打字员。话是不错，不过其中有两度我出来过。第一次是我22岁的时候，我碰到一个人，有点老了，也有一点钱，他爱上了我，要求我和他结婚。我答应了，后来我们结了婚。”她顿了一顿，“我劝他去保寿险，赔的钱当然是归我的。”

她看得出她丈夫的脸上突然现出有兴趣的样子，于是她继续说下去：

“在第一次世界大战的时候，有一时期我在战地医院的配药间里工作，我管理着各种贵重的药品和毒药。”

她顿了一下，似乎在回想着过去。他现在全神贯注地听了，毫无疑义，杀人者对于杀人的故事必然是要听的。她猜中了。她偷偷地望一望钟。是8点35分。

她说：“有一种毒药——只有一点点白粉。一点便能致人死命。也许你对这些也研究过，也懂得一点点吧？”

她这样问着，心里有点怕。如果他说他懂得毒药，那么她说话便得当心了。

可是杰里说：“不，毒药我一点也不懂。”

于是她透了一口气。

她说：“有一种‘哈渥斯辛’的，你知道吗？这种毒药很厉害，而且被毒死的人一点痕迹也看不出。任何一个医生见了，都会说是心脏病死的而出具证明书。我把这一种毒药偷了一点来，藏在身边。”

她顿了一顿，再鼓起勇气来说下去。

杰里说：“说下去呀！”

艾丽说：“不，我怕，说不下去了，下次再说吧！”

杰里不耐烦地说：“现在就说，我要听。”

她说：“那时我们结婚已有一月。我对我年长的丈夫非常好，非常的和善和忠诚。他向所有的邻居都称赞我。谁都知道我是一个忠诚的妻子。我每晚亲手替他煮咖啡。有一个晚上，只有我们两个人在一起，我放了一点毒药在他的咖啡杯里——”

艾丽顿了一下，仔细地再穿起针来。她虽然从来不曾演过戏，可是现在她演得出色极了，足以和全世界最伟大的女演员媲美，她活像真的毒死过人似的。

她继续说：“那时我很安静。我坐在那里看着他。他喘了一下，要透空气。我替他开窗。然后他说他已不能从椅子上起来。他立刻死了。”

她停了下来，微笑着。这时已是8点3刻。当然，他们马上会来了。

杰里问："保险公司付了你多少钱呢？"

她回答说："大约有两千镑。我拿来去投机，结果完全蚀光。于是我又回到写字间去。可是我并不想长久待下去。后来我碰到了另外一个男人。我在写字间里一直用的是娘家的名字，他不知道我结过婚。他年纪很轻，很好看，颇有一点钱。我们悄悄地在苏城结了婚。他不愿去保险，可是他立了一个遗嘱，当然对我很有利。他正像我第一个丈夫那样，喜欢我替他煮咖啡。"

艾丽回想似地微笑着，简单地添上一句："我煮的咖啡非常好。"

于是她继续说下去：

"我们住的镇上有好几个朋友。有一天晚上，晚饭以后，我的丈夫突然患心脏病死了，他们都很同情我。我不喜欢那个医生。我想他并不疑心我，不过他对于我丈夫突然的死亡，当然非常惊异。我也不知道为何后来又回到写字间里来。也许是习惯使然吧。我第二个丈夫遗给我四千镑左右的财产。这次我可不曾把它去做投机，而是投了资。然后，你看——"

她正要说下去，话突然被打断了。杰里·马特满脸通红，神情十分紧张，喉咙半窒息着，一根指头战栗着对着她：

"那咖啡，天哪！那咖啡！"

她盯着他。

他说："今天的咖啡是苦的，我现在可懂得了。你这恶魔！你又是老毛病发作了。"

他的两手紧握着椅上的靠手。他预备跳过来抓住她。

他说："你下了毒药！"

艾丽这时已退到壁炉旁边。她吓坏了，她张开嘴来想否认——然后又停止了。他立刻会跳过来擒住她的。她使用所有的力气，用她的眼睛紧盯着他的眼睛。

她说："是的，我下了毒药。毒药已在发作了。现在你已不能从椅子上起来——不能起来——"

她只想使他在那里多坐一回，只要多几分钟的时间……

啊！这是什么声音？路上有脚步声，开门的声音。屋子外面小路上的脚步声。啊，好了！屋子里的门开了。

她再说一句："你不能动。"

然后她偷偷地从他身边奔过去，逃出屋子去，正好昏倒跌在迪奇·威克曼的怀里。

迪奇喊着："天哪！艾丽。"

然后他旋转身来，对他身边那个身材高大的警察说："到屋子里去看，究竟怎样了。"

他把艾丽轻轻地放到床上，俯着身子，轻轻地问："可怜的孩子，他们怎样待你呢？"

她的眼睛动一下，嘴里只是吞吐地喊着他的名字。

警察碰碰迪奇的臂膀，才把他唤醒。

那个警察说："先生，屋子里没有什么，只有一个人坐在椅上。他似乎受了什么大惊，而——"

"怎样呢？"迪奇问。

"先生，他——死了。"警察回答。

他们被艾丽的声音吓了一跳。她的眼睛仍闭着，似乎在梦中似地说："突然，"她几乎像从什么书上引来似的，"他死了——竟吓死了！"

丙之　译

鸡心小饰盒

爱尔·安贝慧

这一天下午天气很冷，冷得简直使人感觉不舒服，詹森博士就拣了这个下午到苏格兰场去见副侦探长穆萨。穆萨呢，在他感觉到冷得不舒服以外，他还很繁忙。詹森博士要是没有弗兰克副警察长那封恳切的介绍信，他就休想见得到副侦探长。

那封介绍信并不长。写信者在表示了他的敬意以后，说明詹森博士以前在捷克国内，是警务方面的一个著名人物，现在他到英国来，自然应当表示欢迎，所以十分盼望能加以接见。

穆萨以前也接见过来访问苏格兰场的客人。一开头是互相恭维一番，接着由丹顿督察——他在来客进入穆萨的办公室一会儿以后，自然会好像出于偶然地，也走了进来——引领着到里面一处处去参观，然后是握着告别的手，于是一辆出租汽车就把访问者送走。

詹森博士是一个胖胖的中年男人，个子也要比普通的人高一些，圆圆的面孔有些苍白，一对露出忧虑神色的眼睛前面，架着一副深度的眼镜。他穿着一件灰色的雨衣，雨衣很长，下摆几乎拖到他的脚踝，他随身还带着一柄折拢着的雨伞。他一走进办公室，立即站住，一个立正，并鞠了一个躬，然后清晰地说："我是詹森。以前在布拉格警察局服务。愿为您效劳。"

"真荣幸，博士，请坐。"

"你这样快就接见我，真感谢你的好意，"博士突然说，"能在苏格兰场获得接见，自然是一种荣幸。我们在捷克的警务人员，对于你是一向钦佩的。"

穆萨是惯常听到这一类话的。他毫不在乎地微笑着："我们是在尽我们的力量罢了。我们是一个法治的国家。"于是他的耳朵听到了已在等待着的声音——丹顿督察的脚步声在走过来了。他站了起来："对了，博士，现在你既然来了，我想你总乐于看看我们的组织吧？"

在穆萨这儿已形成了一句很自然的问句。他想这样就可很妥当地把詹森博士交到丹顿督察的手里去了，却想不到由此发生了不可相信的事情。

出乎意料地，詹森博士说："哦，不要，谢谢你。我不预备来惊吵你们。"

穆萨一时还以为他一定是误解了。

"对了，博士。我们能够为你做些什么呢？"

"请原谅。能够为你们做一些事情的是我。我想……"他迟缓地接着说，"我能够帮助你们解决桩案件。聪明的罪犯是很愚蠢的，是不是？"

"承蒙你的好意。我看，要是你把所要说的话，统统写下来，邮寄给我，我们一定是会留意的。"

詹森博士微微的笑容消失了，眼睛却闪着光。"这是不必要的。情形是已写好了的，而且我带来了。"他把从报纸上剪下来的一段记载，放在穆萨的前面。"请你，"他坚决地说，"读一读。"

穆萨又坐了下来，他的眼睛正望到詹森博士的眼睛，他在读着。

那是从威塞克斯的一份周报上剪下来的，出版已经有两个星期了，是一则验尸的报告。

一个年约60的女人的尸体被海水冲进了兴格斯湾，随即被确认是法兰·查德太太，她住在一个叫做西赫斯托的村庄里，那村庄离避暑区西布恩海滩大约五里路的样子。她的丈夫已经死了15年，为她遗留下了一笔巨额财产，还有西赫斯托农场，连同一个20亩的花园。他死了以后不久，她随即做了他侄女的监护人，那侄女，海伦·查德后来嫁给了布莱顿，他是西布恩的一个制造商。自从他们结婚以后，布莱顿夫妇一直同法兰太太一起住在农场里。

11月4日的傍晚，布莱顿到警察局报告了法兰太太的失踪。那天下午，布莱顿太太依照她伯母的意思，开汽车送她到西布恩，预备在那里购买一些东西。因为法兰太太说，她也许还要去看一个朋友，一同喝茶，她的侄女在2点3刻同她在南方场分了手，把车子就停放在那里的停车场上，她一个人便趁空去看电影了。她们约好了6点钟在南方场碰头。法兰太太并没有在约好了的时间到来，布莱顿太太便打电话到她各个朋友那里去询问，却一点线索都询问不到，随后就报告了警察局。

8天以后，她的尸体被一个海滨巡逻队员发现了。

验尸以后，证明她是因脑壳破裂致命的。脑壳的破裂，是同任何坚硬的东西相击撞，都可造成的。依情形看来，她是从一个高的山岩跌了下来。她死了几小时以后，才被海水冲到了海里去。尸体已经腐烂得厉害，由此可推测，她也许就在失踪的那天死了的。据她的医生说，她患有心脏病，所以很有一时昏眩的可能。

一个孩子，艾妮，在11月7日那天（就是法兰太太失踪后的三天），在海首岩的脚下，拾到一只鸡心的小饰盒——那是一个风景很好的地方，离南方场只有几分钟的步行路程。

布莱顿太太认得出这小饰盒是属于她的伯母的。她的伯母对于这小饰盒很有怀念的意味，所以她常佩戴在身上。她的伯母每天下午总爱坐在那山岩的顶上。可是在她失踪的前几天，因为她有些伤风，所以没有去。

验尸官在详细检验以后，总结说，她在4日那天下午，同她的侄女分手以后，无疑是改变了她去看望朋友的意思，而是步行到了那山岩的顶上去。继而，因为她生病刚刚痊愈，走路走得有些吃力，便一阵昏眩，从山岩上跌了下去，就跌死在下面的海滩上了。那天是6点钟涨潮。她的尸体到了那时便被海水冲到了海里去。

所以，她的死是由于碰到了意外。

穆萨读完了，便抬起了头。

“有什么意见吗，博士？”他说。

“法兰太太，”詹森博士决断地说，“是被人家谋杀的！”

“不可能！”穆萨说。

“你没有注意那火炉吗？”博士问。

“什么火炉？”穆萨有些莫名其妙。

“就是那只火炉。它熄灭了的，你知道。西赫斯托农场里的那只火炉在法兰失踪的那天，是熄灭了的。”

穆萨叹了一口气，向后面靠着。

“督察，”他说，“把法兰案件的案卷拿出来。谢谢你，督察。看，这个就是。全都记录得清清楚楚的。我们先看那侄女的。”

“她正如所招供的一样过了那个下午。那天下午，她在停车场停放汽车，以及看电影，这两件事情是都已被证实了的。她在7点钟回到家里，因为她在南方场等了半个钟头，又费去了10分钟，打电话给她伯母的朋友们，去探问她的行踪。布莱顿也很快就回了家。他是2点30分离开家的，是到海威克去，在3点钟有一个商务上的约会——那地方离他们的农场有14里路。他在那件事情以后，依旧留在海威克，同几个人做了一些别的事情。这一切也都已被证实了的。而且，没有一个谋杀者能把无论什么人从那山岩上推下去的。在下面的海滩上，离不到四分之一里远，就有海滨巡逻队员防守在那里。他是会担心被人看见的。满意了吗？”

詹森博士微微一笑：“请你注意，我会把这桩案件解释给你听。”

他举起了一个手指。“第一，”他说，“引起了我注意的事情，就是这个鸡心小饰盒。我认为那东西太奇怪了。那东西是在山岩的脚下被拾到的，所以，法兰太太是从山岩上跌下来跌死的。实在简单，这样推理也许有些太简单了，你不也这样认为吗？那东西是在发生意外的三天以后被拾到的，所以它一定是跌落在一个潮水涨不到的地方。否则，6点钟的潮水一定会把它淹到了泥沙里去，或者冲到了海里去，你不也这样认为吗？昨天我到了西布恩去。我去看过那山岩，那山岩稍微向前冲出。我还做了一次小小的试验。从那山岩掉落下来的东西，无论如何掉落不到一个涨不到潮水的地方。”

穆萨耸了耸肩膀。那小饰盒是已破裂了的。她也许在跌下来的时候，把它使劲拉下来。她是有心脏病的，这会是一个很自然的现象，它可以跌落在无论哪里的。

“法兰太太，”詹森博士继续说，“是因为布莱顿夫妇要谋她的财，才被他们谋杀了的。因为布莱顿不想被别人发觉出来，才为自己安排好了出事时不在场的假证的。他们所安排好了的，却也并不怎么有用处，因为没有一个人知道法兰太太被谋杀的准确时间。在我看来她是在她失踪那天的下午，被谋杀在2点30分与35分之间。她是在那天6点钟以后，被放在海威克的海边的。

“2点30分，布莱顿离开家，去赴在海威克的约会。可是他并没有直接到那里去，他把他的汽车开出一段路，却停了下来，他便下了车子，走了回来。五分钟以后，他的妻子开汽车送法兰太太到西布恩去。一到她开到从家里望不见的地方，她就把车子停下来了。于是她的丈夫走过来，用他所随带的武器，把法兰太太击死在她的汽车里。他于是走回到他的汽车，开到海威克去赴他的约会去了。布莱顿太太便向西布恩开了去。”

“请问，那尸体在什么地方呢？”穆萨尖刻地问。

“在布莱顿太太的汽车里，在那后座旁边的地板上，用一条地毯盖在它的上面。他们不能把她掩藏在树林里，因为万一被别人发觉了，对他们不利。布莱顿也不能把她带在他的汽车里。在布莱顿太太所停放车子的大停车场上，她是不必担心有人会检查她的。那里只有一个看守人，他又总是待在门口的。到了5点半，我想，布莱顿太太离开了电影院，走上了她的汽车，开到了海威克的海边，她是已约好了同她的丈夫在那里会面的。涨潮是在6点钟，到那个时候天也要暗了，那个地方很冷清，不会有什么人去的。在布莱顿把尸体移到海边去的时候，是很少会有被人见到的机会的。布莱顿太太之后开车子回到西布恩，打电话探问她伯母的朋友们。一切的经过情形就是这样，我想。”

“我不明白那火炉同这件事情有会什么关系？”副侦探长不解地说。

“那条遮盖尸体的地毯，和汽车里的小地毯，都会有血迹的，侦探长。布莱顿太太不用说是会把它们丢进火炉中去的。可是地毯的质料是很沉重的，它们就把火炉里的火弄熄了。一个有钱人家的小姐，怎么会完全懂得火炉的情形呢？总之，侦探长，在法兰太太被谋杀的那天，西赫斯托田农场的火炉是熄灭了的。”

“你还没有解释，詹森博士，”穆萨说，“在海滩上怎么会有那个饰盒。”

“哦，是的，那个饰盒。”詹森博士微微一笑。“这是，”詹森博士继续说，“我那天在一家珠宝旧货商店的橱窗里看到了的东西，这件东西，使我想起了布莱顿夫妇来。”

他把他的手伸进他的口袋里。在它退出来的时候，它执着一条细链条。那上面荡着一样东西。这是一只鸡心的饰盒。

“那珠宝商说，”詹森博士说，“像这样的东西是很普通的。你要买一只小饰盒，只要你随时留意，差不多在什么地方都能买到。”

他望了望他的表：“我提议，你还可以去探听探听，看在那桩谋杀案以前，或者以后，布莱顿是不是去买过新的地毯和新的车垫。也可以去探听探听，在4日那天下午，有没有人看见布莱顿太太开汽车到海威克去。关于布莱顿在5点30分以后的详细行动，对于你侦查这桩案件，一定很有帮助。”

他立刻站了起来：“可是我非走不可了。你待我可真好。有趣，有趣。”

于是詹森博士走了。

穆萨深深地透了一口气，把电话的听筒慢慢地取了起来。

“我要，”他说，“同维塞克斯的警察长讲话。”

由此，这桩案件自然会有一个新的解决。

龚江 译

铁棺

马克·史蒂文斯

洛奇刚入睡不久，就被电话的铃声吵醒了，他摸索着取起听筒来一听，原来是局里打来的，报告他葛兰路波顿酒店的老板被人用手枪打死了。

不到一刻钟，洛奇已到了出事地点，他看到他的伙伴霍克已经在那里了。

“是谁发现尸体的？”他问。

“一个叫做梅茜的姑娘，”霍克回答，“她说她是去酒店预备喝一些什么的。”

“还有别的证人吗？”

“一共有两个：西伯顿，他就住在隔壁；还有一人，名字叫做斯科里，他们两个都听见枪声了。他们说，总共有12响，或者15响。等到他们穿好衣裳，赶到这里，这个叫做梅茜的姑娘早已发现了那尸体了。”

“好的，我们可以等一会儿再来问问他们。让我们先到里边去看看吧。”

酒店老板波顿，洛奇是认识的。他是一个50岁左右的人，人很和气，他独自经营这个小酒店，生意还不差，也稍稍积攒了几个钱。大概就为了这个，引起了什么歹徒的觊觎。洛奇一边这样想，一边慢慢随着霍克向酒店的店堂里走去。

霍克发现一小片泥地，要比它周围的暗一点。洛奇俯下身去一摸，觉得有些湿漉漉的。他举起手指来一看，原来是血。

地上的足迹很是凌乱，经过仔细的侦察，看得出这里有两个人的足印，可到了那血迹的地方，就只剩一个人的足迹了，显然是另一个人被一个人抱起来走过的，所以从那血迹走到门外去的脚印，要显得更深一点。

“有一个凶手曾被击倒在这里。”洛奇说。

店堂里的灯光很是幽暗。他们走了进去，洛奇一条腿跪在那尸体的一边。他看到波顿连中了三枪：一枪在左肩膀上，一枪在右臂膀上，还有一枪直穿进了他的肚皮。地板上有一枝手枪，是点三八口径的，就在离死者的右手不远的地方。

酒柜上有一只威士忌酒杯，里面已是空空的。酒杯的旁边是一瓶尊美醇牌子的爱尔兰威士忌。离这酒杯18寸左右的地方，还有一只高脚玻璃酒杯，那里面也是空空的。

洛奇更踏前了一步。两只玻璃杯，他一只都没有用手去碰，就只用鼻子嗅了嗅。“凶手们是先喝过酒的，”他说，“大概是用来壮一壮胆。我们也许可以从玻璃杯上得到指纹。万一没有，也没有关系。我们是还有一个线索可寻的。”他指了指另一只酒瓶，它站在两只玻璃杯之间。那酒瓶上所标贴着的名称是“卡酪，咖啡酒”。“这个对我们很有用处。这是一种墨西哥酒，喝起来，味道有些像甜的咖啡。”

这桩凶案发生以前的情形，侦探们可以推测得到。因为时间已到了12点钟，店堂里已走得一个主顾都不剩了，波顿整理整理，就要预备打烊了。在这时走进两个人，他们叫了他们所要喝的酒，波顿预想到了会有什么危险，所以他暗暗地把他的手枪藏在身边。

可是谋杀的动机，是不是仅为抢钱？还是另有什么别的动机呢？

在打斗开始的时候，波顿一定也是拔出枪来就打，而且他也一定先打中了一个凶手，然后才被另一个凶手击毙的。

“好，现在可以让我们来问问证人了。”洛奇说。

梅茜还只二十一二岁的样子，长得楚楚动人。她穿的晚服，颈项和臂膀都露在外面。她恰巧闯进一个凶杀的场所，因此至今还有些心神不定。但是，她还能镇静着，把她所见到的讲给侦探们听。

“正在我从我的车子里走出来的时候，”她述说，“我看见两个人踉跄地向一辆轿车走过去，它就停在离我的车子不远的地方。一个人扶着另一个人走，在上汽车的时候，后者甚至是被抱了上去的，我想是因为他们酒喝得太多了的缘故。我向酒店的门走过来的时候，他们的车子就开走了。

“店堂里一个人都没有，灯光又不大亮。我走了进来，就向这酒柜走着。在这样走的过程中，我才看到了波顿这样横倒在地板上。我想他是晕倒了呢，还是被人打倒了。我走过去一看，我看到了许多血，我才知道是发生了什么事情。没有一会儿工夫，这些人也赶来了。”

“你能说得出凶手们所坐车子的样子吗？”洛奇问。

“它的样子很新，我想牌子是雪佛兰，只是我不怎么能确定。然而我有一件事情是可以确定的。那灭声器一定是坏了，否则不会有那样大的噪音的。”

“你怎么会一个人到这里来呢？”

“这也有关系的吗？”

“关于谋杀案盘问起来，没有一件事情是没有关系的。”洛奇申说。

“好的，因为我同未婚夫吵架了，他就赌气下汽车走了。”

“凶手的车子是向哪个方向开去的呢？”

“对不起，我没有注意。”

“没有关系。你可以把你的地址留给我们吗？”

她把地址写了下来：“现在我可以走了吗？”

“你想过你的未婚夫会站在路边等你吗？”

“说不定会这样。”

“如果你看到了他，就把那轿车的样子说给他听。你问问他，看见过这车子没有。”

“我会去找到他的，”她许诺，“等我问清了，我会打电话到局里来告诉你。”

洛奇把他的名片给了她。

于是他转过来盘问别的证人。

西伯顿就只听到12声或者15声的枪声，至于人或者车，他什么都没有看见。斯科里呢，他的住所同波顿的酒店大约有50码的距离，他被枪声惊醒了，到他穿了衣裳赶出来，看见那辆轿车开过。他证实梅茜小姐所说的，那灭声器的大叫并没错。“它是朝西开的，开得很快。”他接着说。

正好洛奇向证人们盘问完毕，有一个侦探助手带来了一个红头发的瘦子。

“他的名字叫莱恩斯。他是为波顿做事情的。他来问那口棺材是不是还在那里。”

“什么棺材？这是什么意思？”洛奇诘问。

“我们壁橱里有一口铁木做的小棺材。我9点钟点过，那里有两千块钱。”莱恩斯说。

“两千块钱！怎么在手头要放这么多钱？”

“是的，我们经常是这样。因为现在往来的船只很多，客商们就用这酒店来做他们会谈的地方。他们有时候要开支票换现钞，波顿留着许多现钞在手里，就为了要给他的主顾们一些便利。”

“你自己来看吧。”洛奇一边催促着，一边向壁橱望着。

莱恩斯走上前去，伸手到壁橱里一摸。“被人拿走了。”他说。

“本来放在哪里？”

“就放在两瓶威士忌后面。”

“你能确定，在你走的时候，钱的确在那里的吗？”洛奇向莱恩斯探测性地望了一眼，“这样的地方，放着这么多钱，实在太滑稽了。”

“波顿原本是一个滑稽角色。我也劝过他，钱不要这样随便放在那里，他总不肯听。他老是说，他还怕什么人来抢它不成？同时，他又总把他的手枪放在随手拿得到的地方，意思万一有人来抢他的钱，他也不至于一点抵抗都没有。”

“会有多少人知道它放在那里呢？”

“手枪？”

“我意思说钱——就是那口小棺材。”

“知道的人并不多，我们只为我们熟悉的，又的确十分靠得住的人兑现支票。而且在我们为他们兑现的时候，钱是从抽屉里取出来的，那支票也放在抽屉里，直到最后，人都走完了，我们才把支票放进棺材里去，然后从棺材里取出同样数目的钱，放回抽屉里。自然，总有几个老客人是知道这种手续的，只是知道的人不会多，而且他们都是波顿的朋友。”

洛奇摇摇头：“现在，不管是谁，杀死他的一定知道那口棺材，也一定不是他的朋友。”

莱恩斯突然想起了一件事情：“让我看，上星期六晚上，有两个家伙到这里来。其中一个叫了一杯奇怪的酒。那瓶酒是放在棺材的后面。波顿拿它出来的时候，把棺材碰倒了，里面的东西就翻了出来。”

“那种酒是叫‘卡酪，咖啡酒’吗？还有一个家伙不是喝的爱尔兰威士忌吗？”

“你怎么会知道的？”

“因为把波顿打死的那两个人在他们动手以前，也是喝过这两种酒的。一定是他们看见了那些钱。你能说得出他们的样子吗？”

莱恩斯稍稍想了一想：“在这里进出的人实在太多了。要不是为了那口棺材，那两人我也绝不会想起来的。一个年纪很轻，至多只有25岁，中等身材，别的我却记不起了。还有一个，他的年纪要大一些，他的耳朵真大，像这样的大耳朵我以前从没有看见过。他们是做蔬菜生意的，在讲着要到科罗拉多去。”

“你给了我们很多的帮助。你明天早上到局里来一次，好让我们把这些事情记录下来。”

这时候验尸的工作也已完毕。波顿的肩膀和臂膀上所中的两枪，是点三八口径的子弹，肚皮上的一枪，却是点四五口径的。

“那个跌倒在这里的家伙怎样？”洛奇问验尸官，“他受的伤也不轻吧，医生？”

“据我看来并不轻。因为他流了很多的血。即使所受的伤本身并不严重，但他流出了这么多的血，要是不经过医生好好地医治，他也会活不成。”

“好，要是他去看医生的话，我们不难把他追踪到。不然的话，他也不会命活。”

到了第二天，查遍全城的医院和医生，都没有受过枪伤的人去诊治过。怕那两个罪犯会想急救，到什么药房里去买一些药来自己医治，所以全城的药房也都去查询过，可是也没有一家曾经出售过可能作这种急救之用的药品。

洛奇让那些去采访这桩谋杀案的新闻记者，把案情别的都讲得详详细细，就只把两个凶手所爱好的酒的名称没有说出，好使那两个家伙在读了报纸上的记载以后，不至于对他们所爱好的酒有什么戒防，因为‘卡酪，咖啡酒’是一种不大被叫到的酒，既然凶手之一对它有爱好，那么，这正是可作为侦探们的强有力的线索。

至于凶手们所用过的那两只酒杯，经过指纹专家的查验，发现在那上面并没有什么指印，它们是已被揩拭过了的。凶手们既然会想到把玻璃杯上的指纹揩去，由此可推想到，他们以前犯过案，警察局里有他们指印记录的，所以他们对于指印不敢稍示疏忽。也由此可知道，他们是犯案的老手，因为偶而犯案的人，是决不会想到擦拭去指印这一点上去的。

好几天过去了，侦探们还是没有获得任何新的发展。他们各个蔬菜摊位也都去过，可是没有一个摊主想得起他们问到的，一个大耳朵的人来。

在像这样去探问的中间，引起了一个金发中年妇女的反问。她到洛奇的办公室里来，请求帮助她探索她前夫的下落。她的前夫科尔斯，是做蔬菜生意的，已出门好几天，却一点消息都没有给她。

从她的叙述所显示，科尔斯，年45，5尺9寸高，体格健壮，黑头发，两鬓有些斑白，大面孔，大耳朵。而最使洛奇注意的，是大耳朵。

“你为什么要寻找你的前夫呢？”他问。

“因为他的人寿保险单在我这里。要是他死了的话，我就可以得到二千元的保险赔偿费了。”

“你怎么会想到他是死了的呢？”

“虽然我们分开了，我们却还是时常有来往的。他在过去从没有这么长时间不向我借钱。你知道的，那些做蔬菜生意的人，是时常一会儿有钱，一会儿没有钱的。他在周转不开的时候，写信来向我借五十元，借一百元，我总是即时就借给他的。他一有钱，也就把他所借的还清了。可是这许多天来，他不但没有写信来问我借钱，就是平常问候的信件，也没有给我一封。所以，我想他很可能已不在人世了。”

洛奇答应她为她探寻科尔斯的下落。

其实科尔斯，也许正是洛奇自己在追踪的。他想起莱恩斯说起过那两个嫌疑犯说要到科罗拉多去，他便到了那金发中年妇女的寓所去，他要去问她，要是她的前夫到科罗拉多去了的话，他可能住在什么地方。

他在开口问她以前，先在她的室内打量一番。他的注意力被放在碗橱里的一件小东西吸引了过去。

于是，他一边好像很随意地向碗橱走过去，一边搭讪着说：“他不给你信，也许他现在境况很好，或者他已经忘记了你，新交到了一个女朋友。”

“也说不定的，”金发女人同意，“同样像我这样看上他的，自然不能说决没有别的女人了。”

“科尔斯爱喝什么酒？”

“尊美醇威士忌。你为什么要问？”

洛奇已走到了碗橱边。“嗯，这个东西很有趣，”他把它取了起来说，“你从什么地方弄来的？”

“我觉得它很恐怖，”金发女人回答，“是杰瑞送给我的。”

就是他！

侦探把这铁木制的小棺材拿到了窗口，凑着亮光观摩着：“是杰瑞？”

“是的，杰瑞·希克斯，为什么你要这样关心？”

“科尔斯和希克斯一起到科罗拉多去了，是不是？”

“啊？”

“希克斯说科尔斯到什么地方去了？”

“他说他们闹翻了。”

“你知道希克斯爱喝什么酒吗？”

“墨西哥出产的一种咖啡酒，那种酒有些甜，我们都取笑他，你拿了那小棺材做什么用？”

“我要把它拿去一两天，”洛奇柔声地回答，“我想这对于寻找你的前夫有些帮助。”

“我是无所谓，就只是杰瑞要是知道我让别人把它拿走了，他不知道会怎样不开心的。”

“杰瑞现在在哪儿？”

金发女人说出了一个旅馆的名字——杰瑞的住址。

洛奇想，要是他拿了那小棺材就走，金发女人是一定会打电话给希克斯给他警告的。他把她留在那里未免太危险了。

“我要你一起到局里去一趟。”他说。

“现在就去？有什么事情？”

“到了汽车上我会告诉你。”

金发女人耸耸肩膀。“那，”她说，“我同你说老实话吧。科尔斯究竟怎样了，我并不放在心上。我也并不想帮他什么忙。自从我得知他走上邪路以后，我就离开了他。现在他同我没有什么关系。”

侦探对她说，没有什么事情，就只要她到局里去一次。到了车上，向他的办公室开去的时候，他对她说明了那具小棺材的重要性。抵达警局后，他派两个人把希克斯抓了起来。

希克斯被带进洛奇的办公室后，态度是有些不逊的，他拒绝回答任何问题，甚至否认那具小棺材是他送给金发女人的。

洛奇去把莱恩斯传了来。他先给他看那小棺材，他说正是那一具。他找人把希克斯带了出来，莱恩斯一看到就惊呼着说：“哦，就是他！他就是叫那种奇怪酒的人。”

希克斯于是看到他无法再否认了，便供认了一切。他说是他和科尔斯两个人去抢的。科尔斯所受到的枪伤很重，可是他们不敢去看医生。科尔斯不久就死去了，希克斯便把他葬在田野里。

“你用的是什么口径的枪？”诘问。

“我用的是点三八口径的。科尔斯用的是点四五口径的。”

“你们两人之间，是谁先开枪的？”

“说来你们也许不会相信……”

“你先说说看。”

“我是阻止科尔斯开枪的。可是我看到他已先中了一枪，我也就转过去开枪了。我们双方一起开了有十多枪。科尔斯已伤得不能走，我把他半拖半抱到了汽车里。可是，终于因为无法求医，不久就死了。现在，我所说的都是实话，一切由你们去定夺吧。”

陆参　译

恐怖的白康乃馨

帕特里克

一个年轻而美貌的女人来拜访纽约警察局暗杀科的大侦探托马·特莱恩。她的姿态绰约而冷静，正如她襟上所佩的那朵白康乃馨一样。

她说："我是安吉拉·弗洛斯，你还记得我吧？"

特莱恩竭力在他的回忆中追索着。"我竟想不……哦，是的，我想起来了，我们在普林斯顿的宴会上见过，那已是九年以前的事情了，你那种风度真是迷人。"

她的蓝眼睛张得很大。"啊，你的记性多好！你竟还没有忘记，我一直在留意你九年来的成就，实在太惊人了，所以我需要帮忙的时候，就来看你了。"

"你需要帮忙？"特莱恩迟疑地问，"你需要一个暗杀科里的人来给你帮忙？"

"不是吗？"说着，她把别在衣襟上的那朵白康乃馨解了下来，"我就是为了这些花才来的。"

大侦探向她凝望着，等她讲下去。

"今天是我的生日，"她继续说，把花放在办公桌上，"这些花是在今天早晨收到的，里面却并没有附寄花人的姓名。"

"因此使你心神不宁？"

"这使我很是惊恐，你知道，我亲戚之间已经有过两个人在收到后不多几小时就死了。第一个是我的叔父约翰·弗洛斯上校。他的事情是发生在6个月以前，他是被他自己的手枪打死的。他刚从太平洋回来不久，据他们说，他是给枪炮声吓得精神失常了。”

大侦探特莱恩还记得那桩案子：一个上校军官才从前线回来，觉得退伍以后的生活一点趣味都没有。刑事科认为弗洛斯上校是自杀致死的。

安吉拉·弗洛斯说：“约翰叔叔在纽约是一个人住着，事情是在他生日那天发生的。所有的亲戚都到他那里去祝贺他的生日，可是到我们进去，发现他已被手枪打死在地板上了。他尸体的附近散落着许多白康乃馨。我俯下身去拾了几朵起来，看到有的花瓣上溅着殷红的血迹，这就是约翰叔叔死时的情形，他横在那里，手枪还执在他的手中。”

“还有呢？”

“警察局里的人在侦查过以后说，这是出于自杀。哦，在当时白康乃馨好像并不显得重要。我稍微觉得有些奇怪，因为叔叔并不喜爱鲜花，他怎么会有那些白康乃馨？可是……可是等到第二件事情发生了，我就不能不相信白康乃馨是一种——凶兆。”

“以后又出现过吗？”

“是的，就在2月份，那是我姑母露西太太的事情，她也是在她生日那天死的。”

这桩案子大侦探特莱恩也记得：这事情发生在他的管辖范围以外，所以并不是由他亲自处理，那是由基坡分局的大侦探科伯利侦查的，他对它很有兴趣。一个在社交界很有名望的中年女人，在她的亲戚们为她举行生日的祝贺宴之后，发现她已死在她的车库里，是被一氧化碳毒死的。据验尸官说，这是由于不小心。

“在这几个近亲之间，每逢其中有一个人生日，我们都到他的家里去祝贺他。”安吉拉·弗洛斯说明，“也只有在这样的时候我们才彼此见面。那天我们都在露西姑母的家里，白康乃馨是在那天早上寄到的。我想一定也是匿名寄的，因为姑母问我是不是我寄的，可见她并不知道。我告诉她不是我寄的。后来她就被发现死在她的车库里了——那是白康乃馨的第二度出现。今天早上我收到了一个包，打开一看，里面就是……”

她说不下去了，赶快用双手按住了她的面孔。

特莱恩沉静地问："你已把这些白康乃馨的事情讲给大侦探科伯利听过了吗？"

"是的，"她沙哑地说，"可是他并不感兴趣，他说这只是巧合而已。"

"这是三次巧合了！"特莱恩喃喃着说，"弗洛斯小姐，你今天晚上要举行生日宴吗？"

"是的，聚宴的就是我们几个近亲，他们今天晚上都住在我家里。"

"不要举行了吧。"

"怎么能够不举行呢？我……"她停顿了，"那么你也是相信是有危险的？我也觉得，你并不认为我有神经病吧？"

"当然我并不认为你有神经病。告诉我，白康乃馨在你们亲戚之间有什么特别的意义没有？"

"我并不知道有什么特别的意义。"

"你有没有特别怀疑什么人？"

"没有。"

"是不是有一个人有理由来弄死你的叔父、你的姑母和你呢？"

她迟疑了一会儿说："说起来，在某一种意义上，我们大家都有一个理由的。我的父亲有很多的财产，他死后，在他遗嘱上规定，他的兄弟和姊妹以及他们的儿女，把那每年的收入平均分派。要是中间有一个人死了，其余的人大家就可多分得一些了。"

"这不能不说是一个理由。"特莱恩把那朵白康乃馨从桌子取了起来，"这是怎么来的？"

"从邮政局里寄来的，装在一只普通的盒子里。"

"为什么你今天晚上一定要举行生日宴呢？"

她向他绝望地望了一眼："这有什么用呢？要是这些白康乃馨是表示要把我弄死的话，我就是不举行宴会，也没有什么用处的。我看还是这样好，宴会照样举行，趁此看有什么机会能够把这个人捉出来。我所以到这里来，是想来问你肯不肯……"

"去参加那宴会？"

“是的，我很惊恐，大侦探，可是要是有你在那里的话，我就不怕了。”

大侦探特莱恩就答应去了，并约定并不凭警务人员的资格，却以一个老朋友的姿态出现。

到了晚上，特莱恩如约来到安吉拉的寓所。在他按铃以前，他先到房子的四周望一望，看他所派来的便衣人员是不是已在那里。他已来了，站在屋子的转角，正对着后门望着。特莱恩向他点了点头，便回到了前门口来。

是安吉拉自己来为他开的门。她的样子显得很是镇定，她笑了一笑才说：“你看，我还是活着。”

特莱恩几乎为她的浅笑所蒙蔽，可是在她挽手把他领进客厅里去的时候，他觉到，她那挽着他的臂膀在微微打战。

“我的堂兄费里已经来了，”她低声告诉他，“有……有什么事情你想我应该做的吗？”

特莱恩的样子很是严肃：“不要同任何人单独在一起。记好这一点，要是非单独同他在一起不可的话，你找一个借口来叫我一同去。”

费里·弗洛斯在起居室里，一个人喝着鸡尾酒。特莱恩已从大侦探科伯利口中知道费里·弗洛斯是非常贪酒的。

钢琴上面放着一只大银花瓶，其中插着十来朵白康乃馨，特莱恩想安吉拉是有意那样讽刺地布置的，可是无论那些花朵的布置，或者费里·弗洛斯的在场，对于那欢乐的生日都并没有增加多少欢乐的气氛。

贝特拉姆兄妹的到达，对于这一点也没有什么帮助。这兄妹是双胞胎，是安吉拉另一姑母的儿女。因为是双胞胎，赫伯特和劳瑞的相貌十分相像，同样是红头发，同样是瘦弱的身材，也同样是科学家的风度。他们一到就对安吉拉说他们吃完晚饭以后，马上就要去参加一个科学的集会。他们喝着鸡尾酒，只互相高声讲话，对其他的人毫不加以理会。

正当一个使女把第二缸鸡尾酒端进起居室中去的时候，门铃响起来了。

安吉拉就想去开门，可是想起了特莱恩给她的警告，便走回来，拉了他的手，要他一同到外面去开门。

这一次来的是最后一个祝贺者，爱伦·弗洛斯。她是安吉拉父亲的最小的妹妹，没有出嫁，她随带着一只笨重的手提箱，关照立刻把它拿到她今晚过夜的房间里去。

大侦探特莱恩拎了手提箱跟在后面，安吉拉在前面领着她的姑母走进了扶梯尽头的一个房间里。正在特莱恩把手提箱放下来的时候，爱伦姑母喊出了一声压遏着的惊呼，一边用手指指着五斗橱旁边的一只黑猫。

"有猫呀！安吉拉。你知道我是看不得猫的，现在我要打好几个钟头喷嚏了。"

"我真抱歉，爱伦姑母。我不知道小敏妮怎么会到这里来的。"

安吉拉把小敏妮赶了出去，可是这对于爱伦姑母还是没有什么用处。她说一个房间里，只要有一只猫到过，她就无法在那里睡觉了。

"好的，姑母！"安吉拉暗暗叹息了一声，喃喃着说，"那么我睡在这里吧，你可以睡到我的房间里去。"

就是安吉拉的房间也并不能使爱伦姑母满足。

"喂！这里太冷了。"她抗议说。

房间里有一只老式的煤气火炉，特莱恩立刻走过去打开了，划火点旺了它。

爱伦姑母开始打喷嚏了。"现在要好一些了，嗯，安吉拉，让我们去吃晚饭吧，我肚子饿了。"

吃这一顿饭真是一件痛苦的事情，饭后他们都回到了起居室去，特莱恩才感觉轻松些。侍女端了一些饮品进来，里面有咖啡，有酒，还有一瓶桃子白兰地，白兰地被放在壁炉旁边的一张桌子上。正在安吉拉预备倒酒的时候，费里堂兄突然站起来，喃喃说：

"嗨，等一等。我带来了一件礼物要送给安吉拉。放在我的大衣袋里。"

他立即摇摆着走到了客厅里去，取了一瓶白兰地回来。"这是一瓶真白兰地。"他说，"比起那种桃子白兰地要好得多了。"

他把瓶打开，先倒了一杯，一饮而尽。然后他把酒在第二只杯子中倒了一些，递给了安吉拉："恭祝你幸福，安吉拉。"

安吉拉微笑着把那杯子接了过来，谢了他一声，把它放在身边的桌子上，然后倒了桃子白兰地给贝特拉姆兄妹和特莱恩。

费里把白兰地瓶向爱伦姑母晃了一晃说：“姑母也来一杯安吉拉的寿酒怎样？”

“费里，你喝醉了。”于是爱伦姑母转身面向安吉拉：“安吉拉，你为什么要在花瓶里插那些白康乃馨呢？你知道我最讨厌这东西，露西那些奖杯就在我的餐室里叮叮当当，使人听到了就难过。我有点冷，去把我的围巾拿来——在我的手提箱上面。”

特莱恩站了起来：“我来去拿，弗洛斯小姐。”

他去拿了围巾回下楼来，看见安吉拉同贝特拉姆兄妹在客厅里。她的表兄妹在快速穿着大衣，一边还在嘴里叽咕说已过了开会时间。

“我们大约11点半钟回来，”劳瑞关照安吉拉，“不要等我们，有大门上的钥匙吗？”

安吉拉给了她一枚，那一对双胞胎迅速离开了。

安吉拉向特莱恩耸了耸肩膀：“我请了你来真有些不好意思。我现在开始在觉得我的许多念头完全是空想，我还在想——”

“白康乃馨并不是一种凶兆？”

她打了一个寒战。“你是怎么想的？”

“我还没有想呢，”特莱恩说，“我只在观察，只在等待。”

回到起居室，特莱恩把围巾披在弗洛斯小姐的肩膀上。费里在他的椅子中摇动着。

“天呀，你们为什么都不提起一些精神来呢？安吉拉，把酒喝掉，我敬你的酒你还没有碰一碰呢。”

安吉拉向她的堂兄微微一笑，把她的酒杯举了起来，可是正在她想要喝的时候，她忽然皱了一皱眉头，又把杯子放了下来。

特莱恩于是说：“安吉拉，我想你拿错了我的酒，这一杯是你的。”

他把他的杯子递给了她，并把她的取了过来。他不引起注意地把那杯子举起来嗅了一嗅。他于是明白了安吉拉为什么中止喝那杯酒。

他装作要打电话，请安吉拉领他到电话间去。她便站起来领他到了餐室后面的一个小房间，酒杯还是握在他们的手里。

“你为什么要把酒杯掉换？”

她紧张地问大侦探。

“你刚开始想要喝，又停止了。为什么？”

“因为……因为它闻起来有些像桃子白兰地，然而我看见费里倒的是纯白兰地。我有些疑惑不决，我想也许……”

“闻闻你手里的那杯酒看，那是我的酒，那是真正桃子白兰地。”

她便迟疑地闻了闻她所端着的那杯酒。

“好了，”特莱恩把那杯原来是她的酒递回给她，“闻闻这一杯是什么味道？”

“有些——有些像桃子白兰地呀！”

“还闻得出像别的味道吗？”

“还有些像……有些像杏仁。”

“是的，一点也不错，杏仁！苦杏仁。”

“哦，是青酸！”安吉拉一惊，不觉手里一松，酒杯掉落在地上打碎了。

“真聪明。”特莱恩喃喃着说，“把青酸的毒药下在桃子白兰地里。要不是费里带了那纯白兰地来，你就决不会注意到那味道了。”

现在看到危险已临，安吉拉·弗洛斯失去了镇静的能力了，她的身体稍微有些摇动，眼睛是凝视在特莱恩的面孔上。“可是是谁……”

“这真使我恨极了，我到楼上去取了一条围巾。你是同贝特拉姆兄妹一同离开起居室的呢，还是你先离开？”

“同他们一同离开的，可是……可是他们忘了向爱伦姑母告别，他们又回去了一次。”

“那样说来，他们中间每一个人都有可能性的，每一个人都可能。”

“我们将怎么办呢？”

“贝特拉姆兄妹要到11点半钟才回来。我们在那时以前什么事情都不要做。那，不要引起你姑母和堂兄的怀疑，你还是先回去吧，我也一会儿就进来。你千万记住，什么都不可以喝！”

只剩一个人了，特莱恩摸出手帕来，俯身下去把地上所有的酒滴都吸收在手帕中，他立即经过厨房，从后门出去。那便衣人员还是站在离后门口不远的地方，他便过去把那手帕交给了他，要他立刻回去把它交给实验室去化验，然后他再从厨房走了进来。

特莱恩回到了起居室，费里已沉醉在他的椅子中，爱伦姑母独自在玩弄扑克牌，安吉拉脸色很难看地坐在沙发中。

特莱恩坐下在她的旁边，钟在敲10点，爱伦姑母把牌一推，站了起来。“我要去睡觉了。”接着她向费里望了一眼，“也要把他弄到床上去才好，安吉拉，喝酒真令人嫌恶。”

在她的姑母走了以后，安吉拉先望了望费里，又望了望特莱恩。

特莱恩说：“我来把费里堂兄扶上去，他的房间在哪里？”

安吉拉告诉了他，他便把费里摇醒了，把他扶到了房间里去。

把那房门锁上后，把钥匙向他的口袋里一装，特莱恩又回到楼下来，安吉拉急切地在客厅里等他。

“贝特拉姆兄妹要再过一个半小时才回来，我们将做些什么呢？”

大侦探特莱恩向她微微一笑：“弗洛斯小姐，你也睡觉去吧。你把房门锁上，不到天亮千万不要开。”

“可是你不是说你要侦查出是谁……”

“我已侦查出了，明天详细告诉你。”

他关照了便衣人员仔细监视前后门以后，便赶到了警察局实验室。正如他所预料的，从那手帕所吸收的白兰地并没有化验出来什么青酸，却只有苦杏仁油。于是他坐了警务汽车重新向安吉拉·弗洛斯的寓所疾驶着。他把车子在离那寓所半里路的地方停了下来，他下车步行到那所屋子前面。

“我走了以后，你看见有什么人走进这所屋子里去吗？”他问站在那里守望的便衣人员。

“有的，大侦探，是红头发的一男一女，他们回来大约有半个小时了。”

半个小时，特莱恩想还来得及。他绕到了后面，从楼下的一扇窗子，爬进了安吉拉房间的窗子，在那里，今天晚上是爱伦姑母睡着的。

他走近床边，听到床上有呼吸的声音。床边的桌子上有白白的东西，他伸手去一摸，把它取过来一看，是残余的小半杯牛奶。他用手指蘸了一尝，正如他所猜想的，里面下了麻醉药的。

他想是时候了，就缩进了浴室里去静等，将近半小时的样子，他听到房门口有脚步声了。他接着听到了轻轻的开门的声音，如他所预期的，那脚步声进了房，即向窗前走过去，接着是关窗的声音。而在他听到了煤气火炉的开关已被开启却并不划火点旺的时候，他立即从浴室踏了进来，开了墙壁上的一个开关。

在电灯的亮光下显现的是安吉拉·弗洛斯。

她惊呆地向他凝望着。

他沉静地说："请你原谅，让我先把煤气火炉的开关关上。"说着，他立即关闭了那开关。

安吉拉还是一句话都不说。他望了她一回，接着说："我可以告诉你，你第一点使我怀疑的，是你有意预先放一只猫在你爱伦姑母的房间里，好使你和她换房间，这样，到明天早晨发现她被煤气窒息死了，因为你的堂兄和表兄妹们都不知道你们换掉房间的事情，还会以为是误把爱伦姑母认做是你，而代替你遭到谋杀的。"

"至于在那酒里下毒药，我早看出你是假装的，后来把你打碎在地上的残酒拿去一化验，果然里面并没有什么你所说的青酸，却只有苦杏仁油。"

她依旧不说话。

大侦探的面孔上不觉显露了一种赞叹的面色："你会这样来要我参与生日宴，我不能不佩服你的聪明和胆量，而且你的白康乃馨故事讲来又这样有魅力。可是我听到了爱伦姑母说到露西太太原是一个种了许多白康乃馨去参加比赛的人，那么白康乃馨在你们亲戚之间可说是一种太常见的花朵，怎么你们中间竟还有人会把它用来作凶兆呢，要是白康乃馨真是一种凶兆的话！在我想来，那却似乎并不怎样近人情。弗洛斯上校也许并不是你谋杀的。可是因为他自杀了，你多分到了钱，这样就引起了你也把露西太太弄掉的念头，而今天你又想杀死爱伦姑母了。”

安吉拉的眼睛发着亮光，她突然用尖锐的声音惊呼说：“这都是我父亲的钱，应当都是属于我的，为什么要分给他们用？”

在安吉拉·弗洛斯被捕以后，大侦探特莱恩保存了两朵白康乃馨，以作为他解决这桩悬案的纪念。

叶旦　译

三个墓穴

休·彼得斯

那是1946年2月14日的上午，州长赫尔顿在办公室正忙碌的时候，电话铃响了，他拿起话筒，那边的声音非常熟悉，一听就知道是卫生署署长阿尔莫博士打来的。阿尔莫在电话中客气地说：

“早安，州长，你知道希尔的死讯了么？”

希尔，虽说不上是一个杰出人物，但他与州长赫尔顿和卫生署长阿尔莫都很相熟。他是一个28岁已婚的男人，住在一个有田园之美的“愉谷”村庄里。“愉谷”离卡泰诺切（地方）的公路没有多远。

“已经知道了，”赫尔顿回答，“我刚从报纸上看到的。”

“那么，告诉你吧，”阿尔莫接着说，“他就要被葬到他妻家的墓地上去了。不过移动尸体的许可证，却至今还未领到！”

“也许女人们不懂这种手续，”赫尔顿说，“我想，现在不必用这些事去烦扰那位伤心的妻子。不过，要是你以为我们应当帮帮她的话，那么，我们可以为她想办法。”

阿尔莫博士迟疑了一会，又说：“唔！疾病证明书还没有，殡仪馆却已预约好，准备下葬了呢。”

“这或者因为希尔死前没有请过医生的缘故。”赫尔顿州长说，“许多出了这事的家庭往往一面把尸体送往殡仪馆，一面才设法弄证明书。”

“不错，这原是一般情形，但是……”这位卫生长官说到一半把话停住，歇了一会儿，说：“州长，你知道，做事固然很容易把次序颠倒，但并不常有。这些问题，我们暂且不必去研究它。再说，我已和希尔的妻子谈论过，我们对于希尔的死，都觉得有些蹊跷。”

“有些蹊跷？”

“是的，希尔死前不久还毫无病症。她说，两天前的晚上，希尔回家时说胃里很痛，那天他喝了很多的酒，不过，这在她看来是很寻常的事，喝了太多的酒，胃里肯定要不舒服的。她查问他回家之前在什么地方，他不肯说。他的胃痛一直就没有好。”

“哦，他似乎隐瞒了什么事，这倒是可以研究的。”

赫尔顿挂好电话，叫了一个助理员进来，那人名叫罗塞尔，赫尔顿把这事简要说给了他，嘱咐他去侦查一下。

“也许此中毫无疑问，希尔喝醉是常有的，但他身体很强壮，年纪又轻，为何突然死了呢？这点值得可疑。”

罗塞尔马上赶到乡下去访问希尔的妻子——她名叫珀萨。他到达那里时，这位寡妇在卧室里休息，有三位邻舍女人在安慰她。罗塞尔就决定先和女邻居们谈谈。

“今天早晨，希尔咽气时，有谁在这里？”罗塞尔问。

“我在这里，”一位邻舍霍德金太太说，“当时，我以为希尔应该进医院的，但他自己却不赞成。他的病来得很突然，死得又太快，完全出乎意料之外。”

“他以前生过这种病吗？”

霍德金太太记不起希尔有没有生过这种病。她说：“珀萨说的，他从未这样胃痛过。然而她问不出他回家之前，在什么地方，和谁在一起。”

至于另两位邻舍，是听了希尔的死讯才来的，所以除了霍德金太太的报告外，她们不再有新的补充。

“现在珀萨真是孤零零的一个人了。”霍德金太太欷歔地说，“她娘家人都已去世，想不到如今希尔又丢下她去了。”

珀萨的双亲去世还不到一年，她和希尔结婚还只有几个月。霍德金太太说，珀萨的前夫名叫戈森德，她和戈森德因感情破裂而离婚，那时她刚出生的儿子又夭折了，所以她和希尔结婚可说是她一生中快乐的一件事情，如今不幸希尔又丢下她死了。

“这对于一个女人真太残酷了。”另一位邻舍太太说，“假如我是希尔太太，我一定要查清楚这件事，因为听说有人看见希尔曾和几个走私党在一起。”

罗塞尔对于这点倒并不感到新奇，因为他也曾经听见过同样的流言。但死者是否果真与这批在佐治亚州西北部和阿拉巴马州东北部一带猖獗的、干着不法勾当的酒类走私的罪犯有来往，罗塞尔不能确定。

“我想去和希尔太太谈谈了。”罗塞尔对三位邻居说。

罗塞尔向珀萨表示慰问之后，那妇人靠在床上，苍白的面容上露出微微一笑。

“那天他回家发病之前在什么地方，你知道吗？”

她摇摇头：“我问过他，他老是把话题支开去，他说这没有什么关系的，当初我很相信这话，后来他的病渐渐重起来，他又不让我去请医生，因为他对这些医生缺乏信任。”

“那么，你为什么不瞒着他去请一个呢？你当时觉得他的病势很严重吗？”

“不，直到后来，我对他说：‘亲爱的，我心里怕，我怕你不会好了，万一你不好，该是谁的错呢？’”

罗塞尔把身子向前倘下些。“他怎么说？”

“他不说什么。他只说：‘不要烦躁，没有什么的。’他说着，一阵痉挛，突然，他就死了。”

罗塞尔坐着静默一会儿。最后，他问：“他加入了走私党没有？”

那女人用手帕擦擦眼睛，从窗口向外望着。

“他从未说过，但据我看来他是加入了的。然而，他又从未提起过有没有赚到过钱。”

“这大概不十分信任你的缘故。”

“哦，希尔这样真有些令人可笑。他的缺点，就是不知道积蓄，但是我们仍很愉快地生活在一起。自从我父母去世后，他是我唯一的亲人。过几天，等我身体好一些，我一定要调查……”

“调查什么？”

“调查他得病的缘由，为什么会死得如此的突然。”

“他居住在这里还不到四年，是吗？”罗塞尔盘问她，“他从哪里迁来的呢？”那寡妇答称希尔是从彼得斯波罗迁来的，现在他的亲生母亲和继父还住在那城市里。

“现在他的遗体在哪里？”罗塞尔问。

“在仪馆馆里，星期六举行葬礼，葬到阿拉巴马中部的我娘家的墓地上去。”

罗塞尔告辞了那妇人，一路走出来，经过厨房门口，他望进去，看见一个碗橱，碗橱里有两瓶一品脱装的威士忌酒，一望便知是走私货：一瓶满满的，另一瓶差不多已空了。他把这两个酒瓶偷偷地都带走了。他又在另一房间里发现一个药箱，里面备有各种家常用药。

罗塞尔回到城里办公室时，赫尔顿州长正戴上帽子预备出去吃午饭，罗塞尔把他所调查到的一些报告州长，并且发表意见说，希尔的猝然死亡，可能由于中毒。

赫尔顿两眼注视着那两瓶威士忌酒。“等一会儿，我把这东西送到亚特兰大去化验化验看，它的味道怎样？”

“这一定是走私货。”罗塞尔答道，“倘若他参加了走私党，他们可能把毒药渗进酒里，让他去喝的。”

“很对，”赫尔顿同意说，“想起来，他所参加的可能是瑟雷·凯特的走私集团。”

罗塞尔耸耸肩膀：“这很可能，我记得我们把他们驱出本州已有几个月。但我那天听说，他们仍趁着机会溜进这里来，等一会儿，我到四处去探听探听，有没有关于希尔的什么蛛丝马迹。”

“现在我要回去了，”赫尔顿州长说，“祝你进行顺利，如果有什么发展，我们通电话吧。”

罗塞尔草草吃过午饭，便在城内四处闲荡，找几个朋友或熟悉的人随便谈谈。相识的人之中，有几个认识希尔的，他们都说希尔是个讨人欢喜的年轻人，他对不论谁都很容易成为朋友。他又能干，手中掌握着几个事业，但是他唯一的缺点，似乎是手头用惯了钱，老是不能有积蓄。他对待妻子很好，只要手头有钱便要买东西给她。珀萨在本地一家铺子做管理员，她的薪金也加入家庭开支中。认识他俩的朋友说，他俩相识几月便举行婚礼，那时希尔似乎愉快极了。

从几个密告者那里，罗塞尔获得了关于瑟雷·凯特走私集团的新报道。那报道是这批走私犯重又潜进本州来活动了。不过在最近三日内，这批走私犯并没有被发现。

“有没有听见希尔与他们有联络？”罗塞尔问一个密告者。

“不，我敢确定希尔和他们绝无往来，因为和瑟雷·凯特走私集团联络对他毫无益处。”

这使罗塞尔迷惑起来了。也许希尔招致了走私犯们的怨仇，这是很有可能的推测，但罗塞尔没有见到希尔死时的症状如何，这确使他感到烦躁。

第二天早晨，罗塞尔见了赫尔顿州长，就把他的疑团告诉赫尔顿：“走私犯不至于用毒物来消灭他们的仇敌的。”

“唔——”赫尔顿沉思着，说，“假定走私犯枪杀了或刺杀了希尔，而希尔的妻子却把这事隐蔽起来，以免因此招致走私犯们的愤恨而自己再遭杀害，似乎也很有可能。”

“也许是这样。”罗塞尔同意地说，“那么，只有一个方法可以证明这推测，方法便是检验尸体。总而言之，希尔的死确实可疑，必须经过验尸的手续，才可以解释明白，我们如今所有的疑难问题也可得到答案了。”

赫尔顿州长采纳了罗塞尔的建议，他立即通知验尸所，验尸所允应马上派验尸员来。

就在这天将近正午时分，当赫尔顿进行侦查此案时，罗塞尔带来两点新发展：一点是四天之前有人在卡孚司泼林曾看见过走私犯的首领瑟雷·凯特；另一点是珀萨在最近几星期中曾向几个朋友借过钱。

“这事我想并无关系，”赫尔顿向罗塞尔说，“如果希尔生前用钱很慷慨，瑟雷·凯特党徒为什么要排除他呢？”

“不但如此，”罗塞尔补一句道，“希尔用钱还很秘密呢。”

赫尔顿州长两眼注视着罗塞尔，一言不发，摸出烟斗，装满烟丝，擦根火柴，烧着了，拼命地吸，沉思着，有几分钟之久。他最后慢慢地说：

“我有一个意见，我以为我们必须注意珀萨的举动。”

罗塞尔的眉头打了结。他说：“然而为什么呢？她忍耐12年，刚刚达到和戈森德离婚的目的。在过去一年中，她的双亲又丢下她，离世长逝，她除了丈夫之外，没有亲人。夫妇之间，似乎又很和睦融洽的。”

“这就是为什么……”赫尔顿说，“珀萨的父母同样是死在本州而葬到阿拉巴马州去的，这也许是偶然巧合，但是……”

罗塞尔拿起电话，打到死亡登记处去调查珀萨的父母——哈丁先生和哈丁太太的死亡日期和其他事项。当对方告诉罗塞尔的时候，一种不解的神情在他面孔上显现出来。最后，他挂好了电话，对赫尔顿说：

“老哈丁先生在1945年4月3日去世，过了4个月，他的老妻哈丁太太又亡故了，那时是8月13日。然而这二位老人既没有下葬许可证，又没有运送尸体到阿拉巴马的许可证。而且哈丁先生还没有疾病证明书，那意思就是说，生病时并未请过医生。哈丁太太有一张本地医生签写的证明书，上面说明致死的原因也未能确定。”

赫尔顿把烟斗放下，望着罗塞尔：“一个家庭里，在一年之中连死三个人——而都没有官方的证件。”

那位为哈丁太太签写证书的医生——威廉医生，后来接到了赫尔顿州长的询问电话。威廉医生回答说：“当时有两位邻舍——普尔太太和林奇太太在场，帮助珀萨服侍她的母亲，而且哈丁太太的上了年纪的老父亲特顿先生也在那里。”

罗塞尔就去访问那位老人，老人告诉他说：

“我女儿患的是胃病，我的外孙女为了她的母亲，可说已尽了最大的能力了。”

“那么哈丁先生什么病死的呢？”罗塞尔问。

“胃溃疡。”老人用颤抖的语音回答，“仿佛胃病跑进我的家里来了。”

“为什么不请一个医生呢？”

“病来得太快，来不及。”

赫尔顿州长静静听着罗塞尔的报告，面孔上显出无限惊诧，说：“又是一个巧合，三个人都是胃病死的。”

两位长官在办公室中静静地思虑这些令人疑奇的线索，足足有五分钟之久。电话铃声响起来，才把他们的思虑打断。电话中一个女人说：“我是佩里太太，是希尔的母亲，为参加我儿子的葬礼，刚从彼得斯波罗来，能不能请你们哪一位到旅馆里来，和我谈几分钟？”

罗塞尔马上赶到了那旅馆里，他见佩里太太和她的丈夫——希尔的继父，都很愤怒的样子。

“我已和我的媳妇珀萨见过面了。”佩里太太说，“她说希尔要葬到她娘家阿拉巴马的坟地上去了，据说这是希尔临死再三叮嘱的，我真弄不明白，希尔生前常常对我说，如果他死了，必须葬在彼得斯波罗，因为他是那地方长大的。总之，我们反对把他葬到阿拉巴马去。”

“假使果真是希尔的遗言，佩里太太，我看恐怕没有方法阻止得了珀萨，因为她有坚强的决心呢！”

“不过，”佩里太太立刻反驳说，“我敢确定这不是希尔的遗言。我想，嘿，这不过是她企图把实情隐蔽而已！”

“什么意思？”罗塞尔追问道。

“我最憎恨叫人怀疑。我只不过希望知道我儿子的死因罢了。”

“这我们不必枉费心思来瞎猜，”罗塞尔对那满腹狐疑的女人说，“珀萨在这城里，大家都认为是个正派女人。但希尔的葬礼，无论如何必须延缓一些时候，听说官方或许要把他的尸体检验一下，那么，疑问就可以解决了。”

那天黄昏时分，黑暗慢慢地笼罩了这座小城市。赫尔顿和罗塞尔同律师别克和拉埃托，在州长办公室中等候希尔的尸体，从阿拉巴马的坟场送到这里的济宁殡仪馆来，准备候检。

尸体到达后，胃脏立刻被取下，送到了亚特兰大的埃默里大学生物化学部主任路易斯博士那里。

当罗塞尔从殡仪馆回到州长办公室时，赫尔顿正得了好消息要告诉他。赫尔顿道："我们拦住了一批瑟雷凯特的私货，那押货的家伙说，希尔从未与他们发生过关系。"

罗塞尔马上驾着汽车赶到"愉谷"去访珀萨，她孤零零地一个人在凄凉阴沉的屋子里，面容上显出她是在极度的愁苦之中。

"我猜，你已和佩里太太谈过了。"这位寡妇说，"因为她对我说过你就要来找我，而且她要告我谋杀希尔。"

罗塞尔两眼直视着她："那么，你杀了他没有呢？"

"我怎能杀他？"珀萨跳起来，哽着喉咙喊道，"为什么我要杀他？他是我唯一的亲人，我不明白他为什么不告诉我，谁谋杀了他……难道他服毒自杀？"

罗塞尔怀疑地望着她，问："你知道不知道他中了什么毒？希尔太太，他死时的情形怎样？"

珀萨把希尔的症状描摹出来。罗塞尔是懂得一些毒药的性质的。他说："你看这像什么？这看起来好像砒霜。说着想起来了，他们正要把尸体进行检验，只有这方法才能查出到底什么毒物杀了他！"

"很对，"珀萨回答，"我早该想到这点了，应该去请验尸官来，我真哭糊涂了。"

罗塞尔回城时，赫尔顿州长和两位律师别克和拉埃托，仍在州长办公室中。他把和珀萨的谈话经过报告他们之后，说道："这似乎是件砒霜投毒案。"

赫尔顿州长也把另外几个进展告诉罗塞尔："你刚走后，亚特兰大化验馆有人来拜访我，你从希尔家里弄来的两瓶酒，没有什么问题。之后，我去访问珀萨的母亲时，在场的普尔太太说珀萨曾设法送她的母亲进医院，但医院的病室没有空，没有送进。这样看来，珀萨至少曾有过为她的老母亲用力的念头。此外，我又获悉一件更有趣的事。”

罗塞尔深感兴趣地倾耳细听。赫尔顿接着说道：

“老哈丁先生死了之后，遗下一笔保险赔款。据普尔太太说，希尔把这笔钱没几天就花得半个不剩，他买了一辆汽车，一匹马和一辆自行车。那时候，哈丁太太又死了，这家庭又阔绰起来。你猜，这到底是怎么一回事？”

“你的意思，希尔又把保险赔款用光了？这是一个极大的进展角度，我始终没有想到这点。你以为希尔谋杀了两位老人？”

赫尔顿耸耸肩胛：“他有这个机会，而且比珀萨似乎更有此动机。三个人死时的症状太相像了。照我观察，也许是偶然巧合。检察处已要求阿拉巴马当局把哈丁夫妇的尸体挖掘出来，化验他们胃里的东西。”

“我们似乎握着一个难以解决的问题呢。”

赫尔顿严肃地微笑一下说：“不但如此，我们现在正和一个绝顶聪明的女人交手，她差不多已把每个动机隐瞒过去了，她将获得成功。”

三人都对着赫尔顿呆看。“我不明白你的意思。”罗塞尔说。

“今天早晨，我调查了几家保险公司。”州长解释着说，“有好几家公司保着哈丁太太的险，而已有一部分赔款被提出了。”

“希尔生前也保着一笔数目相当大的险。并且哈丁老夫妇还保有殡殓险，当然这笔赔款是须付给他们唯一的女儿的。有一点要特别注意，就是只有珀萨才能提取这几笔保险赔款。”

屋子里暂时静寂了一会。于是罗塞尔问：“你以为三个人都是被她谋杀的？”

“大约如此。”赫尔顿说，“明天化验的结果揭晓之后，希尔是否中毒，便可明了。至于如珀萨所说，希尔是服毒自尽，我不相信，因为他是一个抱有乐观主义的人。”

“我想珀萨和希尔刚结婚时，她对他很有好感，后来因他的挥霍无度，使她寒心，她自己找了职业赚钱，然而她的收入，又马上被希尔用光。所以她曾设法向人借钱。最后，她终于决定：若要把钱捞回来，只有攫取希尔的保险赔款的一个方法——好像她对双亲做过的一样。”

“如果你所说正确，明天早晨，我决定再度去访问珀萨。”

第二天，天刚亮，罗塞尔就去叩希尔家的门。珀萨对于罗塞尔搜索她屋子的要求并不拒绝，不过她牢牢地跟在他身后。搜索即将完毕的时候，罗塞尔在前门的石基下，发现一个小纸袋，上面标着“二氧化二砷”（俗称砒霜）五字。

“这有什么用处？”他问。

那妇人面色发白，答：“我——我用来做玫瑰花的肥料的。”

罗塞尔向四周看了一遍，没有见到一棵玫瑰树。

“我想，你还是进城去，让州长直接和你谈谈的好。”他对那妇人说。

到达州长办公室后不久，珀萨绝望了。因为亚特兰大化验馆的报告已出来，从希尔胃里验出了一种性质猛烈的砒毒。

从发现毒药之后，侦得了线索，案情也就大白。

两星期之后，阿拉巴马州毒素学家雷曼博士把哈丁夫妇的胃脏化验分析后，作了一个报告，说胃里包含大量的砒毒。

阿拉巴马州中部，哈丁家的墓地上，排列着三个空墓穴：两个是哈丁夫妇的，一个是为希尔而挖掘的。这三个墓穴仿佛在揶揄着珀萨。那妇人默然不语，嘴唇上没有一丝血色。

4月26日上午9时，珀萨在罗姆法庭受审，法官只经很短的时间，就立刻判决了这三重谋杀案的女凶犯无期徒刑。

方衡　译

后门口的鞋印

L.D.米勒

发现德克尔太太被谋杀的是她自己的丈夫。她的衣服穿得很整齐，像在预备出门的样子。凶器是一柄切菜刀，被遗留在出事的地方。她年仅19，她的丈夫29岁，有一个还只11个月大的女儿。德克尔发现了这桩谋杀案以后，把女儿寄放到一个邻居家里了。

经大侦探坎农的盘问，德克尔说，他早上出门了，整天没在家，直到6点过了几分钟才回来。他在讲话的时候，显出很心神不定的样子。他说他和妻子什么仇人都没有，所以他真想象不出怎么会发生这桩谋杀，更无从想出凶手会是怎样的一个人。

“我们搬到这里来住只一个月，”他说，“我们同每一个邻居相处得都是好好的。”

“你出门了一整天？”坎农问，“到哪里去的呢？”

“是去上课，是中央高等学校，我在那里读电气，想毕业后比较容易找一个事情做……”

“你整天都在上课吗？”

“一直上到5点钟，课程完了，我们大家就都走了。我在回家的路上，从公共汽车跳下来，去看过一个朋友。他的名字叫萨班斯，他在狄克逊路的一家鞋店里做事情，我们讲了没有几句话我就走了，我回到家里大约6点钟，或者稍过几分钟。前门是关上的，可是像平常一样，它没有被锁上，我走了进来，看见后门打开了，却没有想到竟会发生这样的事情，接着我走进卧室……”

所以，坎农意识到，德克尔所能给予他们参考的，就只这一些。虽然，等他的心神稍微定了下来，他或者还能给予他们其他的帮助，可是暂时也只有不再向他盘问了。坎农便让他坐在椅子上，自己则走到验尸官的身边，来看他所作的初步报告。

德克尔太太背心上受到了两刀，第一刀直戳进她的心脏，由此差不多立时就可致命。

“第二刀下去，”验尸官说，“刀被轧住在两根椎骨之间。”

指印专家已把刀柄查验过，可是查验不到值得怀疑的指印，侦探们发现被杀者的钱夹放在梳妆台上，没有被打开过。靠近小间有一只手提箱，在其中置放了几件她的随身衣服，还有些婴孩用的衣衫，别的就什么都没有了。

坎农差助手克雷格到狄克逊路的鞋店里去，向德克尔所说到的那个职员去问问情形，他还叫埃利斯带了几个人到房屋附近去调查，他自己又走到验尸官的身边，

“原来刀是被轧进两根椎骨之间？”他问，“要拔出来容易吗？”

“非用两只手不可，”验尸官回答，“就是这样，我也还是用了很大的力气，好不容易才把它拔了出来。”

验尸官说：“谋杀的时间大约在4点30分左右。”

埃利斯他们只发现了一个可疑之点，那就是离后门不多几尺的软泥上有一个清楚的脚印，在埃利斯把这个发现报告以后，一个模型专家就把那个脚印记录了下来。

“在我看来，”他说，“那个脚印大概就是那个家伙想赶紧逃走，从后门口跳出去的时候，留在那里的。”

坎农叫德克尔走了过来。

“现在，你也许能够为我们尽一点力了，”他对他说，“先说，你认得出这个吗？”

说着，他把一把刀递到了德克尔的面前，德克尔向它凝视了一会儿。

“我认得出，”德克尔无力地说，“这是我在学校工场里亲自为我的

妻子做的。那大约是两个星期，也许三个星期以前的事情，她拿它在厨房里用的。”

“你的妻子衣服穿得很整齐，好像她预备出门的样子，在这里还有一只手提箱，箱子里面放了一些她的衣裳，还有婴孩的衣裳。这是什么意思？”

“她想要回到她的母亲那里去住几天，我在早上出去的时候，她对我说过，她要等我回来了才走，好让我帮着她把孩子抱到公共汽车站。”

“德克尔太太的钱夹没有动，似乎在这里面并没有抢劫的意思，你想对不对？”

“在这里也实在没有什么可抢的，我们的生活……”

“所以谋杀的动机一定是私人感情上的：怀恨，复仇，嫉妒。这谋杀一定是早就安排好了的，我们不难看到，凶手的作案，一定会随身带好武器。现在，他所用的，就是这柄切菜刀。由此可证明，他是很熟悉这里的情形的。不然的话，他本来有武器，却因为临时看到了这柄切菜刀，就改用了它，以为这样就可减少一个线索。”

克雷格回来了，鞋店里的职员萨班斯说，德克尔是在6点以前不久看他的，他同他讲了他的妻子要回母家去了，还商量他们在这周末怎样去钓鱼。所以，对于那丈夫的怀疑，似乎可以消除了。

还有，住在对门的一个邻居看见德克尔6点零几分进家的，她看见他只进去了半分钟样子，就冲了出来，他的臂膀中抱着他的孩子，大声叫喊着说，他的妻子被人谋杀了。于是另外一个邻居打电话到警察局里，报告了这桩谋杀案。

侦探们还从左右的邻居们得知，那天下午并没看见有什么人从前门进入过德克尔的屋子，所以，那凶手进去以及逃走，一定都是走的后门。

还有一个住在附近的女邻居说：“一个年轻男人，坐着一辆兜售化妆品的大汽车，自从德克尔夫妇搬到这里来以后，就常常把车子停在他们的门前。”

“他对别的人家，并不这样常去吗？”埃利斯问。

“就是这么说，”她回答，“他对我们其余的人家，大约要隔10天光景，才来一次。可是他的大汽车每天都要停在德克尔的后门口，两三个星期以来差不多没有一天不是这样，有时候他只进去几分钟，就出来了，可是也有时候，他4点钟进去了，要到6点钟才走，这个时候正是德克尔先生快要回家的时间了。”

“你最后一次看见他，是哪一天的事情呢？”

“就是今天下午，我看见那个年轻男人，直到德克尔先生回家以前的大约一小时，才离开德克尔的屋子。”

她说那个男人的名字叫格莱托，她还从墙壁上取下了一张广告年历，那上面印着格莱托的名字以及他的地址。

坎农便打电话到警察局里去，关照去把格莱托带过来，接着，他向德克尔问起那个兜售化妆品的年轻男人。

“我知道我妻子跟他买了很多的东西，”那丈夫承认，“可是除了买他一些东西以外，我就从没有想到她还有见到他的别的理由了。”

“你的邻居们所看见的从后门口进来又出去的男人，不会是你自己吗？”

“不是的，我自从搬到这里来以后，就从没有走过后门。一次都没有走过。”

德克尔还想起，他的妻子告诉过她，格莱托许诺，要是他抽得出时间的话，他预备用他的大汽车把她送到她母亲的家里去，既然有人看见他在谋杀案被发现以前的大约一小时还在那里出现，他显然是抽得出时间的。

“还有一件事情，”德克尔继续说，“现在说起来，我也觉得有些奇怪，我们住在我叔父家里的时候，像那样荒僻的一个乡村，他也常会为了卖一块肥皂之类的东西给我的妻子，不辞路途遥远，不嫌生意微小，把他的大汽车直开到那里去。”德克尔解释，但因为他自己对家庭生计的筹划也已很够忙碌的了，以致平时无暇怀疑他们之间会有什么可成问题的地方。

在那些邻居们的述说中，还讲到一个高个子的中年男人，时常到德克尔的家里去。

“他有一辆很漂亮的轿车，”那述说者这样开始，“他时常开车带德克尔太太和她的孩子出去，他们似乎十分要好，她总是坐在车子的前头，同他并排。他好像很钟爱她的孩子，有时候他们坐在前门口的门廊前，在他们讲话的时候，孩子就由他抱着。”

“你知道这个男人叫什么名字吗？”

“不知道。你知道德克尔夫妇搬到这里来还只几个星期，我们大半的人对他们都并不怎样清楚，只有亨德里一家人才同他们很是接近，他们就住在隔壁，我猜想他们是能够告诉你们谁在那里出进的。”

然而，亨德里的家没有人。留了几个人员在出事地点后，坎农回到了警察局里，他回去后，得知格莱托在六点以后的几分钟回到了家里，他的母亲为他预备的饭他也没有来得及吃，只赶忙换了一套衣裳，整理了一只手提箱，就开了他的车子走了，既没有说明到什么地方去，也没有说出在什么时候回来。

警察总局拍发了无线电给巡逻的车子，描述出格莱托是怎样一副样子，并说明一看到他，就立刻把他拘捕起来。

侦探们在当天夜里就侦查出了那个时常开车带德克尔太太和她的孩子出去的中年男人，他是汉斯，是那被杀少妇的一个哥哥。

“是的，”他说，“我想他们向你们讲到的就是我，自从我妹妹和德克尔搬到那里去以后，我是时常到他们的家里去的，因为他们的生活艰苦，我不能不时常去看看他们。他们结婚到现在，已有两个年头，虽然德克尔是在尽着所有的力，可是情形总是不大好，尤其是那个孩子出生以后，他还失了业，于是他们只有搬到了他乡下的叔父家里去住。

“我妹妹从没有在乡下住过，所以乡村生活她过不惯，一直想回到城里来，她到最后实在忍耐不住了，一天，她带着孩子，住回到了我母亲的家里。

“于是德克尔只好在城里租了一所屋子，我妹妹回到了他那里去，他们的生活状况总是十分艰苦，因为他并没有专门的知识，他要找一个职业实在不容易，所以我们亲戚联合起来帮忙，让他去进了一个学校。”

坎农聚精会神地听着。“汉斯先生，”他沉静地说，“你知道你妹妹和她丈夫的感情怎样吗？有什么像他虐待她这一类可怀疑的地方吗？”

汉斯先生似乎吃了一惊：“大侦探，这个问题我怕我无法回答，可是我听说，他整天都在学校里，直到他回家了才发现她已被谋杀。”

“是的，情形好像确实如此。可是我们很想知道，他们对彼此的感情怎样。他对她吃醋吗？”

“是的，我不能不承认他是吃醋的，我总以为他吃醋并没有什么正当的理由，可是他责怪她对别的男人显得太亲密了。我告诉他这完全是出于他的想象。他却总不肯听我的话。”

“所谓别的男人是指谁呢？”

“总被讲到的是格莱托，我妹妹和格莱托的年龄相仿，他们已认识了有好几年了。他住得离我们的母亲很近，妹妹嫁给德克尔的时候，格莱托正爱她爱得死去活来，随后他就常常到她那里去，要想说服她同他私奔。”

“据你所知道的，他曾经恫吓过她吗？”

“我无法说到恫吓，可是她是不想再同他接近的。她怕在他与德克尔之间会引起什么纠纷来。”

“格莱托是怎样的一个人？他身上发生过什么事情没有？”

“没有，据我看，除了有些愚蠢以外，他是一个很好的青年——一个刻苦的工作者。”

格莱托被警察拘留了，第二天早晨被带进了大侦探的办公室。他发着红的眼睛向室内四周望了几眼。

“据说你什么都不承认，是不是？”坎农诘问，“德克尔太太不是你杀死的吗？”

“大侦探，我知道我逃走是太愚蠢了。可是我把一切的经过都说出来，希望你能了解。我承认我爱她已经好久了，已经爱了好多年。

“就在她嫁了德克尔以后，我还是想方设法看她。有时候她对我很好，有时候却不肯让我接近她。他们搬到乡下去以后，她觉得住不惯，就离开了她的丈夫，到城里来同她的母亲一起住。”

他停顿了。“讲下去呀。”坎农催促。

“好的，自此以后我们就经常见面，她甚至对我说，要不是为了孩子，她会同德克尔离婚，嫁给我。于是德克尔也离开了乡下，在城里租定了一所屋子，她回到了他那里去，可是对我说，我在兜售化妆品经过她那里的时候，可以进去看看她。

“前天下午，我把车子停好了，从后门走了进去。我发觉她在哭。她说德克尔在早晨对她说，她不该再同别的男人调情，她听到了很是不悦。她便对他说了，他再要这样瞎说，她就要同他离婚。

“不错，我对她说了我明天——就是昨天——会去看她，要是她要到她母亲那里去的话，我可用我的车子送她，我为守约起见，昨天下午到那里去早了几分钟，她在整理手提箱，可是她说她已答应德克尔，要等他回去了才走。她不知道他会不会送她和孩子到公共汽车站。她又说不妨隔开一两条横路，等在那里，万一德克尔不送她，我就可用我的车子送她去，我同意了这个计划。

“大约5点半钟的样子，我选一个地方把车子停了下来。隔了没有几分钟，我注意到德克尔从公共汽车站走过来。他并不进前门，却转到后面去，他走得很慢，同时还四处望着，好像想要看会不会有什么人从他的后门里走出来。”

“你意思说德克尔并不像他惯常那样从前门走？”

“他没有进前门，他从后面走了进去。大约只隔了10分钟，他就重新出来了，他步行得很迅速，差不多在奔跑，他向狄克逊路冲了过去。”

“你之后又看见过他吗？”

“看见过——在15或者20分钟以后，这一次，他是像他平常一样，走了前门，只隔了很短的时间，我就听到一片嘈杂声，说有一个女人被谋杀了，我便走过去看看。”

“以后怎样呢？”

“我发现被杀死的正是她，于是我吓得要死。我知道总有人会看见我进入过那间屋子的，我不免要受冤枉，遭到拘捕。我越想我的神经越乱。我立刻跳上了我的车子，开了就走，我已失去了主意，就这样逃走了。”

大侦探坎农立即派人把德克尔传来，就对他说格莱托已拘捕到，还有些话要问问他。

“我们现在可以确定，”大侦探告诉他，“谋杀你妻子的动机是出于吃醋。她又年轻，又好看，自有别的男人会向她献殷勤，甚至爱她。你想得出这样的人吗？”

“我想要么是格莱托，他老是到我的家里去，想要说服妻子同我离婚。”

“她是决不会答应的，是不是？”

“可是为什么她要到她母亲的家里去呢？”

“就是去住几天。”

“可是她好像打算要待很长时间的，她在她的手提箱里装了很多衣裳。”

“我要问你，你同她吵过吗？”

“从来没有。我是很爱她的。我从不责骂她。”

“我们都已打听得清清楚楚了，德克尔，你常常在侮骂她。你吃醋得很厉害。你总是错怪她在同别的男人关系太近，你使她日子过得很不愉快，不知道你为什么要这样？”

“想来这是格莱托造谣言……”

“昨天下午，快到5点钟的时候，你是从后门走进了你的家里去，因此你想不会有人看到你……”

“没有这样的事！”

“你以为人不知，鬼不觉，就这样杀死了你的妻子！”

“你发疯了，大侦探！你不是昨天已经去侦查过我的行踪吗？我是不会有杀死我妻子的时间的！”

德克尔这样惊呼，额角上全是冷汗。

坎农叫人把格莱托带了进来。“现在，”他告诉他们，“你们两个人都有杀人的嫌疑，却都不承认杀过人，好，这里有一只左脚鞋子的模型，你们都把左脚上的鞋子脱下来，我们一对照，就可知道凶手是谁。”

同那模型适合的，是德克尔的鞋子，于是他不再否认了。他说他之所以把他的妻子杀死，实在是出于太爱她的缘故。他实在忍受不了看到她同别的男人在一起，就这样疯狂地把她杀死了。

方远　译

六瓶粉红药水

阿瑟·迪克斯

1943年12月7日，布鲁克林城内洛凯路399号一座华丽的公寓里的房客温伯恩太太正闲着无事，突然听得隔壁费德温先生的房间里传出一阵断断续续的呻吟声，这可把她吓坏了。她知道费德温——他是犹太教师兼药剂师——今天并不在家，里面只有他已经怀孕的妻子哈丽，她今年24岁了。温伯恩太太心想，会不会是里面发生了什么意外。

为了除去这个疑虑，于是她便走到隔壁门口，轻轻地推开了那扇房门，第一个收入她眼帘中的便是哈丽。

肤色黄褐、容貌端秀的哈丽，僵卧在墙壁那边，她的手指都在痉挛，而且不时地在卷曲，身体抖动得很厉害。

"费德温太太，你……怎么啦！"温伯恩太太失声地对她叫着，"我来帮你躺下来吧！"

这一下惊动了邻居们，他们和她们都不知所措地聚集在费德温的房门口。有的在喋喋不休地议论，有的很热心地进去帮着温伯恩太太将哈丽的身子轻轻地放在地板上。"我去叫你姐姐来好不好？"温伯恩太太说，"但我不知道她们住在什么地方。"

哈丽用充满恐惧的目光，注视着她。"我怕，"她喃喃地说，"我怕，我有些害怕！"

这时，其余的邻居们重又扶着哈丽坐上了椅子，温伯恩太太匆促地拿起了电话簿，仓皇地找到了哈丽两个姐姐的电话，于是便将她们妹妹的遭遇告诉了她们。以后，她又赶到黎佛尼亚路622号勒维斯基药房，通知了费德温。

哈丽的大姐姐叫古斯纳太太，小姐姐叫赫柏太太，她们在没有结婚之前都是领有执照的药剂师，因此目前的情形危险到什么程度，她们也很清楚。她们还记得两年前48岁的母亲也在同样的情形下跟她们永别了。

“我想还是打电话去叫辆救护车来。”古斯纳太太说，“哈丽应当到医院里去。”

不等费德温去打电话，哈丽的身体僵硬得一点也不能动弹了，她的头搁在椅子的靠背上，两只脚并不着地的抽搐着。

“救护车没有来之前，我们能不能抬上去让她躺一会儿？”古斯纳太太恳求她的妹妹。

哈丽痛得忍不住了。“你们千万不要碰我的脚，你们千万不要碰我的脚呀！”她露出乞怜的目光，继续地挣扎着，不一会儿双手便无力地落到身旁，看样子她已筋疲力尽了。

“让我死去了吧！让我死去了吧！”最后她吁喘地说。

救护车到了。急救医生迅速地将哈丽送到贝依医院里，医师们当场检验她的身体。

“她大概没有希望了。”医师们诊断以后，对受惊的哈丽的家属们说，“据检验的结果，她像是因怀孕时期缺乏钙质而致病的。”

第二天，哈丽的病势稍有了转机，并且还能勉强地向围在周围的亲戚们微笑。因此她的两个姐姐和丈夫也稍安了安心。谁料，第三天病势突然又加重：她身上又起了痉挛。

“请你不要碰我的脚呀！”当她呻吟地对那位值夜班的护士说完这句话以后，呼吸就停止了。

那时正是12月9日下午2点30分——

哈丽的两个姐姐和她的丈夫马上为她预备后事，他们准备将她的尸体葬在她母亲的墓旁。但医师对他们说：“目前，我们虽然知道她致死的原因是患痉挛症，然而我们还需要把尸体检验一下。”

哈丽二姐姐赫柏太太和古斯纳太太悲伤过后同意检验。

然而当时，哭丧着脸的费德温却表示极力反对："现在哈丽既然已经死了，那也就算了，何必再要多麻烦呢？"

这样，哈丽的两个姐姐也便不多作主张，哈丽和她肚中的小孩子就同葬在布鲁克林的华盛顿公墓内。之后，那座在一年中曾发生了两次悲剧的华丽的公寓也随着关闭了。

收殓完毕，古斯纳太太和赫柏太太就到她们妹妹家里去收拾收拾，谈话中始终离不了她们妹妹离奇的死，依照她们过去的医学常识来说，她们以为其中定有原因。

"我总主张能将尸体解剖开来检验一下，这样我们也可以知道究竟她患的是什么病症。"古斯纳太太说。

她的妹妹点点头。"真的，哈丽妹妹正像母亲一样。"她说，"你不记得母亲临死时也说着'请你不要碰我的脚呀'的吗？她死得也是那么的惨。"她的眼睛有些润湿了。

她们沉默了一下，重又走进回忆之境：她们还清楚地记得母亲那时还是个年纪只有48岁的肥胖的妇人，平日总是面带微笑，一个十足的乐天派，而且体格也是挺强健的。

她们的母亲看见自己三个女儿都已嫁了人，常引以为无上的光荣和满足。

谁知在1941年8月15日正午，她突然感到体躯疼痛，浑身发出痉挛，手指像鸡爪一样地曲了起来，而且还不时地叫道："不要碰着我的脚呀！"

后来，替她们母亲来诊治的那个医生就对她们说："请你们再请位高明的医生来吧，我实在没有能力来替她诊治了，她大概患了歇斯底里症呢！"

当天下午5点钟，她们的母亲就在那座华丽的公寓中与世长辞了。过后，那个医师说心脏的血液凝结是她的致命伤。

她们想到这里，不约而同地叹了口气："为什么她们临死的样子一点也没有两样？"

"妈妈跟妹妹致死的原因是绝对不同的——医生也这么说过——然而她们临死时都是浑身痉挛而颤动！"赫柏太太说。

"或许，"她的姐姐说，"或许是有人给她吃了些毒物所致的吧！"她说话时右手突然握住了椅背。

左思右想，总不能得到一个答案来。最后，赫柏太太站起来很坚决地说："这也说不定呢，让我去拿我们的旧书来查一查，看看到底有什么东西可以找到。"

赫柏太太便从自己家里的书柜中，找出了一本以前在哥伦比亚大学医学院里读过的化学教科书，她拭去了书上很厚的灰尘，仔细地查了起来。很久，她才看到了一段很陌生的文字：

马前子碱的毒性：它有很强的感光性，吸入体内后能使肌肉战栗。

读完了这段文字以后，她们似乎又隐约地听见两个妇人凄惨的叫喊声："不要碰我的脚呀！"她们不禁打了个寒噤。

"我相信不会错了，"古斯纳太太的呼吸非常急促，"妈妈跟哈丽妹妹一定是中了马前子碱的毒性。不过，她到底怎么会中毒的？我总想不明白。"

"这个我也不知道，"赫柏太太说，"而且目前我们也无法知道，只能等日后再说吧。"

哈丽德的两个姐姐为了要有充分的把握，于是一同花了好几个星期的时间，从以前读过的化学教科书中进行研究。她们有不明白的地方便去请教有经验的医师和高明的化学家。最后，她们得出结论之前的推断并不错。

因此，她们便到布洛克的法医助理霍夫斯那里，要求他能够代她们查个水落石出。

霍夫斯和大侦探沃利特听了她们极详尽的叙述以后，霍夫斯便对她们说："即使你妈妈跟你妹妹都中了马前子碱的话，但是要查出那个施毒的凶手，那也是非常困难的。"

"现在，我想知道你妈妈的遗产是怎样支配的？"沃利特紧接着问。

这两个女孩子这样告诉他们：她们母亲共留下了十五万元的遗产，早已平均地分配给她们三个姐妹了，哈丽名下一份，现在当然属于她丈夫的了，此外，哈丽妹妹尚有五千元人寿保险费。

“够了，”霍夫斯说，“这样我们可以进行工作了。”

霍夫斯和大侦探沃利特向她们告别以后，便到贝依医院去看那个签署证书的医师，要他会同当局开棺验尸。

那正是1944年7月里的一个温和的日子，哈丽的家属们、大侦探沃利特和霍夫斯都聚集在华盛顿公墓。他们目睹办事员们开启了两口棺材，将尸体运到金斯利县的尸体检验所去，请纽约的毒物学专家盖德洛博士负责检验。

盖德洛博士将尸体化验以后，便做了一个很详细的报告，这个报告使在场的人都感到万分的惊奇，除了哈丽的两个姐姐以及沃利特探长和霍夫斯四个人。

“这两个女人都是中了马前子碱毒素，”盖德洛博士说，“而且每一个身体里所有的毒素，都足可以致六个人死亡！”

哈丽两个姐姐的猜测当然无误的了，然而还有许多问题急需解答：谁谋杀了这两个女人？他为什么要谋害她们？是怎样下手的？如何去证实这个凶犯呢？

于是霍夫斯便将接近两个死者的人一一传到布鲁克林恩派亚路警察局去问，但结果一无所获。

现在，费德温目不转睛地注视着大侦探和霍夫斯，他光亮而整齐的头发下，配上一副苍白的面孔——看样子尴尬极了。

“马前子碱确是很可怕的东西，”他说，“不过我告诉你们，这事跟我绝对没有关系，你们无论如何要替我解决这件事情。”

大侦探和霍夫斯面对着费德温，但并不接他的话茬。

“同时我也要去请一个最好的律师来替我辩护，我要追究杀我妻子和岳母的仇人！”他继续对他们说。

“我们当然要给你很多的帮助！”霍夫斯苦笑了。

等费德温离开以后，大侦探长对霍夫斯说：“我想这人的嫌疑太大了。”

“是的，我也这样想，”霍夫斯说，“他的确值得我们去研究一下。”

说做就做，大侦探毫不迟疑地开始了他的侦查工作，他花了好几天的工夫，到纽约城每个角落去查问有没有熟悉费德温的。

侦查以后，他知道费德温是生长在马来西亚的比萨勒皮省的，年轻时沉默寡言，他的父亲就送他到巴勒斯坦去研究宗教，当犹太教师。

他在1930年——那时正21岁——抵达美洲。那时他觉得单单一个犹太教师，恐怕不能维持生活，所以他就决定找一个机会学些别的技能，因为他对医学特别感兴趣，后来就进长岛药物学院学习化学制药。“费德温是个优秀学生，”那边的教授告诉大侦探说，“他的主修课程成绩特别优异。”

大侦探又在长岛药物学院的图书馆里找到费德温毕业班的一本年刊，他对着费德温照片旁的小字出了神。那些小字是：“他将是个难得的害人的魔手！”

这样当然引起了大侦探的注意，他对这件谋杀案感到很大的兴趣。真的，费德温的妻子和丈母娘离奇的死，实是奇怪极了。

大侦探为了要寻找到更多的线索，又找到一个熟识费德温的同学，从那个同学口中，大侦探又知道了一件事：费德温自从做了药剂师以后，他还兼做犹太教师。

另一个跟费德温闹别扭的朋友对大侦探说：“费德温本人的野心很大，而且又很自私。有一次他对我笑着说：那些听我布道的教徒们真是傻瓜，他们偏以为我是神圣不可侵犯的，他们那样的尊敬我，其实我对他们却一点好处也没有！

“然而他对外仍旧用着犹太教师的名义。当我们送哈丽到医院去办理进院手续时，他告诉人家说他是费德温犹太教师，当时我就这样问他：‘现在你为什么还要用这个名字呢？’他回答：‘这样可以方便一些！’”

这些小节虽然没有多大用处，然而还是值得注意一下的。大侦探心里曾经这样想过：“若是能将费德温和哈丽结合的经过全部探到的话，那事情就更容易办了。”

再三的辗转，大侦探又找到了一个药剂师，他名叫巴布克，在布鲁克林开了一家药店，同时也兼做婚姻介绍人。费德温和哈丽的结合也是由他介绍成功的。

“我早知道他们是经过你的介绍后才认识的，”大侦探对巴布克说，“你快将过去的情形告诉我。”

那个婚姻介绍人支吾地回答道：“这是我的错误……不过我当时并不知道会弄成这个样子的。”

“我和费德温的相识还是1940年的事。那时，费德温要我为他介绍一个可以结婚的女朋友。他对我说，他要找一个富有的女人，这样他就可以过上非常舒适的生活了。同时哈丽的母亲则愿付100元的代价，要我为她的小女儿找一个如意的伴侣。就因为事情凑巧，因此我就将哈丽的电话号码告诉了费德温，他跟她从此就相识了。两个星期以后，费德温对我说他们将举行婚礼。”他继续说道。

“嗯，那么以后怎么样呢？”大侦探紧追着问。

巴布克懊丧地说：“他以后还要我为他筹备婚事，酬劳是500元，不过这笔钱要等他结婚以后才能到手。”

大侦探看过了他的备忘录以后。“他们是在1940年10月14日结的婚，结婚以后，你拿到那笔钱没有？”

巴布克苦笑了一阵。“哼，我在路上遇见了费德温，向他索取那笔钱，他非但不给我，反将我大骂了一顿。”

大侦探等他说完，随即感谢了几句，便又转身到哈丽所住的公寓去。

哈丽所住的那间房已租给一个陌生人了，于是他就走到隔邻金斯顿太太家里，要她讲些费德温婚后的生活情形。

“他们度过蜜月以后，”金斯顿太太说，“费德温告诉我说他很羡慕他的妻子，后来哈丽的母亲死了，他说他要带着哈丽搬出公寓，避免她跟她的姐姐接触。”

“这些我都明白了，还有别的吗？”

“还有，他说他丈母娘遗下了许多财产给他，他已是一个大富翁了。”

大侦探的记录簿的纸页已快写完了。

最后他又找到了普斯坦——一家保险公司代理人。“你收过哈丽小姐的人寿保险费没有？你还记得吗？”

“记得，”普斯坦说，“这是一个平凡的交易。1943年3月哈丽死后的10个月，她的丈夫就到我们这里来领去了这笔保险金——5000元钱。”

“当时还谈过别的没有？”

“没有，别的没有。”

大侦探办事向来很仔细精明，他心想像费德温这种人，跟哈丽结婚前一定有一番罗曼史，因此又设法找到了费德温的老同学和旧同事，他们都说费德温生性风流，结识女人很多。他有过一个美丽的女朋友，因为没有家产，所以就被他遗弃了。

于是大侦探就按地址找到了费德温旧情人玛特丽的家里。“你第一次遇到费德温是什么时候？”他问那个美丽的女人。

“大概在10年以前，那时我还只18岁。”她说。

“那么你当时爱他吗？”

她凝视了片刻。“是的，我非常爱他，我们本来还打算结婚的，不过因为我们的经济情形都很拮据，而且他又说不能维持我的生活，所以最后分开了。”

直到1939年，费德温才跟她断绝来往，以后连他和哈丽结婚的事她也不知道。

“那么他婚后来看过你没有？”

“来看过我的。”

“他跟你谈起他的妻子吗？”

那女人叹了口气：“他说他对自己的妻子并不感到满意，而且想再娶一个。”

大侦探和霍夫斯就连夜共同研究这些证据。

“虽然那个凶手已有些眉目，我想，我们还得集中力量去侦查他如何毒害他的妻子的。”霍夫斯说。

大侦探看看自己的记录簿。“是的，我们还得追究他在什么时候着手进行这件毒害工作的。”

“这个，我们就得查一查验尸报告了。”

报告上说哈丽体内已有3.7克的马前子碱，但他们不知道那些毒素究竟需要多长时间才挥发药性，所以就去请教盖德洛博士。盖德洛博士很有把握地说：“不到两个小时，保证药性发作。”

大侦探得意地对他的同伴说。

“不过哈丽是在进院后两天死的，那样的话一定是在家里得病，而在医院中毒的。”

他们想到此处，于是更加疑惑起来了：凶手如何将毒物给她吃的呢？这些都是难题。

大侦探因此又赶到医院去。

这一次，他知道了费德温在医院里时的行动——他从医院里第一天的记录开始，顺次地看下去，只见第二天——12月8日上午10点30分有一段备注，说哈丽吃药后便呕吐起来。

“她服的什么药？”大侦探问那个个护士长。

护士长看了看记录。“这个我还得去查问当天值班的护士贝莉。”她一面指着那张报告，一面喊。

贝莉想了半天，才恍然大悟地说：“嗯，是的，我想起来了，那是费德温先生带来的。”

那天，院方准许费德温拿了两张药方到他店铺去配药的。“他回来时拿了六瓶粉红的药水，我也没有注意究竟是什么药水。晚上10点30分，我就拿了一瓶给哈丽服用。”

贝莉下班的时候是在半夜，接班的护士是另一个女孩子，她叫沃兰。大侦探立即又把那个女孩子叫了来。

“那瓶粉红色的药水我还记得，”沃兰小姐说，“我给她服下的时候是在凌晨2点钟。”

“那么她服下了吗？”

“她服下去了，服后半个钟头，只见她浑身发出痉挛，虽然我再给她吃了一些镇静药，但她仍旧颤抖不已。”

护士继续告诉大侦探说，此后哈丽还是颤抖不已，并且全身发青而冰冷，大概继续了一个钟头的时间，她便死了。

“那么还有四瓶药水呢？”大侦探问。

“还有四瓶药水，在我收拾房间的时候都已丢掉了。”

大侦探匆匆地回到警察局后，霍夫斯对他这样说：“费德温谋杀自己的妻子是没有问题的了，不过我们现在又没有真凭实据。我认为还是去查究那些药水的去向吧。”

“现在我想去侦查费德温在医院里的行动，这样或许也可以探悉他如何动手谋杀哈丽的。”

哈丽的两个姐姐告诉说哈丽在医院里时，费德温和他的一个连襟——古斯纳先生一起离开医院的。于是大侦探又找到了古斯纳。

“快告诉我，那晚费德温到什么地方去的。”

“起先，费德温跟我到贾科夫药房去买一些止痛药。”古斯纳毫不支吾地回答。

大侦探便带了古斯纳一同到那家药房去对质一下。结果药房主人的回答跟古斯纳完全相同，于是他再询问古斯纳：“以后买过什么药品？”

“走出药店以后，他对我说他还要到自己的药房去配一些药水。”

“好，我们就到他工作的地方去吧！”大侦探斩钉截铁地说。

他们又赶到了勒维斯基药房。大侦探说明了来意，勒维斯基点头称是。“那天晚上的事情，我记得很清楚，费德温进来的时候，宛如一个魔鬼，样子相当难看。他进来之后就对我说要为他的妻子配一些药水。”

药房主人领着大侦探走到配方间，那间配方间在收银处的后面，而且跟收银处只隔了一块玻璃板壁。

“你们的马前子碱放在什么地方？”大侦探问药房主人。

药房主人就指着那房间暗处的一只小缸对大侦探说：“就在那边！”

“这地方拿来倒很方便。”大侦探自言自语。隔了半晌，他又问那个店主：“那天晚上，他是不是独自一个人在这里配药的？”

药房主人因为当时并不在场，于是又叫来一个名洛德蒙的药剂师，因为费德温那晚告假，代班的就是洛德蒙。

“费德温对我说要为他的妻子配一些很特别的药水，”洛德蒙很从容地说，“后来我看他走到那只小缸旁边，匆忙地配了六小瓶粉红色的药水——马前子碱，当时我也不会问他拿去有什么用处，不过心里总觉得奇怪。”

“费德温配好六瓶药水，便回到他自己的汽车里。于是我便驶着车子，一同回到医院去，他进院时身上的确带了六瓶药水。”

询问完毕，霍夫斯和大侦探一起回到金斯利县区公署，区法官杜里尔聆听了他们侦查的报告以后，便问他们将费德温扣押了没有。同时他认为这确是件值得注意的血案。

1945年7月1日——哈丽死后的一年零六个月——费德温就在布鲁克林宁的新宅里被捕，被捕时他还是否认自己的罪责！“你们弄错了，”他说，“吃我们这一行饭的没有一个会做出这种恶事的。”

1945年7月18日，金斯利县法院即以哈丽被杀案第一嫌疑犯控诉费德温，关于哈丽的妈妈一案则待本案宣判后再行起诉。

警察局在开审前费了很长的时间去搜集有关本案的证据，七个月以后——1946年2月18本案在拉博维审判长面前开审了，出庭的有费德温、费德温的辩护律师科恩，还有那些证人。

费德温坐在他辩护律师旁边，怀着一颗恐惧的心，带着苍白的脸孔，等候着审判的开始。

审判开始了，审判官将所有的证件都展示在费德温的面前，他呆若木鸡，不知所措，他知道自己的死期不远了。

当那个婚姻介绍人巴布克和他的旧恋玛特丽起来对质时，他故作镇静地为自己辩护，一口否认。

然而目前的环境已不容他再有所隐瞒了，当古斯纳太太站起来表演她妹妹临死前挣扎的样子时，他全身在发抖了。

审判官对古斯纳先生的质询是这样的：

问：费德温走出贾科夫药房后，他嘴里说什么？

答：我就同他一起到勒维斯基药房去，到了那家药房门口，他便叫我守在门口，大概过了三刻钟，他就带了一个纸袋，精神失常地走了出来，此后我们再赶到医院里——我并没有跟他一起进去。

问过了古斯纳先生，便轮到了勒维斯基。

问：那么，当时被告是不是独个儿呢?

答：是的，只有他一个人。

洛德蒙，贝莉和沃兰也挨次将以前对大侦探说过的话，在法庭前重复地说了一遍。

虽然费德温知道再也不能抵赖了，但他的律师偏要请了两个医师来为费德温作证。那两个医师中一个是戴什医师，他们都说凡是吃了马前子碱的人，即使全身痉挛发病，但至少还可活上三天，当然这个反证是不会有效力的，毒物学权威盖德洛听了他的谬论以后便起来做一次准确解释，于是那两个医师也就哑口无言了。

这个案子继续审判几次，终在1946年2月28宣告终结，陪审员一致公认费德温是最残酷而又最刁诈的杀人凶手。

当检察官当庭宣读费德温应受电椅极刑的判决书时，费德温的脸色顿时变得苍白无色，嘴唇发硬，呼吸也困难起来了。

4月25日，星期四晚上，费德温的死期到了。费德温在新新监狱中听到外面有人高声地说："法律再也不能宽容你了，上帝会来安慰你的灵魂的！"他的头就低低地下沉了。

七小时以后，这个谋杀自己妻子的凶手就在新新监狱里行刑了，这个震动了整个纽约州的谋杀案，也就宣告结束。

金绂　译

致人死命的一曲

约翰·索普

因为还没有到热闹的时节，所以基山温泉旅馆在这个时候很少有旅客来住宿，可是各个房间的使女们却仍然照样每天打扫房间。这天，一个黑人使女打扫到一个房间，她知道昨天夜里是有一位太太来住着的，所以在进去以前，她在房门上先敲了两下，可是里面没有回答。她再敲了两下，还是听不到什么声音，因此她就自己开门进去了。

她进去之后，看到卧室里没有人，她想那旅客或者暂时有事情出去了。后来她看到那位太太的内衣随便地被丢在床上，她又想，会不会她正在浴室里洗浴？接着她看到一双鞋子以及丝袜，都乱丢在地板上。她再望到五斗橱的上面，看见那里有一只小手提箱，箱盖大开着，里面都是些女人用的零星物品。

室内的情形似乎有些混乱，因此黑人使女感到有些奇怪了。她敏感地向浴室的门望了一眼，浴室的门是关的，她便走过去在门上轻轻敲着。没有回答。她慢慢地把门推开成一条缝，探进头去一望，她所看到的景象，真把她吓得手足无措了。

“那个约翰逊太太！她死在那里了！”她终于一边冲下楼去，一边这样惊呼。

经理，职员以及侍者，都赶到这个房间里来。他们看到约翰逊太太的尸体倒在浴盆的边缘上，半个身体在浴盆的里面，半个身体在浴盆的外面。她的头上受了很厉害的伤，血从那里流出来，染得她的头发，脖颈以及面孔上都是。

他们立即打电话去报告警察局，大侦探米利隆放下了电话就赶了来。验尸官也来到得很是迅速。他把那尸体移置在地板上，在它的下面发现了一枚螺丝钉钻。验尸官福尔斯看到螺丝钉钻的上面也有血迹。

“她是被什么笨重的器具打死的，”福尔斯医生说，“可是绝不是这只螺丝钉钻——是要比这个笨重得多的东西，如斧头之类。”

大侦探随即在房间里找到了一柄斧头，那上面也有血迹，而且还有一绺头发。

“凶器一定就是这个了。”他确定。

验尸官说死者已死了12个小时到15个小时，算起来被害之时大概是在半夜，或者稍早一些时候。

旅馆的经理告诉大侦探米利隆说，约翰逊太太是在昨天晚上大约9点钟的样子，同一个男人一起到这里来的，可是他们并不住在一起，而是开了两个房间。那男人在旅客单上所签署的名字是贝格尔。

因为他们要把房间开在隔壁，所以旅馆里就把那两个连在一起的房间租给他们了。

“至于他们进房间以后的情形，我想招呼他们的侍者会知道得更清楚些。”经理说。

站在旁边的侍者点点头，表示他的确是要知道得多一些。大侦探便转过头去问他，他回答说，在他们进入房间以后，他把冰水送进那男人的房间里去，在这时那男人说：

“我鞋子里有一只钉，你能去弄一样什么东西来把它拔去吗？”

侍者便去找了一只螺丝钉钻给他，可是贝格尔说那个太轻了，使不上力气。

“能不能找一柄斧头给我。”他提议。

侍者记起柜台里是有一柄很重的木匠用的斧头，他便到那里去把它取来了交给贝格尔。

“这个好了。”贝格尔说，一边在掂掂它的分量，他还给了侍者半块钱的赏金。

这样说来，好像是贝格尔想法把约翰逊太太诱骗到这个旅馆里来，然后又设法把她杀死的。他鞋子里是不是真有一只钉子呢？不会是为了要来谋杀她，才关照侍者去把它弄来的吗？还是他们忽然发生了什么冲突，才使他临时动了杀意呢？不管缘由是前者，或者后者，凶手是贝格尔似乎已没有什么疑问了。

在侍者去把斧头交给了贝格尔以后，再没有一个人看见过那两个旅客，也没有人听到他们有过什么争吵的事情。因为贝格尔和约翰逊太太是昨晚仅有的旅客，大侦探看到他恐怕无法再找到别的证人了。

贝格尔自然已经不在他的房间里，可是旅馆里没有一个职员看见他是在什么时候出去的。因为旅馆里是有侧门的，如果旅客从那里出入，职员们不大会注意到。

虽然，大侦探已经探查出贝格尔和约翰逊太太是坐了出租汽车来的，他们是在毕洛锡区叫的车子，离开这里大约有十里路远。可是在那男人走的时候，他却并没有叫出租汽车。

大侦探想先把那出租汽车的司机找来，这样他们可能问出一些关于凶手的形迹。旅馆里的人已经告诉他，贝格尔大约30岁的年纪，身高5尺8寸，体重在140磅左右。他穿的是一套棕色的西装和黄色的皮鞋。

虽然，他的房间早已经被使女打扫过了，然而大侦探还希望能在这里找到一两个没有被揩拭去的指印。

接着，大侦探和其他警务人员开始搜查约翰逊太太的房间。他们注意到，她房间没有现款和首饰，就是手皮包也没有一只。

“看来好像是为了要谋财，所以才害了她的命。”其中一人这样指出。

可是在他们查阅了那手提箱以后，却得到了一些很重要的线索。那里面有信件，名片，以及公债票，这都证明被谋害者的名字并不是埃利斯·约翰逊，却是从丹维尔（地名）来的帕斯太太。

所有的信件都是卡特军官寄给她的，寄信者住在凯斯勒营房里，离开毕洛锡区只有一小段路。从这些信的内容可看出帕斯太太和卡特已经订过婚，并且就将要预备结婚了。

“读了这些信件，把所有的神秘都可解释清楚了。”警察长安德拉说。

大侦探明白警察长所说的是什么意思。因为他自己也在这样想，他想大概帕斯太太从丹维尔来，是为了要来同军官结婚的，又大概因为他们对于结婚要暂守秘密，所以在旅馆里用了假名字。

“后来他们不知道为了什么，争吵了起来，”大侦探继续推测，“他就提起了那斧头向她打过去，却一失手把她打死了。这真是像青天白日一样明白。我们现在所要做的，只要去把卡特找来。”

有一个人指出，那个叫做贝格尔的男人，并没有穿军装。大侦探便把手一摆：

“有很多的军人，在特殊的情形之下，都是穿着便服的。”他说。

他们在贝格尔的房间里找不到他的指印，可是却在这手提箱上找到了好几个。还有，他们在那斧头柄上也检查出了三个很明显的指印。

警察长安德拉说，他就要着手去拘捕卡特，如果他还在凯斯勒营房的话。

他果然还在那里，凯斯勒营房的长官，接到了警察长送来的公文后，就把卡特看管了起来。

可是在卡特得知他被看管的缘由是因为他有谋杀他未婚妻的嫌疑时，他显示出非常的震惊，接着他推想，那在旅馆里被谋杀的女人，不见得是帕斯。于是他从紧身衣的口袋里摸出了两个电报，递给了安德拉。

“这两个电报是帕斯昨天打给我的，”他说，“你可以看到这上面讲到她昨天晚上搭猎犬号公共汽车到这里来，在毕洛锡下车，要我在7点10分到那里去接她去。”

“然而，这两个电报到了今天早上才送来。所以，我是不能够到公共汽车站上去接她的，因此，她在昨天夜里显然无法同我联络了。”

“我不知道贝格尔是谁，我也不知道帕斯怎么会同他一起到旅馆里去，或者因为她没有什么别的地方可去，又恰巧那男人要住到那个旅馆去，他向她推荐，她也就随了一同去。”

卡特还解释说，这完全可证明并不是他干的事情，因为他在昨天夜里没有离开过营房，而且那两个电报的确是在今天早上才送给他的。关于这两点，他的长官们可为他证明都是事实。

他说他从外国回来之后，在丹维尔遇见了帕斯太太，不久他就被调驻到凯斯勒来了。以后他和她常有信札来往，而在他去信的一封中，他请求她做他的妻子，她也就答应了。

据他的推测，他的未婚妻被人谋杀唯一的理由，大概就是因为她带了太多的钱，因为他是已寄过钱去给她作路费的，他说她可能还剩下两百块钱。

卡特自己的嫌疑是已洗刷干净了，他自愿陪同警务人员们一起到那旅馆去，看那被谋杀者究竟是不是他的未婚妻。

“是的，是她！”下级军官看到了，这样伤心地说。

警务人员们回到了局里，他们开了一个会议，依据卡特的报告，他们有三条路线可入手去侦查。

“我们在这里已经有了指印，”安德拉说，“我们还知道贝格尔和帕斯太太是坐了出租车到旅馆里去的，可是最好的线索，我看还是在公共汽车的驾驶人身上。我们必得设法去把昨天晚上7点10分开到毕洛锡的那个公共汽车司机找来。依我看来，帕斯太太是在这公共汽车上遇见了她的谋杀者的。”

安德拉派人去探查，知道那一班公共汽车的驾驶员叫丹沙迪，他们不怎么费事地就把他找到了。

“那个女人我记得很清楚，”丹沙迪说，“她是在新奥尔良上车的，她一路上好像同三个男人讲得很投机。她讲给他们听，她是到这里来同一个军人结婚的。”

“我看得出，她同那三个男人原来并不认识，因为她上了车一些时间以后，才渐渐同他们讲起话来的。她随后就一路同他们大声谈笑了。”

“那三个家伙每一个人都有一把吉他，他们一边弹，一边轮流唱歌。有时候他们三个人一同唱。在车子将到毕洛锡站的时候，他们中的一个唱了一支‘致人死亡的一曲’。”

“你知道他们的名字吗？”安德拉问。

那公共汽车驾驶员抓抓头，“有一个家伙，在一支歌曲中，把他自己叫做‘亚克那·彼尔’，我不知道那是不是他的名字。”

“还有一个告诉那女人说，他叫杰夫·希兰。第三个家伙比较沉静，不大讲话，可是他时时取出一瓶酒来，传递着各人喝一口。只有那女人却一口都没有喝过。”

“这三个家伙都是在毕洛锡下车的吗？”

“是的，他们是同那女人一起下车的，他们以后怎样，我就不知道了。”

“他们穿着什么衣裳？”

这可把丹沙迪问住了，他说他们穿的什么衣服，他一点都没有加以注意。“可是他们三个人都穿着便服，虽然其中至少有一个人是应该穿军装的。我听到他们讲起，有一个人刚从外国回来，可是我没有留意是他们当中哪一个讲的。”

“这个家伙既然不再穿军装，也可能是已经退伍了。”安德拉说。

“我想不会，”丹沙迪回答，“我也听到他说过，到了下星期，他非回到船上去不可。我向前坐着，是背对着他们，所以我只偶尔在望后镜中看他们一眼。”

“是谁这样讲的，我是不知道，可是我知道歌却是哪个亚克那·彼尔唱得最多。”

警务人员们从这个公共汽车驾驶员嘴里，得到了不少破案的帮助，可是那各有一把吉他的三个家伙，在他们下了公共汽车以后，究竟到了什么地方去，他们却一点都无从探知。没有一个人能够回答说，他们昨天夜里看见过那样的人。

“我想丹沙迪信口雌黄是不至于的，”安德拉对大侦探说，“怎么会没有一个人看到他们，这倒有些奇怪。”

现在把贝格尔和帕斯太太送到了基山温泉旅馆去的出租汽车司机，被找到了。

“他们是在毕洛锡叫你的车子的吗？”安德拉问。

那司机摇摇头。

“我从头告诉你吧。”司机乔治·哈代说：

“昨天晚上大约8点15分，有一个漂亮的男人在玫瑰街和霍华林荫路的转角，上了我的车子。”

“‘赶快开到毕洛锡公共汽车站，’那漂亮的男人说，‘有一位太太在那里等着。’”

开到了公共汽车站，车子停下了，那个人关照哈代等一等。那个人去了没有几分钟，就带了一个年轻的女人回来。他们上车以后，哈代被告知开到基山温泉旅馆。哈代便预先向那男人说明，开到了，他得付他三块半车费。

“好的，就是三块半，”那个男人说，“我不会少给你的。”

哈代就把他们开到了基山温泉旅馆，关于他们的情形，他所知道的，就仅于此了。

“那个男人有一把吉他没有？”安德拉问。

哈代摇摇头道：“他是空手的，他手里什么都没有。”

从丹沙迪和哈代所述说的来看，显然是帕斯，因为她下了公共汽车无法找到她的未婚夫，被她在公共汽车上所遇见过的三个男人中的一个带到了旅馆里去。

可是在公共汽车的到达与坐出租汽车到旅馆去之间，有大约一小时的空。她是不是这时间内一直在等贝格尔呢？他是不是到玫瑰街和霍华林荫路附近的什么人家放下了他的吉他呢？

既然他坐出租汽车的时候，已不再带着吉他，他一定到什么地方把它放下了。因此，安德拉相信，凶手很可能就住在玫瑰街和霍华林荫路的附近。可是他是那三人中的哪一个呢？是亚克那·彼尔，还是杰夫·希兰，还是那个带了一瓶酒却不大讲话的人呢？

第一步，先得把那三个人都找来，然后再来确定究竟哪一个是凶手。

因为其中的一个，杰夫·希兰，是他自己说了是叫这个名字的，暂且把他所说的认为是实话，安德拉提议就先从侦查姓希兰的人入手。

全城一共大约有20家姓希兰的，一家家侦查去，这个叫做杰夫·希兰的青年终于被找了来。

警员们把他带进来向警察长报告说："这个就是杰夫·希兰。"

安德拉向这嫌疑犯望了一眼，注意到他穿着棕色衣裳和黄皮鞋。

希兰承认他是三个拿着吉他人中的一个。其余的两个他是在公共汽车上遇见的，原来并不认识，遇见了就一起谈笑，一起唱歌，却连他们的姓名都没有问到，这原是年轻旅客常有的事。至于那女旅伴，虽然他同她说笑得很多，而且还偶尔向她说出了他自己的姓名，她姓什么叫什么，他却并不知道。

"可是有一点，你所穿衣服和鞋子的颜色，也正同凶手所穿的一样。"警察长告诉他。

"这些都是我今天才换上的，"希兰说明，"昨天我是穿的蓝衣裳和黑皮鞋。"

这嫌疑犯接着还解释说，他昨天回了家，就再没有出来过。这些都如他所说的被证实了。而且他的指印同那手提箱上和那斧头上的也并不一样。安德拉知道他是无辜的，就把他释放了。

还有亚克那·彼尔，既然他会唱那样多的歌，说不定他是以唱歌为职业的。大侦探米利隆便带了公共汽车驾驶员丹沙迪到一家家娱乐场所去认捉。

他们已徒然走过了五六家那样的场所以后，米利隆和丹沙迪半抱希望地走进了一家夜总会。那时音乐台上正站着一个高个子的年轻男人，一边弹吉他，一边唱"似流水的年华"。

丹沙迪对米利隆道："那人就是亚克那·彼尔！"

大侦探立即走到了音乐台旁边。他等到彼尔把这一支歌唱完了，才把他叫了下来。

可是也像杰希兰夫一样，亚克那·彼尔也被证明他并不可能是那凶手。

两个都不是只剩一个了。

"我们已经找到了两个，现在只剩那第三个了，"安德拉对米利隆说，"但愿第三个不要还是扑错。"

"这已经是最后的一个可能了，扑到了就决不会再错。"米利隆回答。

“那可不一定，”警察长说，“你记得，帕斯太太是在公共汽车站附近等过一小时，才坐上那出租汽车的。在这时间内，她已尽可能打了电话约了别的什么人来。所以，这第三个也许还是一个无辜的。”

就这第三个，他是不大说话的，更没有说到他自己的姓名，要怎样才能把他找到？

安德拉一直在这样询问他自己。终于他想起，丹沙迪说他听到其中一人说过，他下星期一定要回到他的船上去——既然已找到的两个都不是，那么一定是这第三个人是一个水兵了。可是要是他是一个海军的话，他是不敢穿了便装回来的。

“他说才从外国回来，”他问米利隆，“要不是一个海军，他为什么又说下星期必得回到船上去？”

大侦探没有回答。

“哦，我想起来了！”警察局局长的眼睛里止不住发着光亮，“他一定是一个海军商船上的水手，因为新奥尔良这几天正到了好几艘这样的船。”

“你想得有道理！”米利隆惊呼。

安德拉继续说下去：“毕洛锡有一个海军商船水手的登记局。我们可从那里找到本城所登记了的所有人的姓名。先从住在玫瑰街和霍华林荫路附近的侦查起。我看他下公共汽车，一定先回了一次家的。”

两个警务长官立即赶到了海军商船水手登记局。从所有登记了的水手之间，他们看到只有三个是住在玫瑰街和霍华林荫路的附近。

他们立刻去侦查，在半小时内就查清其中两个并无嫌疑，而第三个是才在昨晚回家的爱德华。

想不到他们一找到爱德华的家，他就供认了他所犯了的谋杀罪。他对他们说，他是在公共汽车上遇见帕斯太太的，下车以后，他看到她无法找到她的未婚夫，便向她建议不妨暂住一夜旅馆。

“因为我看到她手皮包里放着很多的钱，”他继续说，“我就想一定要把它弄来。我知道基山温泉旅馆比较僻静，所以我把她骗到了那里去住。”

“虽然我叫侍者去弄了一柄斧头来，可是我却并没有要把她击死的意思。我只想把她一下击昏。想不到我走到了她的房间里去，想要动手却给她发觉了。于是她想叫喊，我心里一慌，不觉用力在她的头上连击了几下。等到我想到不要造成了血案时，已经来不及了！我俯下去一看，她的呼吸已经停止了。于是我就攫取了那手皮包，从旅馆的侧门逃了出来，一口气奔到了家里，一路只在想我并没有谋杀她的意思，却无辜击死了一个好人。”

倪怀一　译

有裂痕的S

约翰·弗兰奇

1945年7月22日星期六晚上，罗斯纳穿着便服，着了拖鞋，在房间里看报纸。幽雅的曲调，由无线电奏着。室内充满静穆的空气，此时电话铃声大作，罗斯纳立刻把无线电停了，去接电话。

“罗斯纳太太在家吗？”

罗斯纳一听就知道这是他妻子的女友，便回她道：“扬肯太太，她不在家，她昨晚离开这里到纽约去探望她的母亲了，大约要星期三才能回来，你若有要事，我可以替你打电话告诉她。”

“真对不起，我又要麻烦你。下星期二的午后，妇女协助会举行重要会议，我想她也该出席的。”

扬肯太太电话中要求着，罗斯纳欣然应允道：“并不麻烦，我自己也要打电话给她，我因为有事出城，回来才一小时，自从上星期五起，我没和她通过话呢，等一会儿，我把你的话告诉她就是了。”

扬肯太太谢谢他，把电话挂了，同时罗斯纳回到安乐椅上，坐着慢慢地喝着威士忌酒。喝完之后，就打电话到纽约州的开纳维城，和他岳母弗兰太太通话。

“喂，岳母，我乘的火车晚点，今晚8点钟才到家，我想和杰拉讲话，请你找她接电话好吗？”

弗兰太太听了一呆，过了一会儿，才回答说：“你的话我不懂，她虽然写了信给我，说好今天来，但至今未到。我还以为她有什么事延缓行期了。”

“她没有到吗？我星期五出门的时候，她对我说，要在星期六晚上动身的，所以最迟今天早晨总应该到了。”罗斯纳非常惊讶地说。

“哦！也许她在纽约城逗留着，但果真如此，她也该打电话通知我的，但是我却并没有接到过她的电话。”弗兰太太很不安地说。

“我也这样想，等一会儿，她如果来了，请你打个电话给我。”罗纳斯这样要求。

到了翌日正午，还不见有电话来，罗斯纳又打电话给他岳母，他岳母着急道：“还没有来呢！不知道是有什么意外事件发生了，我真不放心呢！”

“这真奇了，如果有什么事情发生，现在也该有消息给我了。但是到今天为止，仍无音信，我想要报告警署了。”罗斯纳也显得很不安了。

当晚，罗斯纳办公回家休息了片刻，便到开城爱塞区警察署报告大侦探霍文，说他妻子失踪的事。

他很忧闷地说道：“如果没有什么不测之事发生，她现在总应该有信给我了。这里邻近的医院我都找遍了，也找不到她。”

霍文问道：“她乘火车到纽约，你能确定吗？”

罗斯纳摇头说：“当她计划动身时，我已因事出城了。依我想来，也许她在纽约访友，只因为我忘记了那些朋友的名字，所以不能打电话去询问。”

“你把她的身材相貌告诉我，我替你打听，一有消息，便来通知你。”大侦探安慰他说。

到了星期二下午，罗斯纳没能从警署得到任何消息。他在饭店用过晚餐之后，回到家中，过了几分钟门铃响了。他开门一看，原来是警官西蒙和巡警穆勒，他便急急问道：“你听到我妻子的消息了吗？”

西蒙只是摇头。“没有。现在我们来取她的照片，并略作询问而已。”

罗斯勒请他们进入，警官们见他忧容满面，据称他已有两晚不得安眠。警官们拿出记事册，记述各情如下：

罗斯纳夫人年龄22岁，受过高等教育，服装漂亮，朋友甚多，结婚业已多年，未曾生育，罗斯纳的前妻，遗下一子，在邻近兵营当兵，罗斯纳本人在蓓来钢铁公司当电机工程师。星期五那天，他和他妻子在车站分别时，她身体很好，又很愉快。她并且说要于翌日到银行提款到勃城买东西。然后乘夜车到纽约，打算在旅馆或朋友家中住宿一夜。

西蒙问："她会带着很多的钱去吗？"

罗斯纳摇头说："不会的，她向来不多带钱，她大概仅随身带足够的旅费罢了。"

西蒙又问道："你们夫妇之间曾有争吵吗？她出去时穿什么衣服，你知道吗？"

罗斯纳答道："我们一向很好，至于她出外时，穿什么衣服，我不知道。"

西蒙提议把她卧室打开来看，他们三人遂跑到楼上卧室，罗斯纳看见许多挂着的衣服便肯定地说：

"她出外的时候，一定是穿纱罗衣服，戴棕色草帽，着淡棕色运动鞋。"说到这里，他又突然惊异地说道："喂！她的皮大衣不见了，那天还挂在这里的！"

穆勒说："这么热的天气，她不会穿皮大衣的。"

罗斯纳说道："大衣一定是她拿的，但是她为什么要拿呢？两个大旅行袋，她也拿去了，真是奇怪，她只预备外出三四天罢了。"他默默沉思了一会，急急忙忙地把另一小室打开了，很失望地道："她的旅行箱也不见了。"

于是又拉开抽屉一看，里面从前满贮的内衣都不见了。他们回到楼下，西蒙问罗斯纳道："你夫人的记事册中是否有她纽约朋友的住址？"

罗斯纳把册子交给西蒙说："我看过一遍了，纽约友人的住址一个也没有。"

于是警官把本埠朋友的住址都抄了。又在纸簿上看见罗斯纳太太有这个记录："支票"和"银行"。纸簿下面有一幅罗斯纳旅行用的折叠地图，穆勒把地图指给罗斯纳看，说道："她对你说过要到哪去没有？"

罗斯纳把地图细看一回，才答道："她从未提过这件事。"于是，警官们回到警察署把一切经过都告诉了大侦探霍文。

大侦探听罢说道："如果她带了一只箱子和两个大旅行袋，那么她计划中的旅行当然较她丈夫所知道的更远些了。但是她为什么要告诉母亲是到娘家去呢？"说罢，大侦探打长途电话给弗兰太太，要求她把她女儿给她的信，念给他听。

念完之后，大侦探问道："这封信是用打字机打的吗？"

弗兰太太说道："不是的，这是我女儿的亲笔信。"

大侦探又问道："你女儿近来有和她丈夫吵架吗？"

"没有，如果有的话，她会告诉我的。至于长途旅行，她没有对我说过。"

大侦探听罢，把电话挂了，回头对两位巡官说："我不懂她为什么要在星期三写这封信，因为她丈夫曾告诉她，将于星期五出城去。"

西蒙吸着纸烟道："依我看来，她是有意卷逃的了。所以当她获悉丈夫将于星期五出城，特地写这封信来愚弄他。罗斯纳不是说过吗？这封信是从她桌子上发现了，他才拿去寄的。大概她本无意寄出此信呢。"

"如此说来，这事和我们毫无干系了。我们只需证明她确实已上了火车，那么我们的责职便完成了。"大侦探这样提议。

西蒙说道："邻近的住户也许有人看见她动身去火车站的。我们只要知道她大约在何时动身，便可以问车站售票员得到证实。"说罢，他立刻和穆勤驱车前往调查，但是罗斯纳太太的邻居在那星期六下午，都没有见她外出。

后来住在对门的一位太太说："她恐怕是在深夜11时半出发的，当时我看见一辆出租汽车，在她屋子前面。"

西蒙说道："这一定是别人叫的汽车了，罗斯纳太太在早几个小时前，便预备出发的。"

那位太太答道："不是的，她上车之前，我还看见她屋里有灯光，我并且亲眼看见她在室内行动呢。"

还有一位邻居看见，当日下午罗斯纳太太在勃城买了东西，和一个男人乘汽车返寓。

穆勒问道："是男人吗？你认识他吗？"

邻居回答："认识的，他是史泰先生，从前住在罗斯纳家里的。那天他没有走进屋子。"

穆勒又问道："你有没有看见什么人走进屋子呢？"

那邻居道："7点钟时，我又看见一个士兵来访，恐怕就是罗斯纳先生前妻之子，现在在离此不远的营中受训。"

巡官们返署之后，穆勒便去访问住在本埠的罗斯纳太太的朋友，同时西蒙去访车站售票员，西蒙衣袋里带了罗斯纳太太的照片。经他询问后，一售票员说："我记得这位太太，她在那星期六的下午和她的丈夫来车站，当她丈夫买票时，她在窗外等他。"

"那男子人的相貌是怎样的？"

"并没有什么特别的地方。"

"买的什么火车票呢？"西蒙又问。

"他买了两张到蒙特利尔的票。"

"他们要什么时候动身呢？"

"不知道，听他们的口气似乎要在纽约作短期逗留。"西蒙谢了售票员，立即回署把结果报告给大侦探霍文。

霍文说道："原来如此，买票的男子并非罗斯纳，因为前一天他已出城去了，你想他是谁呢？"

"售票员并不认识他，但罗斯纳夫人和他离开车站不久，便和史泰乘汽车回家，而史泰一向住在她家里的。"

正谈论间，穆勒进来报告说："我到罗斯纳夫人的朋友处询问之后，知道史泰是三个月之前搬出去的。罗斯纳为什么要叫他搬出去呢？没有人知道。听说罗斯纳怪史泰对他妻子太殷勤些。史泰是英国人，到美国时间并不长。他是飞机制造专家，在勃城某飞机制造厂服务。"

霍文听罢说道："那么她一定是和史泰私奔的了。"大侦探打电话给罗斯纳，请他办公完毕之后回家时顺便到警署一趟。

那位电机工程师到警署之后，大侦探把新近发现的一切报告给他听。他听罢很镇静地说："我并不惊讶，这事终于发现了，我早就知道她不爱我的，但我以为他搬出之后，或者可以挽回她，现在你知道他们在哪里吗？"大侦探摇头说道："那不是我们的责任，你要找他们可以雇私家侦探。"

一个星期后，大侦探很稀奇地见罗斯纳重到署中咬牙切齿地说道："我要把我的妻子关入监牢中。"

"罗斯纳先生，我不能这样做，她并没有犯法啊。"

罗斯纳不服道："她当然犯法，她的私奔，我可以原谅的，但是她还带走了我大部分的钱财呢。"

霍文诧异道："这是怎样发生的呢？"

"我那天上午到银行去把一堆文件置入保险箱，箱内证券和现款共值九千元，今晨只剩三千元了，其余都被妻子取去了。这不是盗窃吗？"

巡长摇头道："不是的，因为在法律上，这财产有一部分是她的，她如果窃取了你法律上应得的部分是可以追回的，你已经知道她在哪里了吗？"

罗斯纳答道："不知道，我雇了一个私家侦探，又请教过一位律师讨论离婚问题。"

霍文对他很表示同情地说道："我们仍然把这个看作失踪案件处理，现已把她的照片遍送美国和加拿大各处了，倘若知道她的行踪，我们一定通知你。"

罗斯纳回家之后，把当日一切经过，写信报告给他的岳母。这时正是8月8日，他妻子失踪已逾两星期，他信中又说："她已经和从前的房客私奔了。"信中又说她带了三千五百元的现金和二千五百元的证券，所以手头并不缺钱。最后，他提到雇用侦探去找寻他妻子的经过。

他雇用的侦探，在蒙特利尔详细侦察了一个多月，毫无所获。如此一月又一月，弗兰太太得不到女儿信息，心中烦恼，夜不安眠。到了9月15日下午，她忽然接到女婿来信，拆开一看，原来他接到了他妻子的来信，并把它附在函内一并寄来，弗兰太太急忙把她女儿的信拿来看，发现信是用打字机打的。签名杰拉，信封上的邮戳是"罗斯各"。杰拉在她信中，请求丈夫的宽恕，并且说如果他要离婚，她当给予种种便利，信中又说她和史泰已经考虑过数星期，才采取这个步骤，信末说道："当你收到此信时，我们大约已在赴英途中了。史泰在该处商界甚为熟悉等等。"罗斯纳信中特别强调她到英国这一点，因为倘若不知他妻子在什么地方，便无从办理离婚手续，他要求岳母一得到女儿的消息，立刻通知他。

弗兰太太因为女儿不写信给她，很是愤怒。马上去找律师替她设法在克来弗找到她女儿，以便阻止她赴英。律师说道："我可以写信到各轮船公司，等她买票时，便可以知道她的地址了。"

罗斯纳近来似乎已把从前的忧郁忘记了，有一天，西蒙遇见他说道："你现在好像很快乐，你又得到什么消息吗？"罗斯纳答道："有的，明天儿子将告长假回来，我家不再寂寞了。"过了一星期，西蒙又在路上遇着罗斯纳和他的儿子，罗斯纳向西蒙介绍他的儿子。西蒙回署后，把这经过告诉穆勒。穆勒听了笑道："前天我看见一辆汽车停在他家大门外，有一个女人从车中出来，想必是那儿子的女友了。当时我还以为他的太太回来了呢。"西蒙问道："她们的样貌很相像吗？"穆勒道："那女人年轻许多，她穿的衣服好像就是罗斯纳太太出走时所穿的。"

过了几天，在星期六下午，西蒙看见那美丽的红发女人坐在屋子面前，罗斯纳在搬砖头入地窖里。他见到西蒙，便笑道："我要装修地下室，把屋子修理整洁，因为我的儿子将要回来了，待我修理完工，再请你过来喝点酒吧。"西蒙微笑点头，罗斯纳伸手到衣袋里拿出一封信说道："这封关于我妻子的信，我是刚才收到的，据此看来，她是到英国去了。"西蒙把信拆开看了一遍。原来这封信是由克来弗寄出，日期是10月30日，签的名是裴德。信中说，他是史泰的朋友，史泰和罗斯纳太太，已乘麦可勃轮去英国了。他们在动身前一小时，托他写信把这事告诉罗斯纳，因为他们自己没有工夫写信了。等到船抵达英国，她再写信给她的丈夫。西蒙看完信，说道："裴德是谁？你听说过这个人吗？"

罗斯纳摇头道："我雇用的侦探曾在克来弗追踪他，可是并没有成功，他是水手，也说不定。"

“那么你没有接到她从英国的来信之前，也没什么办法了。”“我希望她有地址写给我，因为要办理离婚呢。”西蒙若有所思地说道，“你这封信，由我交给霍文吧，也许我们可以知道些关于裴德的事。”

“好的，你去干吧，我很赞成。”

罗斯纳笑着送西蒙出去。

西蒙回到警署，穆勒也方自勃城归来，他去勃城是到当铺调查宝石失窃案，于是二人一同来见大侦探。

穆勒首先说道：“你们猜，当我在当铺时，有谁也在那里？原来就是常常来访罗斯纳的红发女人。”

西蒙问道：“是他儿子的女友吗？”

穆勒道：“是他的抑或是他儿子的，我不知道，但她当的是戒指。当铺主人告诉我她曾当了一只表和一只镶有宝石的别针。她说这是她男友交给她变卖的。”

西蒙就把裴德的来信交给了霍文，霍文看完说道；“那就奇怪了，你们看我刚刚才也收到一封信。”说完，便把弗兰太太来信交给他们，信中大意是要求当地警察重新访查她女儿的失踪，因为她女儿始终不直接写信给她，所以她相信必有变故发生。霍文待他们把信看完说道：“该州检察官接到弗兰太太律师同样的请求，并且罗斯纳太太寄给她丈夫的信也由律师转呈备案。”

西蒙问道：“她给丈夫的信是否是史泰伪造的呢？”

大侦探道：“也许弗兰太太对裴德的信很是奇怪。”

西蒙说道：“我的意思也是如此，待我把几件事实证明一下。”说毕，西蒙马上乘车到勃城检察官处，拿了罗斯纳太太的信一看，原来这信虽是杰拉签名，但是和裴德的来信，是用同一打字机打的，信中的S发现有裂痕。他看过之后便乘车到英国领事馆，骇然发现该馆登记船只之中并没有麦可勃轮船，他就立刻回去报告霍文。

霍文把两函比较一下，断定它们是同一部打字机打的，因为那S字都有同样的裂痕，于是说道：“女人写信不大用打字机的，所以这信是假的，也并不足奇。”说完，又把两个信封取来一看，不觉惊异道：“信封倒不是用同一打字机打的，因为由罗斯各寄来的信，信封的S并无裂痕，这又为什么呢？”

那天下午，勃城检察官雷恩，到爱塞警署，对霍文说道：“这件事情依我看来，应该重新侦查一下才好。那天晚上，我们以为罗斯纳太太失踪的时候，是不是有一个士兵才走进那屋子？”

霍文说道：“是的，后来虽然见到一辆汽车驶出，但是并没有一个人确确实实地看见罗斯纳太太离开。”

检察官问道：“为什么不去调查罗斯纳的儿子那晚是否离开过兵营呢？”

霍文答道：“我已派了人去询问了，我还有一件事告诉你，刚才我把7月22日警署中的记录翻阅一下，有罗斯纳住宅邻近的人前来报告说，他在星期六午夜听到枪声，待巡警前往查看时却一无所获。”

霍文忽又忆起罗斯纳的红发女友当宝石之事，因此想到此宝石是否属于杰拉的呢？他于是遣穆勒到勃城当铺中，把宝石摄取照片，寄给弗兰太太，叫她去认。

过了两晚，西蒙身穿便服，到罗斯纳家对他说道：“我已下班了，你曾经许诺我到这儿来喝杯酒的。”罗斯纳欣然答道：“请进，请进，我的地下室还没有装修好，我们就在这客厅喝一杯吧。”西蒙随他入内，和他的儿子与红发女人见面，那女人好像是他们家中的人一样。

西蒙告诉罗斯纳说：“加拿大当局无法找到裴德其人。你已接到英国来信了吗？”

罗斯纳摇头道：“我已经等得很烦闷了，我想快些办理离婚，以便再娶，这位便是我的未婚妻！”说时用手指红发女人。

西蒙慢慢喝酒，四人谈论甚欢，半小时后，西蒙突然取出一封信函说道：“我真是疏忽，写这信时竟连信封都忘了，你可以给我一个吗？”

罗斯纳连忙答道：“当然可以。”说罢到桌子上拿了一只信封。

西蒙就在打字机上把信封打好，起身称谢而别，西蒙回到署中，看见雷恩、霍文与穆勒还在等他，便把信封交给他们看说道："可见这些信都是罗斯纳写的，因为他那部打字机上的S是有裂痕的。"

霍文说道："如此说来，可见他的太太不曾离开本市，在7月21日的午夜，她一定被人谋杀，当时她的邻人曾经听到枪声呢。"

"至于那士兵呢？"西蒙问。

霍文说道："罗斯纳的儿子，当夜没有离开兵营，可见那个士兵并不是他。如果有士兵到那里去，也是通常访问而已。依我看，罗斯纳太太一定是被丈夫谋杀了。"

检察官听了点头道："那天他并没有离开城市，在星期六那天，他一定在勃城遇到妻子了，就和她到车站，当她在等着时，他买了两张票到蒙特利尔，他的妻子还以为他买了一张票给她回娘家呢。待她去买东西时，他还在城里，她和史泰也一定相遇过。"

霍文说："是的，我们去飞机制造厂问过，知道史泰有信给他的朋友说，他在纽约就了新职。"

穆勒也告诉西蒙道："方才弗兰太太电话来证明罗斯纳的红发女人所当的物品，有些是罗斯纳太太的。"

霍文道："现在对于谋杀妻子的事，毫无疑惑了，但是她的尸体在哪儿呢？穆勒，你去把他们三人带来审问，当他们出来之后，西蒙可另带一人前去搜查。"

15分钟后，三人都已提到警署，罗斯纳在室内受审。他的儿子及未婚妻在外面等着。大侦探把他犯罪的证据，给他看。

他辩说："这根本不算什么证据，S字有裂痕的打字机难道只有我才有吗？我杀她做什么？"

大侦探说："因为你要和另一女人结婚啊。"

两分钟后西蒙来报告："尸体找到了，埋在地下室的地板下。"

西蒙和他助手在地下室见有一堆砖头，就是罗斯纳要用来装修房间的，旁边有很松的地板，盖住了一个很大的洞穴，他们在穴中掘下去，发现了女人的尸体，尸体头上有枪洞。西蒙说："大约他搬这些砖头来，把地穴盖在上面，然后用水泥填好，但他未及完工。”西蒙的助手在地下室的天花板内，搜到一支手枪，那女尸脑袋里的子弹，和手枪里德恰好配合。

第二天，罗斯纳太太的牙医师，由死尸的牙齿证明死者是她。因此，罗斯纳的犯罪证据，完全成立。两天后，罗斯纳被押解到法院，1月30日他被审问的时候承认了谋杀之罪，结果处有期徒刑十八年。

顾世璋　译

百万香水秘方

杰克·哈雷尔

虽然已是10月的中旬，南加利福尼亚的田野里，还是充满着十来种盛开的花朵和成熟的水果。在这样的季节里，人们能在这田野间随便散散步，在身与心两方面都会得到一种异样的轻快之感。即使因为职务缠身，抽不出散步的时间，他们坐在繁忙的办公室里，如若能时而嗅到一阵阵轻微的花果的馨香气息，也会松弛他们紧张的办公情绪的。

大侦探沃尔温就在这样的一个早晨，坐在他私人的办公室里，沉静地抽着他的香烟，好像一切的繁俗事务一时都已全然被忘却了似的。

然而，正在这时候，布莱特来看他了。

布莱特是一个大畜牧农场的主人，不仅因为他很有钱，也因为他样子特别，性情古怪，使得当地的人即使没见过他，也很少有人会连他的姓名都不知道的。他的个子很小，上嘴唇却留着一撇很浓重的胡髭。他并不是不注重他的服装，却总是喜欢穿旧的式样，使人看到了他不由会想到19世纪90年代的人。最使人无法理解的是，他为什么一定要穿领口尺寸大几号的衬衫。他永远打着黑色的横领带，这也是谁都知道的他服装特别之中的一点。

望着布莱特走进他的办公室，沃尔温却想不出他的到来会有些什么事情。

“我来是有一件公事。”畜牧农场主人说，好像已看出了对方在转些什么念头似的。

“我很愿意尽我所有的能力给你帮忙，”沃尔温答应，“是什么事情呢？”

布莱特即从他的口袋里取出了一只小香水瓶，把瓶上的塞子拔掉后，递到了沃尔温的鼻子边上去。沃尔温一嗅，知道它是一种橘花的香味，异样甜润。他不由得承认，他以前从没有嗅到过这样精美的香水。

“这是我的杰作，”这65岁的畜牧农场主人显示着一种童心似的喜悦说，“所以，要是我失去了它，我的损失实在太大了。”

沃尔温听了，完全莫名其妙。他知道，布莱特在他畜牧农场的本业以外，已另外在从事制造香水的事业，这个他也做得很成功，甚至比他的本业还要成功。可是他为什么要给他嗅这个香水呢?

“这是价值百万的，”布莱特说，“我当然不是说一瓶香水会有这样的价值——我是指制造这种香水的配方。所以你想，我怎么能不来请你帮我的忙呢?你知道，爱伦出走了。”

“爱伦?出走?这是什么意思?”

“爱伦是我的妻子，我想你不会不知道。她一个人出走还不要紧，要紧的是她把我这张价值百万的香水秘方也一同带走了。”

沃尔温知道他的这个来客是有些特别的地方的。他向办公桌旁边的一张椅子指了一指，意思请他坐下来。见到对方并没坐，他便说：“请坐，布莱特老先生。你坐下来，把前前后后都讲给我听。你先定一定神。”

老人便坐了下来，双手紧握在椅子扶手上。他向地板上凝望了一会儿，然后开始讲下去：

“我想你还记得，我大约在一年以前，娶了一个比我年轻25岁的女人。爱伦是已经结过了两次婚的，我想她这一次总可以好好安定下来了。而且她有一个儿子，年纪也快近20岁了。我又可把各种好的东西供给她——华贵的衣裳，钻石的饰物——使她直到死都可以过到很舒服的日子，所以我想，虽然我的年纪大一些，她总可觉得知足了。”

他讲到这里停止了，举眼向对方凝望着，沃尔温便看到，他的眼睛里有些水汪汪的。

“可是我弄错了，”他终于接下去说，“我看到爱情是不能用金钱购买到的。过了一段时间，我对于她的行动觉得有些怀疑，我便雇了私家侦探暗暗观察她。”

这又是一树梨花压海棠的老故事——他一见到爱伦——这个才重做寡妇不久的很有风韵的女人，好像着了魔似的，就苦苦向她追求，她显然也为他的富有动了心，认识了一段很短的时期以后，他们就结了婚。他就让她和她的儿子——雷蒙德，在很华贵的府邸里住了下来。

从布莱特所叙述的，到此为止，大侦探沃尔温还是觉得他无从得到使他有所行动的根据。一个妻子离开她的丈夫实在并没有犯什么罪。

畜牧农场主人把他的故事继续讲下去："我对于我们的家感到很满足。我尤其喜爱雷蒙德。我预备将来好好传一笔产业给他的。我使他的母亲作为我一切人寿保险赔偿金的享有人——这是一笔相当大的数目，你是不难想象到的。"

沃尔温点点头，在等待他的拜访者讲到他的故事的最高潮。

"我甚至立下了字据，把我产业的一半归她所有，"老人接着说，"昨天，她却出走了。"

看布莱特的样子，他非常悲伤，沃尔温也很同情他。可是他看到，他并没有什么可为他出力的地方，他只有向老人这样说明了。

"不，你是可以有出力的地方的，"畜牧农场主人指出，"她把我那张制造香水的秘方拿走了，那是有法律处分的——有很大的法律处分的。正如我已告诉过你的，它值一百万，它并不属于她的。"

沃尔温同意，要是那张制造香水的秘方的确是由布莱特太太带走了的话，那么他在这一件事情上是可以出一些力的。可是布莱特怎么知道她在走的时候一定带了那张秘方走的呢?

因为，老人解释，除了他自己以外，只有爱伦一个人知道那张秘方藏放的地点。

她和她的儿子是从前天起一同失踪的。关于他的妻子究竟会到什么地方去，布莱特说他一点头绪都没有。因为他的那张制造香水的秘方，在她失踪的时候同时不见的，所以他相信一定是她把它偷了去的。

于是沃尔温把伊泰尔和霍斯廷两个侦探召了来，把布莱特的故事讲给他们听。他要他们随同老人一起到畜牧农场去，对布莱特太太的失踪以及那张秘方的消失，设法加以侦查。

他们到了那边，向上到阳台的石阶时，侦探们看到在那门口站着一个至多30岁的很好看的女人，他们不觉有些纳闷了。他们还看出，她看到了他们，也情不自禁地显露出一种诧异。

到了石阶的最上一级，这两个男人都站住了。在后面随着走上来的布莱特不留意往霍斯廷的身上撞了一撞，于是他就抬起头来望了一望。“莉莉小姐，”他说，“这位是莉莉小姐。她是爱伦的朋友。莉莉，这两位是从警察局里来的。”他便介绍了他们的名字，她向他们每人都微微点了一点头。接着，老人向侦探们说明：“莉莉小姐是我妻子的最亲近的朋友。”

“那么，”伊泰尔说：“她也许能够帮上我们什么忙。”

可是，莉莉小姐一句话都没有说，转身就向房子里走了进去。伊泰尔向他的伙伴望了一眼。霍斯廷耸了耸肩膀。

布莱特把他们领到了他的私人办公室里去。主人请他们坐下来，并为他们各倒了一杯威士忌。

在他们慢慢地喝着酒的时候，布莱特站起来走了过去，把墙壁上的一块玻璃一推，一只装在墙壁里的小保险柜显露了出来。“那张秘方我是放在这里的，”他说，“除了我也只有她知道开这保险柜的旋转顺序。我是有想要把它变动过的意思，可是总是拖延着。到现在，已经来不及了。”

过了几分钟，伊泰尔提议去看看布莱特太太的房间。“或者从那里我们能够找到一些她到了什么地方去的线索也说不定，”他说，“这位莉莉小姐我们也要同她谈谈。我觉得她刚才在阳台上的那种样子有些奇怪。”

“自从我的妻子出走以后，这所房子里的每一件事情都好像有些奇怪了，”布莱特说，“好，来吧，让我们到爱伦的房间里去。”

他领他们上了一层扶梯，并走过了一条长而黑暗的廊道。“这个是莉莉的房间，”他指着一扇关着的门说，“这个是雷蒙德的房间。这隔壁的房间就是爱伦的。”

侦探们在布莱特太太的房间里一点都找寻不出她究竟到了什么地方去。他们就从布莱特给他们看的，他所雇用私家侦探关于布莱特太太行踪的报告开始查起。报告里讲到她同好几个男朋友会过面。可是其实只有两个人是有确切的姓名的。这两个人他们随后都去看了，可是都申说同布莱特太太并没有怎样深切的关系，而关于她的出走，更都可被相信是确实并不知情的。

“我看我们只有再去问问莉莉小姐了，”伊泰尔对霍斯廷说，“既然她是布莱特太太最亲密的朋友，即使她真没有听过她告知她到了什么地方去，根据她跟布莱特太太已往的接触，她也可对她这次的去向推知一二的。”

“我也正在这样想。”霍斯廷同意。

他们在第二天的下午又到了那畜牧农场去。可是布莱特出去了，他们想在那里稍等，等主人回来了，然后去请莉莉小姐来，再一起谈一谈。

他们坐在会客室里，共同做着关于布莱特太太行踪的可能的推测。

“大侦探已经把这件事情告诉了人事失踪局，我看我们可以打一个电话去问问，看那里是不是已得到关于布莱特太太行踪的一些报告。”伊泰尔这样说着，一边向搁在那边桌子上的电话走去。

他取起话机，听线有没有空的时候，他听到了有人在讲话，是一个男人和一个女人的声音。他随即听出，那女人就是莉莉小姐。

“我看那两个侦探会再来的，”她在那样的说，“我非常担心，千万不要让人发觉了我在玩的这套把戏。他一定会十分恨我的。说不定他就此不肯再让我待在这里了，那么，你想，叫我能到什么地方去呢？”

“一口咬紧就是，”是电话线那端来的声音，“要是那些侦探再来的话，你还是什么话都不要说。也就说什么事情都不知道好了。他们是没有办法硬要你说知道的。随时通知我，你有需要我帮忙的地方，你立刻告诉我。”

那电话挂断了，伊泰尔也立即把他手中的话筒搁上了，然后把他所听到的告诉了他的伙伴。

被告知她刚才所通的电话已被窃听到后，莉莉小姐在被逼问之下，只好把所知道的讲出来了。

“我知道布莱特太太在这里很不快活，”她迟缓地回答说，“她请我代她寄信给一个男人，同时那男人寄来的，我也为她到邮政局里去取。”

“他叫什么名字？”

“乔治·格兰特。她同人通信的事情我也已告诉你们了，我索性还可告诉你们她的信都藏在什么地方。它们是被塞在她房间里镜子的后面。”

“你知道她到什么地方去了吗？”

“虽然我并不确切知道，我想她是到了那里去的。”莉莉承认。

侦探们到了布莱特太太的房间里，在那镜子的后面找到了一扎信件。其中一封信的日子就在爱伦失踪以前的三天写的：

我最亲爱的：

你来信说你快来了，我真是说不出的快活。你打算哪天动身呢？我实在不能再等待下去了，一定要你投进了我的怀抱，我才得安心……

他们相信布莱特太太一定是到了那里去，所以虽然那地方离这里相隔有近乎250里路。他们到了第二天早晨，就坐火车赶了去。

乔治·格兰特是一个30才出头的男人，这天看到两个他所并不认识的人直闯进了他的办公室里来，他自然止不住显得很诧异。

那两个侦探便把他们的身份告诉了他。

“你去请爱伦布莱特太太到这里来，”伊泰尔申说，“我们要同她谈几句话，等话一谈好，我们就不再来打扰你们了。”

“她并没有在这里呀！”格兰特显得更惊异了，而这惊异也并不像是装出来的。

侦探们看到布莱特太太并不像到了这里来，想还是要格兰特把她写给他的信拿出来看看比较好，或者那些信里面会提到她这次出走的行踪，或者述及那张制造香水的秘方也说不定。果然，有一封信中写着——

他一定要逼我把那张他所写了的让我占有他一半产业的字据退还给他。我推托说我一时找不到它，不记得把它放在什么地方了，等找到了，再还给他不迟。我怕他背地里来开我的箱子，所以我不敢把它放在那里。现在，终于已给我找到了一个很安全的地方——

你猜猜看，是哪里？我知道你猜不着的。让我来告诉你吧——是在干草仓中的地底下。

侦探们想，她会把那张契据藏在干草仓中的地底下，那么她为什么不能把那张制造香水的秘方也藏在那里呢？

“至少，我们是可以到那边去查一查的。”伊泰尔说。

所以他们回来了，虽然已是黄昏以后的时分，一出火车站，他们还是匆忙赶到了那干草仓去。

经过他们仔细搜寻以后，他们在那个干草仓中的一角，发现有一块地面显然是新近被什么人动过的。他们就找来了一柄铲子，开始向它发掘。

他们掘下去，掘下去，在掘到三尺深的地方，他们掘出一只，哦，人的手！

接着，是人的臂膀，人的腿……又是人的手……又是人的手！

显然，至少是有一个人被肢解了！

直到他们掘到不再有人的残体在泥土里。他们把所掘起来的拼凑起来，发现所被残杀并肢解掩埋在那里的，赫然，是属于一个男人和一个女人的尸体。

“那老人，你们瞧！好狠毒的手腕！”伊泰尔慨叹着。

“还在那样冤着她说偷走了他的什么秘方哩。”霍斯廷也有些愤慨。

等到布莱特得知那两个尸体的一块块残体已被发掘到，他好像很不在意似的就承认了是他谋杀了他的妻子和她的儿子。那张遗产笔据给他收回了。可能是那张价值百万的香水秘方，他还没有找到。

陆清　译

雪佛兰轿车绝尸记

班尼特·莱特

大侦探布莱克，随带了吉普森和贾内尔两个侦探坐着警务汽车，疾速来到奥兰多的郊外，车子停在很清静的汉曼街721号的门前。在那里早有一群邻居聚集着，见警务人员们下了车，马上迎了上去。

“刚才的电话就是我打的，”邻居中的一个更踏前了一步说，“这屋子后面的车库里，有一阵臭气传出来，已经有好几天了。这屋子锁上了也差不多有一个星期，一个人都不见出入过。”

“让我们先到后面去看看再说。”大侦探布莱克提议。

他们从这屋子绕到了车库的门前。这是一个很小的车库，只能放得下一辆车子。门上套上了一把锁，那臭气很是强烈——是死人的气味！

侦探们把那把锁撬了下来，里面是一辆雪佛兰轿车。布莱克走进车库，站在汽车的这一边，吉普森从汽车的另一边走了进去。他们看到汽车的后座上斜靠着一个已经死了的年轻女人。

他们把那辆雪佛兰推了出来。汽车两旁的门都是锁着的，门上的玻璃都向上摇紧着。他们用力拉开了一边的门。死者的面貌很姣好，栗色的头发，修长的身材，衣服穿得好好的，她外面还裹着一条有血迹的被单。她的年纪看上去近乎30岁的样子。

她的喉咙口和胸前都有子弹孔，脑袋被击得裂开了。车子里面有着好几处干了的血迹。

“去叫验尸官来，”布莱克关照贾内尔，然后他转向那个刚才打了电话报告警察局的人，“在这屋子里住着的是什么人？”

“就——就是她。”那邻居胆怯地指了指那已经死了的年轻女人，“她叫阿芙拉。她是同她的哥哥约瑟·鲍尔斯一起住着的。”

“你已经有好几天都没有看见过他们俩了吗？”

“总有一个星期没有看见过他们了。”

“这辆汽车是谁的？”吉普森问。

邻居们没有一个能够确切地回答出来。它可能是属于阿芙拉的，也可能是属于她哥哥的，或者别的什么人的。那哥哥和妹妹一向是很自顾自的样子，从不同邻居们讲他们自己的事情。

“这辆车子阿芙拉开得很多。”一个女邻居说。

不久，验尸官博伊斯也赶来了，对这被谋害者做了一个简略的查验。“她的头颅骨有好几处被击开了，”他报告，“所用的凶器应该是笨重的东西，说不定就是一柄斧头。此外，还有两处枪弹伤。现在我还说不出她是被哪一种伤致命的——必须得等回头细细地检验。可是有一点已可确定：她死了至少已有一个星期。”

“已经隔了这样长久的时间，凶手应该已安排好了一个很妥帖的逃避方法了，”吉普森坚决地说，“我们只希望这女人的哥哥没遭到谋杀。”

尸体被运到了城里验尸所里，大侦探于是领了他的两个下属用力推开了屋子的前门。

“看上去，”布莱克说，“他们是准备要离开这里。”他们走进了起居室，看到餐具和餐布都已装在箱子里，衣服也都已一叠叠整理在椅子上，一只开着盖的衣箱正放在沙发上。

吉普森是在餐室里，他从那里提高了声音说：“大侦探，这桩谋杀看来是从这里开头的。这里桌子上和地板上到处是血迹。”

布莱克迅速走到了餐室里。餐桌上还留着吃到一半的残肴，有一张椅子放倒着，桌子上，椅子上以及地板上，到处都是一滴滴干了的血迹。有道血迹一直延伸到隔壁的卧室里。卧室里是一张双人床，床上的单被，也是有着血迹的。

“显然她是正在餐桌旁吃饭的时候，被击得昏倒了，”大侦探推断着说，“然后被抬到了床上来的，然后，裹上了一条被单，把她抱到了车库间去。”

“可是为什么要把她的尸体放在汽车里呢？”贾内尔有些不明白。

“这也是我们所要侦查出来的一点。”布莱克告诉他。

侦探们接着到了厨房里。大侦探锐利的眼睛，从厨房间一只角落里，看到了一柄小斧头。斧头柄正被一块渍满血的绒布包裹着。

布莱克小心地把它捡了起来，交给了吉普森，说道：“你把这柄斧头交到化验室去，也许海恩能够从它的上面查验到几个手指印也说不定。海恩查验好了，你就叫他到这所屋子里来。”

回到了起居室，布莱克在写字台的一只抽屉里，查到了一扎信件。他马上把它拆开看，他看到有些是女人的笔迹，有些是男人的笔迹。

“我在研究这些字条，”大侦探对贾内尔说，“你到外面去查查看，那辆雪佛兰究竟是谁的。再尽可能去查询一些关于阿芙拉小姐和她哥哥鲍尔斯的事情。”

这是5月8日的早晨，一方面，大侦探布莱克在寻究这一束信札和字条的内容，另一方面，侦探贾内尔到外面去，想再从邻居们那儿探询一些关于阿芙拉·鲍尔斯兄妹的日常生活状况。邻居们还是聚集在那里，讨论着这桩才被发觉的可怕的车库凶杀案。他们在相互询问：究竟是谁最后一个看到阿芙拉的？

一个男人在用手指计算着。“9天以前——就是4月29日——我看见她在她家里的后面天井里。”他讲到这里，不觉微微笑，“她只穿一件印花布的浴衣，我想她一定是在晒太阳浴。她横躺在一把帆布椅中，膝盖上放着一本书，不晓得是不是杂志……”

在场的，没有一个人能够记得在这一次以后看到过她。她和她的哥哥搬到这屋子里来住大约已经有一年了，这点倒是邻居们的意见大都一致的。鲍尔斯好像是在沿大西洋的那一家造船所或者飞机场里做事情。他常常回家来，不过大都是在周末。

这地方离奥兰多的一个大飞机场并不远。飞机场场长劳瑟上校答应帮警察局尽力协助。侦探和劳瑟在仔细查询邻居们，问他们有没有人看见过有什么军人到这所屋子来过。

他们中间有一个女人告诉他们说："有一个军人是常常来看阿芙拉。他中等身材，三十三四的年纪，好像同这家人家很熟，因为他来，总是不先敲敲门，就直接开门进去。"

"你说得出他是什么军衔吗？"劳瑟上校问，"或者你认得出他的标志吗？他是这里飞机场的一个空军吗？"

那女人摇摇头："我从没有看清楚过。他大都是在晚上来的，从我所能看到他的，我只好说他穿一套卡其布的制服。"

"他和那女人一起坐过那汽车吗？"贾内尔问。

"坐过的，他们一起坐过好几次，"那女人点点头，"有时候军人也单独坐那汽车出去的。他们似乎相互很是喜爱。"

劳瑟上校答应他回去从驻在这飞机场上的数千空军人员中，把这一个军人侦查出来。那显然并不是一件十分容易的事情，因为他们必须对在上月29日出去过的每一个空军，都加以详细的查询。还有，离奥兰多不远的地方，也有几处陆军的营房。

在其间，大侦探布莱克一直在探究那一束在写字台抽屉里所找得的条子、记事簿和信件。这一些信件等之所以扎在一起，显然有些是预备烧去的，有些预备分了类收藏起来的。

"这个小天使……"

有一个条子写到一个自称百里挑一的军人。写这条子的，把一个军人描述为"巧言诡辩者"。在这条子中，并没有提到人的名字。那是出于男人的手笔。

所被写到的这个军人，就是常常来看阿芙拉的那一个吗？要是就是那一个的话，这个条子是为一个嫉妒的求爱者写给这女人的吗？或者，这是一封未写完的信，是约瑟·鲍尔斯写的，他在表示对于他妹妹的来客的不满意？

还有一个条子，也是出于男人的手笔，提到了阿芙拉和那所屋子。可是在这个条子中，这个女人被称为阿芙拉·安特勒。布莱克不觉深深皱着他的眉头。安特勒是不是这个女人所嫁过的丈夫的姓呢？要是真是这样的话，她的这个丈夫又在什么地方呢？他对于这桩谋杀是不是会知道一些情形呢？

还有一本厚厚的记事簿，那上面的字写得很细致，是一个女人写的。这是阿芙拉·鲍尔斯详细记着鲍尔斯家庭的艰辛的情况。她之所以要这样记，是出于这女人的一种爱好呢？还是她另有目的？布莱克暂时把它搁在一边。

大侦探接着看所取来的一张纸条，好像是从一本日记簿中撕下来的一页，是一个男人写的，他在其中提到他和她已相处十年。有一行写着：这个小天使——一个男子所能得到的最好的伴侣。

在另一个条子中，他为不能够把这个参与到“小天使”与他之间来的人杀死，公开表示遗憾。

正在布莱克沉思于这些条子中的时候，贾内尔回来了，他报告着说：

“那辆雪佛兰是阿芙拉·鲍尔斯从本地的一家汽车公司购买的。这所屋子的所有者也是她的名字。约瑟·鲍尔斯是巴那那航海局的一个职员。”

“很好，”布莱克说，“打一个电报到巴那那航海局去，叫鲍尔斯立刻到这里来。他也许能够帮助我们把这一团糟的事情理清楚。”

贾内尔又赶快跑了出去。隔了几分钟，吉普森回来了。同他一起来的，还有化验室的主任海恩。

“那斧头上并没有指印，”海恩说，“凶手是用绒布把斧头柄擦干净了的。”

布莱克点了点头。接着他指着桌子上的那些纸头，对海恩说：“这些东西你看能不能够利用。有些是出于男人的手笔，有些是出于女人的手笔，你能不能够证明，所有出于男人手笔的，都是由一个男人写的；所有出于女人手笔的，也都是由一个女人写的。在这里所提到的有两个名字——阿芙拉·鲍尔斯和阿芙拉·安特勒。”

海恩便把那些纸页带到化验室里去化验了。

侦探们再在那屋子中搜寻了一番，却并没有其他新的发现。

“好，”布莱克终于说，“让我们回去，看海恩查验得怎样了。”

海恩站在化验室的一扇窗子旁边查验一张他从那屋子带回来的照片。听到侦探们进来了，他转向布莱克。

“我已经把那些字迹都分析清楚了，”他说，“女人的手笔都是阿芙拉·鲍尔斯——或者安特勒的。其余的，都出于一个男人。”

“这可使我们把侦查范围缩得很小。”海恩回答。大侦探从海恩的肩膀望到那张被害者的相片，照片是贴在一张黑色的照相框上的。

“那是她几年前照的吧。”布莱克推断。

“是的，正是那样，”海恩点点头，“可是我在这里查阅着的，是那黑纸页上的模糊的字迹。那原来是用什么白的墨汁写的，后来被很小心地擦掉了。我也许可以用什么化学药品使它重现出来。”

“赶快着手吧，”布莱克催促，“那些字也许对我们有无限的帮助。”

化验室专家便又开始在忙碌了起来。

时隔不久，巴那那航海局打来了一个回电。那电文说的是：依照局里的规定，约瑟·鲍尔斯可以有一个月的假期，他已在两个星期以前请假了。局里的人不知道他现在在什么地方。

大侦探沉思着。鲍尔斯是不是趁他的假期回到了奥兰多来，把他的妹妹杀死？还是他自己遭受到了别人的谋害？更像是后者，因为起居室里，卧室里以及在汽车里，流着那么多的血，好像是被谋害了两条命的。

在这其间，海恩尝试了好几种化学药品后，终于把那字迹重现了出来：那是“阿芙拉·吉布斯19岁摄”。

海恩把这照片簿纸交给了大侦探。

“阿芙拉·吉布斯？”布莱克诧异着，“这确实是被谋害者的照片。她在她的汽车牌照上，房产契据上，都是用着阿芙拉·鲍尔斯这个名字。可是怎么现在又多出了一个吉布斯来了呢？她为什么会姓上三个姓呢？”

大侦探在苦苦深思着。

“要是她是姓安特勒或者吉布斯的话，”他终于推断，“或许她同鲍尔斯是一点关系都没有的。”

布莱克还指出，从那些信件和条子中的字句可看出同住在这所屋子中的两个人，并不是姊妹和兄弟。有一张条子就说明了，他们相处还只有10年。

还有一个句子说："这个小天使——一个男人所能得到的最好的伴侣。"还有，那个男人在公开表示抱憾于没有杀死一个来参与他和那女人的关系中来的人。

"这些话一点也不像是一个兄妹感情的说法。"布莱克总结着说。

"那么你以为鲍尔斯自己是可以杀死那女人的——也许出于疯狂的嫉妒？"吉普森问。

"这是很有可能性的，"大侦探长回答着，"要是那些条子上的话就是他的话，我们知道，她被谋死的时间是在他的假期中的，现在他又不知道在什么地方了。"

"可是，就是他们并不是兄弟和姊妹，"海恩喃喃着说，"而且那些条子也的确是鲍尔斯写的，那他们已经相处了10年，为什么他要到这个时候才来杀死她？又为什么鲍尔斯要把她的尸体锁在汽车里呢？他是很可以把那尸体拉了出去，埋葬在什么地方的。"

"确是还有那样的疑问，"布莱克同意，"而且从那些字条中，我们知道还有一个军人，那个自命百里挑一，而被批评为巧言诡辩的。所以，我刚才所说的，自然也仅是推论中的一种而已。"

在其间，劳瑟上校侦查了场里几十个在4月29日左右出去过的空军人员。可是承认认识阿芙拉或者约瑟·鲍尔斯，或者到过那屋子去的，却没有一个。从那辆雪佛兰汽车上所提取的几个指印，同场里所有人的指印，也没有一个相同的。

接连侦查了两天，警察局终于得知，阿芙拉·鲍尔斯在东中林荫路的一家人家里做家庭陪伴人。布莱克和海恩立即赶到了这个地方去。

他们找到了那里，他们被告知，阿芙拉在那里工作了两个星期。她是从四月中旬开始工作的，到4月29日，有一个男人到了那里去——阿芙拉说他是她的哥哥——把她带出去吃晚餐。她从那次走后，就再没有回去过，她的雇主以为她对这件工作感到不满意，所以就那样丢手不干了。

随后所侦查到的是，阿芙拉和约瑟·鲍尔斯在4月29日黄昏时分在特拉马餐馆吃晚餐，可是在他们离开以后，他们的行踪就没有人知道了。

因为这桩神秘的案件，阿芙拉·鲍尔斯的照片在各地方的报纸上杂志上都有登载，这使得其他城市的警察局都得知了，所以他们也在加以尽力的协助。

一天，圣克劳德的警察局打了长途电话给奥兰多的大侦探布莱克，告诉他，那辆雪佛兰在4月29日的深夜，在他们郊外的公路上出现过。那汽车在公路旁边的一个加油站停下，在加油站的人为它加汽油的时候，注意到车子上有两个人：一个男人，还有一个就是阿芙拉·鲍尔斯——满脸都是血。那女人面孔上的血流得很多，她靠在后座上，一动都不动，显然是失去了知觉了。

据那加油站的人说，那男子穿一身卡其布制服，戴一顶便帽，他的面颊一边也在流着血。他加以说明：他们的汽车发生了意外事故，他现在是要把那女人送到医院里去。那汽车是向奥兰多开去的，加油站人便把汽车的车牌号码抄了下来。

这是一个很重要的报告！

布莱克听到了心想，那男人穿的是卡其布制服，那不是约瑟吗？

这又是怎么一回事呢？好像又是说到了那军人身上去？

于是布莱克和海恩又到了东中林荫路上的那家人家去。他们在被谋杀者遗留在那里的少数的几件物品中加以详细地查看。结果他们在小橱的隔板下面找到了一封信，正是阿芙拉的笔迹，已封了口的，信封上这样写着：诺华克摩根林荫路亨利·马丁太太收。

这封信“书于4月29日”，显然是在她的哥哥到那里去领她出来吃晚餐不久以前就写好了的。她在其中写着她要离开约瑟·鲍尔斯，另创一个新家庭。她要嫁给一个“好看的，小康的男人，他只比我大一天。”

“这就是鲍尔斯之所以要把她杀死的原因。”布莱克追说。

大侦探到了巴那那航海局去，虽然他从那里还是无从问出约瑟·鲍尔斯的行迹，可他带了一张照片回来。

“我看它一定是鲍尔斯的照片，”海恩看到了大侦探带来的相片后道：“它同我们听到的描述的样子很相像。他穿一身卡其布制服，戴一顶便帽！”

在拿到这张照片将近一个月以后，诺华克的警察局打了一个电话给布莱克，通知他约瑟·鲍尔斯已在当地他的一个亲戚家里被拘捕到了。鲍尔斯已供认阿芙拉是他杀死的，布莱克可到那里去把他解回到奥兰多。

从鲍尔斯自己以及从在诺华克的他的亲戚们，大侦探布莱克把这桩谋杀案的前因后果问出了一个头绪。

10年以前，约瑟的父亲娶了阿芙拉的母亲，一个前夫姓吉布斯的寡妇。这两个孩子起初也自认是兄妹，可是想不到这两个异父兄妹，时隔不久竟然爱上了。

他们想要结婚，可是就因为他们是异父母兄妹的关系，在法律上他们是万万不能获得这种许可。既然找寻不出其他可以使他们自己满足的方法，他们只有一个不嫁，一个不娶，就这样以兄妹的名义生活在一起。

这样过了10年，一直相安无事。可是到了最近，阿芙拉29岁了，她遇到另一个男人。她已决定了要嫁给他。那天晚上，约瑟领她出来吃晚餐，她便把这个意思告诉了他。他于是疯似的，把她打死了。他自己也并不想活，所以现在被拘捕了，他倒觉得很好。

张杰光 译

第五只钥匙

乔治·哈蒙唐

莫多克是一位摄影记者，也是一位业余侦探。他吩咐完侍童把照相机等拿回房中后，就朝门外一辆等着的汽车走去，他那镇静的踏步和挺直的身躯说明他曾过过军人生活。汽车中一对年轻的夫妇——福克纳和茜拉，正等候着他，邀请他去参加斯塔克公寓里举行的庆祝宴。

斯塔克是个戏剧广告商。茜拉写的一本广播剧《索布姐姐》的剧本就卖给了他，她丈夫福克纳便是这出戏的导演，第二天就要签订合同，所以现在他们准备庆祝一下。

斯塔克看上去约有38岁，衣服考究，唇上留着小髭，黄发稀疏，眼睛是灰色的，他很客气地招呼他们，领他们到他的房里，露西和亚瑟都是这话剧中的人物——已在座。

他们一起举杯喝了一杯，大家都不说什么话。莫多克发现福克纳和露西两人眼中脉脉含情，似有默契的心事。他再偷看茜拉一眼，只见她也在注意她的丈夫和她的情敌。斯塔克又举杯道："大家为《索布姐姐》干杯！"接着他们就开始纵谈这剧本广播的琐事。莫多克不说什么，他在细细观察这些人物。

福克纳说话时，不时在弄着指上的戒指，他虽只29岁，看上去可不止这些年纪。

露西不大说话，她个子很高，骨骼也大，但很轻灵活泼。莫多克猜想她有27岁，他很喜欢她的发型，漂亮的面颊，尤其是她那非常有热情的声调。

亚瑟交叉着脚坐着，手中拿着酒杯。他的外表很漂亮。他曾经在好莱坞出过风头，最近失败之后，现在又回到演艺圈来，在茜拉所写的剧本《索布姐姐》中充当一个角色。

室中空气很紧张，每个人都静着不说话了。这些人好像不是来举行什么庆祝似的。莫多克觉得茜拉是引起这种情势的主因。

斯塔克确像一位成功的广告商，他对茜拉说话时的神态，好像不很自然。

最后，还是茜拉把寂静冲破了。她说：“斯塔克，酒还有吗？”斯塔克想上前去接她的杯子，可是她已经自己拿了杯子起身，斯塔克跟着她往另一室去了。莫多克问露西“要不要酒？”他不等她回答，也拿了他的杯子跟着他们进去。他正走入餐室时听见那扇弹簧门后有声音发出，起先还当是枪声，但当他走到厨房门时，只见斯塔克站得离茜拉很近，脸上很清楚地有茜拉的掌痕。

莫多克听见茜拉对斯塔克说：“我不管别的事，我只知这剧本已卖定了，你能反悔吗？”

茜拉面色灰白，但她和斯塔克都装作没有事一般。

斯塔克问莫多克还要不要酒，他答道：“不必了，我想早点回去。”

茜拉放下酒杯，说道：“我同你一起走。”

结果，莫多克、茜拉和亚瑟先走。在电梯中亚瑟问茜拉道：“你同斯塔克有什么纠葛吗？”

茜拉回道：“嘿，我们说明一些事情，没有别的。”

莫多克叫街边汽车送茜拉回去。亚瑟独自也回家了。在车中，莫多克心想送茜拉回去后，就回寓所中去休息。到了她寓所门口，茜拉发觉她的钥匙不在身边。她提议一同到她女秘书黛儿那里去拿钥匙。莫多克觉得已经很晚了，但又不得不陪着她同往。这星期中，茜拉已是第二次到女秘书寓所里去取钥匙了。回茜拉寓所的路上，茜拉告诉莫多克说：

“上一次丢失的一只钥匙是单只的，上面刻有V字的。可是这次丢失的却是一串的，写字间里的钥匙也在内。我不懂怎么又会不见了。”

“共有五只呢！我的女秘书一只，玛丽女仆一只，这星期中丢失了一只，现在不见了一只，还有一只——”

她并不说下去，可是莫多克猜想那第五只钥匙也许在斯塔克身边。接着他也把这件事随便抛在脑后了。

他们回到茜拉的寓所时，她坚持邀请他到她房中去喝一杯。他想这最多不过半小时的事，也就答应了。在她房中，他们便喝了些威士忌酒。他们闲着的时候，看见酒瓶上的牌子是Chcsterfield，最后的三个字母已脱落了。他们又喝了些冰苏打水。

茜拉天资并不十分高，可是她惯会利用男人，而且从不肯吃亏。5年前，她只写一些零碎东西给电台广播。后来，才和她丈夫——福克纳合作广播。以后，她便青云直上。《索布姐姐》剧本便是他们最近最成功的作品，大部分是靠了福克纳的力量。现在茜拉的名字在电台上红得发紫，出版商争着来购买她的著作。他们俩喝了些酒，莫多克问她今天为什么和斯塔克争吵。她说：

“他的妻子正想同他离婚。”

“是不是为了你？”

“我想是的。”

从前茜拉和莫多克在一家报馆做过事。现在，她想要求报馆主笔替这《索布姐姐》捧捧场，所以主笔就派了莫多克来参加他的庆祝。现在，他喝了一些酒后，觉得有点醉意，渐渐地便失去了知觉。

清晨，天刚亮，莫多克渐渐醒过来了，脑子还昏昏沉沉的。他的上衣和鞋子已都不在身上。他觉得自己睡在一张长沙发上，沙发紧靠着墙。同时，他觉得身边压着另外一个身体。他慢慢地想起昨晚上的经过来了。他奇怪怎么压在他身边的身体睡得这么熟，他旋转过来，触到一只裸着的手臂。他惊跳起来。原来他发觉这手臂已经僵冷！一看，这是茜拉的手臂。她裸露着上半身仰卧着，颈上有一根细带紧缠着。盖在他们身上的是她的大衣。莫多克一望便知道她已被勒死了。

他急忙穿起衣服，察看室内情形，他看见那咖啡桌已被搬动过，那装冰的铁匣，杯盘和半空的苏打水等都在上面，玻璃杯也仍然放着，冰都已溶化了，可是那个威士忌酒瓶不见了。

他正想着，偶然地，他的视线触到桌子下一团黑色的东西。他拾起一看，原来是张底片包后面的黑纸。他把它塞入袋中，然后穿上大衣。

他想，现在的情势对他很不利。假如警局知道了，一定很快就会知道莫多克伴她回寓所的。他知道现在只有一条路可走：赶快离开这里，回到自己的寓所，然后再回到这里来，佯作发现尸体，再报告警局，让他们来查问。他看看时间正是7点10分。他轻轻出去，把弹簧锁的轧头板上制住了，以便再次回来。

清晨街上，行人很稀少。他先买了份报，到一家便宜的餐馆里叫了一杯咖啡。他要等到8点钟再回到他自己的寓所去，因为那时公寓那边比较嘈杂些。他回到寓所中去并没有引起人家的注意。他不乘电梯，偷偷地回到自己房里。他故意把床褥等弄得糟糟的，吃些早餐，像平时起来一样。他从袋中把那张拾到的底片后面的黑纸拿出来看。他担心他和茜拉睡在一起的情形一定有人拍了照，照片落在了别人手里。他又想，也许那人在茜拉死后，再把他们摆布在一起。不过，现在他要到茜拉的办公室去一下。

黛儿——茜拉的女秘书见到莫多克问道：

"茜拉昨晚上找到钥匙了吗？"

莫多克说："我想她没有。她还没有来过吗？"

"大概还没有吧，我到这里时已过了9点钟。"

"她约好我今天和她会见，但我在9点钟时打电话给她，却没有人接，我就想她也许已到这里来了。请你替我再打个电话去好吗？"

黛儿把电话拨过去，可是仍没有人接，莫多克道："我想到那边去看她，我们一起去，好吗？我想她也许病了。"

黛儿很快地道："好的。"

他们到了茜拉寓所。莫多克正在按铃时，黛儿试着推门，忽然说："咦！没有上锁呢。"他们便一起进去。莫多克有意地让她走在前面。他心里想，她看到里面的一幕景象时，必将吃惊地大叫起来。

室内一切都像他离去时一样，不过，有一点很奇怪，茜拉的尸体不见了！

黛儿看看那茜拉的床，说道："她昨晚并不曾睡啊！"

说着她到各个房间去找，最后，到了藏衣间。当她把门开开看时，惊叫起来，叫声很尖锐。她双手掩面，颤抖着。莫多克到了她身旁，安慰她说："镇静些，你到那边去坐一会儿吧。"他把她领到会客室中，自己又回到藏衣间去细瞧。他把衣服撩开些，见到茜拉的尸体，颈上带子已被松去，但仍留着，脚跟上已有擦伤痕迹。尸体被移动时，显然是在地上拖过。尸身下面有一件白色东西：他一看是一块四周绣花的手帕，上面有一股浓郁的香水气味。他回到黛儿那边，只见她静静地坐着。她问：

"她是不是已死了？"

"是的，她是被勒死的。我现在要去叫警员来。"

他去打电话时，只见她蓦地到了一只抽屉边，很快地把它抽开来，翻着里面的稿笺。她显然是在寻找什么东西，但又显然很失望地没有找到。

现在他们在等着警员的到达。

警官戴文上尉同着两位警察一起来了。

莫多克和黛儿都向戴文介绍了他们自己。戴文向他们问了许多话。最后，他向莫多克说：

"昨晚你同她回来时大约是1点钟吧？对吗？你在这里逗留多少时候？"

莫多克道："只一会儿。我连大衣也没有脱，大概半小时吧。"

"你说在1点半回去的，有谁看见你？"

"这倒难说，别人见了我，或许也记不起。"

"我们慢些再看，"戴文说着，朝窗那面走去，他转身时，手中握着些东西。莫多克一看也是一张底片包上的黑纸，和他拾到的那张一样。戴文问：

"你知道这是什么？"

莫多克是知道的。他心里想，事情糟了，那人一定照了两张照片。但他继续说道：

"当然知道的，这是底片包后面的衬纸。"

戴文又去询问黛儿，黛儿把《索布姐姐》有关的人物都说出来了。戴文向莫多克说道：

“这些人都要受到询问，你怎么说？这里有一个尸体，又有这软片的黑纸，你又是一个摄影记者，我看你所处的地位很不妙。”

“这没有问题，我的照相用具都在我自己房中，你可去检查。”

“我会找人去的。喂！你昨晚喝了多少酒？”

“只一杯。”

“哼，你没有把酒瓶带回去吧？这酒橱里只有两瓶酒，但都未开过。”

“哦？”莫多克喃喃地说，心里很不明白那瓶酒怎么也不见了。

莫多克先到了茜拉办公室中，搜索一番，但毫无收获。他又查看茜拉的账册，觉得她的经济情形非常富裕。他失望地决定想去看一看露西——福克纳的情人。

他到时她正要出外，他问她，假如茜拉死了，电台上的节目会不会有影响。她说：

“哦，我想不会有什么影响的。斯塔克常说，他可以叫任何人代茜拉写剧本的。你为什么问这事？”

莫多克从袋中拿出那块他拾到的手帕说：“这是你的吗？”

“哦……不，这不是我的。”

“但这上面的香水味道同你现在衣服上所用的一样呢。”

莫多克把茜拉已被谋杀的事情告诉她，继续又道：“警员说，茜拉被害的地方是在沙发上，而她的尸体却在藏衣间里发现，这到底是什么道理？”

“我想或许是这样的原因：今天午后他们将正式签订合同，凶手恐防茜拉被暗杀的消息会影响到签约，所以把尸体暂时隐匿起来。”

“但茜拉是被人在地上拖过的，地上又有这一条手帕。这很有关系。这事或许是一个女人做的……你觉得茜拉死了是你很可懊丧的事吗？”

“除了亚瑟之外，我看没有人会懊丧的。他失业时，茜拉常给他机会。我看没有第二个人会这样照顾他。我呢，一点儿也不觉得懊丧。我知道茜拉是最自私不过的，简直是残忍的女人。”莫多克不响，她停了一会儿，说道：“她答应福克纳在《索布姐姐》上演后，同他离婚的。她说，上演成功后，她每周可得到二百五十元的外快，所以不要他离婚费，福克纳为了这才拼命努力，设法使这出话剧获得成功。可是前天，她知道将要签合同了，又改变主意。这样反复而无信用，专门利用男人的女人，死了倒是活该！”

她说话时很认真，她是在说实话。显然，她深深地爱着福克纳，同情他。莫多克觉着这很可能是谋杀的动机。

莫多克又到亚瑟的寓所。他觉得亚瑟对他周围的环境很不满意，莫多克一看他房中的陈设就知道他为什么这样懊丧了。他房间里的家具都是租的，都很陈旧。莫多克心想他近来的境况一定很不好。莫多克到时，他正在喝酒。他告诉莫多克，警局刚派人来查问过。莫多克说：“茜拉对你倒不错？”

“不错！你看一看这房中的一切，便知道她对我怎样了。我现在要谢谢她，我可以到别处去了。她起初很欢喜我，但我现在知道，我是受她利用了。你看我每周只拿一百元钱，够我干什么用？”

他们谈了一会儿，有人叫亚瑟去听电话。莫多克就趁机把他房中急急地搜寻一番，终于在一堆衣服中找到一件女人的衣服，胸袋上有SV的字样。他正要细瞧时，发觉亚瑟正立在他的后面。他意外地发觉，亚瑟并不恼恨。他好奇地道：“这衣服是谁的？”

“哦！茜拉的。现在你可相信她曾爱过我啦。”

莫多克看见他正在苦笑，就向他道歉一下。

亚瑟说，刚才是斯塔克的电话，叫他到他办公室去，商谈关于在电台上演出的事。莫多克想，这倒是好机会，可以再去看看那些人物。

他们到了那边，遇见了斯塔克，福克纳和黛儿招呼他们坐了，斯塔克向黛儿说：“黛儿小姐，现在可告诉他们。”

黛儿很勇敢地，措词小心地说：“我刚才在告诉福克纳及斯塔克二位先生说，茜拉不能出卖《索布姐姐》的剧本。她虽编写这稿子，但这故事不是她自己写的，这根本不是她的作品。”亚瑟听了问道：“那么是谁的？”

“我丈夫哈丁的。”

福克纳向黛儿道：“告诉他们一切，告诉他们你为什么到纽约来替茜拉做事？”

黛儿把手叉起开始说她的故事：

她丈夫哈丁本是个电台的编剧。他们在加利福尼亚结婚的，结婚后不久，哈丁开始服军役，后来哈丁在菲律宾受伤回国，听到《索布姐姐》的广播，他才告诉黛儿，这是他的作品。哈丁在从前曾和茜拉做过事。他拟了不少故事，《索布姐姐》就是其中之一。这些原稿都锁在箱子里，后来他把一些东西都寄存在茜拉那里。不知怎么的，这些原稿被茜拉偷了去，《索布姐姐》当然也在内了。

斯塔克说：“那么你总能提出证据的了。”

“哈丁昨晚打电话给我说，下星期要到这里来。他会证明的。”

当他们离开办公室后，莫多克同黛儿同去吃晚餐。黛儿告诉他不少关于哈丁的事。他得知哈丁是个出色的作家，黛儿说：“假如你要知道我怎样证明《索布姐姐》是哈丁的作品的话，你到我寓所中去坐一会儿吧。”

莫多克陪伴她回家时，是晚上10点钟。黛儿开了房门正想去开灯的时候，只听到黑暗中有个男人沉重的声音说：

“站住！不要动！”

一道手电筒的光线向他们射来。莫多克发现这个人的手中正握着枪。他们被命令到另一房间中去，门也被掩上了。等了一会儿，他们听外面有关门声。莫多克便道：“现在不要紧了。这里有灯吗？”

莫多克看见黛儿正在颤抖。他开了门，往外室走去，果然外面已没有人影，他知道追也无用。他和黛儿一同察看室内情景，只见衣橱抽屉大开着，好些纸张散在地上。此外，并不缺少什么。黛儿说：“事情是这样的，哈丁的原稿是他自己用打字机打的。现在我问你，专家们能不能鉴别同一打字机的字母？”

“可以的，不过你要证明那打字机没有落入过别人手中。”

现在，莫多克有些了解，早上，黛儿为什么搜寻茜拉写字台的抽屉了。

次日清晨，莫多克自己房中来了一位不速之客。这人不修边幅，身上衣服有食物的污迹。这家伙介绍他自己说：

“我叫尼格尔，一个私家侦探。我昨晚曾经打过好几次电话给你……你愿意同我说几句话吗？让我进来好吗？”

莫多克请他坐了下来。他从衣袋中拿出一张照片递给莫多克。他看了，便道：“哦，原来那拍照的人是你呀！”

尼格尔眨了眨眼睛说：“你怎么知道？”

莫多克告诉他，拾到底片包后面黑纸的事。这照片拍得很清楚。莫多克同茜拉一起在一张沙发上。莫多克把照片塞到袋里道：

“谢谢你，照片和手续费用一共多少呀？”

莫多克想到戴文也找到一张底片包后面的黑纸，因此又说道：“一共有两张呀？”

尼格尔很狡猾地笑着说：

“你总知道这些照片的道理吧！我报告了警局，对你一定很不利呀，而且我知道，这事不是你干的。不过，你知道我是靠什么过活的。现在，我也不多要，只要二百元钱。”

莫多克觉得这价钱很公道，比他料想的便宜。他想尼格尔讨这样的价是有道理的。他知道，这家伙一定要向那真正的凶手好好地再敲一笔。他一定知道这事的一切。

莫多克先付他二十元，答应向银行提到现款后再付清，并且问清了尼格尔的住址，预备晚上去见他。

尼格尔去了不久，警官戴文便到莫多克寓中来找他。戴文已把莫多克所拍的照片都看过。他说：

“我已向波士顿调查过你。那边说你很好，但他们说有时你有你的主意。我现在准备去见见这案里的人物。你对于这案的主意怎样？”

莫多克回答道：“我的主意有时也会引起麻烦，有时也会危险到我的生命。不过，我可以同你一起去。”

他们忙了一天，到茜拉的公寓里去，又到露西和黛儿处调查，最后才到福克纳的办公室去。他们进去时只见斯塔克也在那里。戴文先向他说道：“现在我要研究谋杀的动机。你是爱茜拉的，你的妻子已到里诺去准备离婚。”

斯塔克有些面红但并不抗议。戴文继续又对斯塔克说：“茜拉是不是在利用你？她假装同你相爱，目的是想出卖她的剧本。”他又向福克纳说：“你的妻子并没有什么嫡系亲属，但是，她有不少财产，她银行中也有不少存款。你当然知道你可以承受这些遗产。”

福克纳无精打采地说道：“我并没有杀死她。我一点也不知道。假如她留下百万财产与我也不相干。”

戴文压迫着道：“还有，你正想同她离婚。你常受她的玩弄。你又很爱露西。很可能，你俩有共同谋杀茜拉的动机。那晚是你送露西小姐回去的。露西小姐有一个女友，从费城来，借宿在她房里，我已经去查问过。现在她已有时间的证人，而你还没有！”

戴文说完了站起身说：“好了，你们两人现在总知道你们所处的地位。斯塔克先生，你有茜拉的衣服，你有一把茜拉房门的钥匙！是吗？现在交给我！”

斯塔克呆了一会，终于把钥匙交出来。戴文又说道：

“茜拉共有五只钥匙。目前斯塔克交出这一只，她的秘书有一只，她的女仆也有一只，她的手袋中我也找到一只，和别的钥匙串在一起。可是，还有一只呢？”

莫多克想：“那一定是上面刻着V字的一只了。茜拉说过，她在一星期前和福克纳吃饭后它便不见了。”

那天晚上莫多克去见尼格尔。他想必须要从尼格尔身上探知真正的凶手。尼格尔的房间是在二楼。他按地址找到了那个房间。他轻敲房门，里面没有回答。他再敲了几下，也没有反应，只得自己去开门。门倒并不曾锁上。他到了里面只见一片漆黑。他正在奇怪的时候，猛不防，暗中有人向他袭击。他一时没有防备，下颚被击中一拳。待他再起身时，室中已无声响。他无可奈何地去开了灯，颚下隐隐作痛。他知道他是被一个人的右拳击中，而且觉得那人戴着戒指。

灯开了，他看见尼格尔正坐在写字台边的椅上，额上已有枪洞！他走近了，看见尼格尔的右手伸入写字台的抽屉中，手放在一支手枪上。他知道尼格尔一定在拿枪之前，遭人暗算了。他再察看房间中一切，觉得里面零乱不堪，陈设很旧。那边有一个暗室，大概是冲晒底片用的。他跑进去，在一堆底片中找那张软片，可是没有找到。他又出来，搜索着，在一个橱里找到了那只威士忌酒瓶，牌子上面的最后三个字脱落了的！他把里面的酒仔细再尝一尝。他记得这是那晚他同茜拉一起喝的有麻醉剂的酒。他又回到尼格尔身边，在他身上搜寻，在他里袋中找到40元钱和一张100元的支票——福克纳签给尼格尔的。他又向他的裤袋中搜索，寻到一只钥匙，上面正刻着V字！

他从那边走了出来，先打电话到警局报告尼格尔的事，再打电话给福克纳，可是没有人接。他就到黛儿的寓所，但她又不在那里。他便到茜拉的办公处去，黛儿还在工作。她说："斯塔克先生叫我5点以后到这里工作的，他说，有人把《索布姐姐》的稿子偷去了，所以我不得不把稿子赶快打好以备电台上应用。"她说完又继续打她的字。莫多克闲着便把那些打好的稿子拿来细看。他觉得这些稿子内容很有趣味，就坐下来阅读了。黛儿忙着打字。他正读得起劲的时候，有人来敲门了。黛儿说："这一定是福克纳先生，他说他要来的。"

莫多克去开门，但这人不是福克纳，却是亚瑟。莫多克同他一起回来坐着。莫多克继续看那剧本的最后一场。没一会儿，忽然听见走廊里有些脚步声朝着房门上来了，莫多克想了一想，猝然地向亚瑟说："你——赶快到那挂衣间里去躲着，把房门留开一条缝，那么你就能听见外面说话了，绝对不要让那进来的人知道你在里面！"

亚瑟朝他瞧了一眼，终于走向那挂衣间里去。莫多克去开门，正见福克纳站在房门口。福克纳进来后，向四周看了一遍，觉得空气有些异样，但又不知是什么原因。莫多克向他道："坐下，我要和你谈谈关于尼格尔的事。"

福克纳坐了下来，显得很疲乏，而且面色有些异样。莫多克起立拉起他的右手，看一下他的戒指，再把他颚上的伤痕摸了一下，说：

“我想，不错吧，这是一只右拳，而且上面有一只戒指。”福克纳望着他，不声不响。莫多克又继续道：“但你忘记了吗？你给过尼格尔一张你自己的100元支票，又给过他那只你偷来的茜拉的钥匙，还有，那瓶威士忌酒，里面混着麻醉剂的。”

福克纳低声道：“老实说，当晚你来得太突然了！我到那边时，尼格尔已死在那里了。”

“哦？我想你听见我敲门，便把电灯熄了。”

福克纳点点头，额上已有微汗说道：“我是去取那张照片的。我要毁灭了它，省得连累到我身上。”

莫多克道：“现在让我看，你是爱着露西的。茜拉起先答应在剧本签约后同你离婚，但她后来又食言了。所以你想了一个计策。你陪茜拉吃饭时偷了她的钥匙，上面刻有V字的。你把它交给尼格尔。你又知道茜拉喜欢饮的是什么酒。你叫尼格尔去把酒换上一瓶，里面放着麻醉剂。你又知道，每晚，茜拉必须要一个男人陪她回去的。那晚，尼格尔在寓所里等着，直等到我和茜拉失去了知觉才进来，把我们两人摆布了，偷偷地拍了一张照片。”

“但我料不到那晚陪她回去的会是你啊！我想，那照片可以帮助我同她离婚。这是最好的借口呀！”

莫多克在室中踱着说：“但这里面有些不对呀！尼格尔同时还照了另外一张，不过——”

莫多克并不再说下去。这个时候他正走近挂衣间，突然地——他把挂衣间的门关上，上了锁，只听到亚瑟在里面撞门，咒骂。接着，挂衣间里放出两枪——亚瑟还用枪来破坏门上的锁。莫多克急忙拉开黛儿，自己伺下身体，推着那写字台，把它堵在门上。里面又放出两枪。但那门已被堵住了。

黛儿那时候已经打电话了。不一会儿，戴文和警察局人员赶到。警察命令亚瑟赶快放下枪。准备开门了。但里面又放出一枪，这一回，方向并不是朝着挂衣间的外面。接着——里面有身体倾倒，触着地面的声音。

莫多克开始向戴文告诉他所知的一切。他说："杀死茜拉和尼格尔的凶手，已用他最后一颗子弹葬送了自己的性命了。"

现在我们看：第一，茜拉共有五把钥匙。我们知道，她的女仆有一把，黛儿有一把，那晚茜拉失去了一把，和别的钥匙串在一起的，结果，她死后又在她的手提袋中发现一把。斯塔克也有一把，茜拉给他的——她不好意思告诉我。还有那第五把钥匙——上面刻有V字的——我在尼格尔裤袋中发现的。"

戴文问道："这是福克纳给尼格尔的，与亚瑟有什么关系？"

"是啊！但亚瑟是唯一可能的在庆祝那晚偷了茜拉的那一串钥匙的人。把那晚庆祝会里的人物来看一看。斯塔克已有茜拉自己送给他的一把钥匙，他当然不必偷。福克纳自己把那刻有V字的钥匙交予尼格尔，他当然也不会再去偷。你说露西已有时间证人，那么她也不会偷的。现在只剩亚瑟了！这就是我疑心亚瑟的一点。

"我还找出他所以要杀害茜拉的动机！我已仔细瞧过茜拉的剧本。从这剧本里，我发觉茜拉只派亚瑟一些不重要的角色，还有不再雇用他的决心——未完的剧情里，亚瑟所上演的角色，已没有登场的必要。

"那天晚上，尼格尔受了福克纳的嘱托，用了福克纳所给他的钥匙——一面刻有V字的——首先潜进了茜拉的寓所，把那混有麻醉剂的威士忌酒，安置在最便利的桌上。他便隐匿起来。我和茜拉醉倒后，便被摆布，睡在一起。

"大概，他刚刚完成了任务——把我和茜拉拍摄了之后，亚瑟或许以为我已走了，便用了他在庆功宴上，从茜拉手袋里所偷的一串钥匙，潜到茜拉的寓所。适逢其时，我送茜拉回家之后，我和茜拉都醉倒了。他就借刀杀人，利用这种难得的情势，把她勒死了。又把她的一串钥匙，再重新放回到她的手袋里。

"这对于尚未离开茜拉寓所的尼格尔便是天赐的机会——可以敲诈的机会。他在亚瑟动手暗杀之际，便拍摄了第二张照片。

"早上，当我离开茜拉寓所之后，亚瑟再潜进去，拖了尸身到藏衣间，并又故意丢下了黛儿的手帕，故布疑阵。他又到过黛儿的寓所，想偷她的底稿。

“又因为尼格尔要敲诈他，因此亚瑟连他也结果了——并且可以免留祸根。因此福克纳拜访尼格尔时，尼格尔早已被枪杀了。”

莫多克这样解释完了之后，便对戴文说：“我可以走了吧！”戴文点点头，目送这位业余侦探离开了他们。

凯蒂　译

会讲话的死人

原载于《惊悚侦探故事》杂志

雷纳是一个勤恳的农夫，同时也是个家畜贩卖商。

星期六的傍晚，奥尔德姆的电话接线生几次为人接到雷纳农舍里的电话，但是一直没有人听。若照一般人推想是雷纳不在家。不过，他们的猜想错了。

整个这一天，雷纳一直没有离开过他的农舍，他静静地坐在起居室里一只他常坐的宽大椅子上，右手放在椅臂上。那只电话机就放在离他的手二尺的地方。

这时，铃声又响了，但是雷纳仍旧动也不动，因为他已不能动了，两枚手枪子弹早已结束了他的生命。

15里外的赛茜特，39岁的妇人——雷纳的管家妇听到奥尔德姆的电话接线员说："雷纳先生仍旧没有回音。"

"谢谢你，接线员，请你再试试看好吗？"

赛茜特这时正在赛文城（地名）的朋友家中，雷纳曾答应她，星期六晚上，到赛文城去接她回农舍的。但到时并没有履约，所以今天下午，她要和他通一个电话，询问他爽约的原因。

正在这时，沃弗急急走过融雪的小路，向雷纳白色的农舍后门走去。

沃弗是雷纳的邻居，他听到农舍里的电话铃声响了多时，便只得穿上笨重的靴子，套上外套，戴上猎帽，走到农舍里去听电话。因为雷纳曾允许邻居们在他不在家时，可以这样做。

当他走近雷纳的后门时，他就知道有一些异样，因为门的上半截，有一部分玻璃碎了，并且在近厨房的窗畔，有两枚子弹洞。

沃弗走到门口，嘴里唤道："雷纳，你怎么样？"

他走进厨房，注意到地板上，有一点点已经变成黑色的血迹，他就顺着血迹，走进了起居室。现在他与他的邻居面对面了，一分钟前他以为还活着的人，这时竟气息全无地坐在椅子上，一大滩的血在他的脚边。

电话铃还在响，打破着这沉重的空气，沃弗慢慢地将听筒拿起来，放在耳朵边，然后说："哈啰！……不是的，赛茜特，雷纳不能和你讲话了……我想最好去叫郡长来吧，赛茜特……他被人谋杀了！"

半个钟头之后，梅森郡（地名）的探长奎利和检察官洛特一同到了出事地点，当奎利走上后门口的石阶时，他看见一张折叠着的纸片留在地上，于是他拾了起来，翻开来看，原来是从别留夫会场（地名）东行，经过奥尔德姆、地斯蒙阴（地名），一直到范尔（地名）的公共汽车时刻表。照那张纸片的情形看，它好像掉落在雪中好久了。探长就问洛特：

"是你掉落下的？"

洛特看了一眼，摇摇头。

奎利就拿那张纸，仍旧折叠好了，放进袋里，当他走进屋子时，就注意到破碎的玻璃和两个弹洞，两个人默默地直进起居室。

经过了一阵长时间的静默后，奎利说："这是很简单的，那凶手来时，一定敲那后门，当雷纳开了门时，他就向雷纳开枪，死者受了伤后，急急回到房里，坐到椅子上，然后他死了。"

洛特点点头道："不错，我想凶手恐怕没有走进这房间，因为这里一切没有丝毫扰乱的现象，我以为只不过有一个人，他恨雷纳，一见了他，就开枪把他打死了。"

后来他们又谈到一桩大家知道的事，就是雷纳曾经预备向别留夫会场方面的一个农场主人麦克，买进六十四小母牛。当他们讲好价钱并签好合同之后，不料牛价大涨，雷纳当然要他履行协定，但是麦克则要重新论价，因为他卖给别人同样的牛，价钱就高得多，两人为了这件事，在奥尔德姆的大街上曾剧烈地争辩过。

“最后，我听到有人说，雷纳预备设法强迫麦克履行协定。”奎利说。

洛特摇着他的头道：“他还预备在明天开始第一个步骤，但是现在他永远再不能照他的计划做了。”检察官向雷纳的尸体看了一眼。

这时有脚步声传来，奎利向门口看去，见赛茜特和赛文城的一个医生一同进来了。

那妇人看到躺在椅上不动的尸体，立即背过身去，悲伤地啜泣起来。

“你最好赶快检查一下，立刻给我一个报告。”探长对医生说了之后，就扶着赛茜特走到厨房里，他们站停了之后，奎利对她说：“我知道这对你的确是件突然而且可怕的事，不过，能不能试试看稍许镇静一些，那样或许可以有助于我们抓获到凶手。”

探长富于同情的言语，果然获得了效果，在短短的时间里，他已完全知道了雷纳和麦克间的事情了：

经过了奥尔德姆大街上争闹之后，雷纳曾写一封信给麦克说，倘若他再不履行交货义务，那就只有依法解决了。麦克接到信后，答应在1月18日星期六，到雷纳的白色农舍里当面谈谈。

过不久，探长已从桌上发现了麦克的回信，他对这很感兴趣，信上果然说，他预备星期六下午6点30分到雷纳农舍里来，了结那桩事。

“最后一句话好像预言似的。”探长自话地说，“我奇怪麦克星期六是否来过。”

赛茜特不能回答这个问题，只不过提示他说：“探长，你知道我的丈夫吗？”

奎利点点头，他的确知道那能干、愉快、谦和的农夫——克拉克，他同时知道那是这小地方每个人都知道的事——在赛茜特做了雷纳的女管家后不久，即在去年10月，就和克拉克分开了。

那妇人又继续说下去道：“我听说克拉克在星期六下午到这儿来的，他或许可以供给些关于麦克的消息。”

探长将他的眼镜取了下来，用手帕擦了几下，他想象着赛茜特话中含蓄的意思，他了解克拉克非常渴望那离开的妻子可以重新回进他的怀抱。但是赛茜特明白那是不可能的，所以一直逃避与他会见。

奎利推想赛茜特星期六到赛文城去的原因，就是为此，他并不直接发问，只说："很好，我想隔一会儿再去看看克拉克，不知他有什么话可以告诉我。"

医生从门里出来，报告说："雷纳是两枪致命，创口在右肺部，恰巧穿过心脏，手枪是小口径的。"

奎利急忙地问道："什么时候死的？"

那医生踌躇了一下道："大约死了24个小时了吧！一枚枪弹击破了雷纳家钟表表面的玻璃，表针就停在6点30分上，我想这个时间很可靠。"

探长点着头说道："这正是麦克来看雷纳的时候。"

医生说："探长，我想把那尸体移到赛文验尸去。"

奎利答应了，又回头来向那女管家道："我还有一个问题，赛茜特，"他从袋里取出了那张公共汽车的时刻表来给她看，"找到这张纸，就在这儿邻近的地方，那里可能是凶手站立开枪的地方。嗨！你知道这时刻表的来历吗？"

那妇人说："我可以说这并不是属于雷纳的，至少我在这屋子里没有看见过。"

探长说："很好，赛茜特，这正是我所需要知道的。"

他走到门口，看见有两枚弹壳留在地上。他俯身拾了起来，对洛特说："将这个给阿蒙斯的子弹专家们。"

随后，这两个侦探坐着自己的车子，开到奥尔德姆的公共汽车末站，它的办公处就设在一家酒吧内，奎利寻到那里的负责人，把那张时刻表给他看，同时问他这种时刻表是不是这儿发出的。

那人道："对的，探长，门口的那张桌子上堆着的，就是这种表。"

奎利就知道，这张纸的主人是不可能查出的，所以他只问："你认识麦克吗？"

"认识的。"

"最近什么时候遇见过他？"

那个人笑着道："麦克时常坐公共汽车从别留夫会场（地名）方向来，什么事？探长，难道他不能控制自己，而对雷纳不客气吗？"

"或许，"奎利冷酷地说，"雷纳在昨天被谋杀了。"

"谋杀？"那人重复地说了一遍。

奎利说："是的，我现在要问你关于麦克的事，他昨天下午曾经到过这里吗？"

那负责人呆呆地想了一下，笑容已从他脸上溜走了，迟疑地说道："我在昨天没有看见过他，不过，我星期六事情很忙，所以对任何乘客都不很注意的。"

探长没有什么收获，只得又去问那酒吧里的雇员们，但是他们都说，最近没有人看见过麦克。

探长对洛特说："我们到旅馆里去试试看。"于是又重新进了汽车。

但是这条线索的探听仍旧是失败的，旅馆里的职员们都说，自从麦克和雷纳在大街上争吵之后，就再没有看见过他。

"这就算了，"奎利说，"倘若麦克昨天到过奥尔德姆的话，他一定会很小心地不给别人看见的。"

当他们两人一同回到赛文的办公处后，打了一个电话给别留夫会场方面的当局，请他们调查麦克的一切活动消息。

探长对检察官说："在审问麦克之前，我们必须先去看看克拉克，他或许能知道些星期六下午雷纳的事。"

他们不多时，就寻到了那54岁的农场工人，他穿着套裤和黑皮的外套，戴着毡做的帽子，这时他正在奥尔德姆的拉司脱强司酒吧狂饮。他看见奎利进来时，欢迎地说："哈啰，探长，喝一杯酒吗？"

奎利摇摇头道："这不是社交的拜访，我有几个问题要问你呢。"

"探长请说下去。"克拉克跟着奎利走到一只空台子边，这样说。

探长把雷纳被谋杀的事简短地告诉了他。克拉克证实他的确预备在星期六下午到雷纳农舍去的，他这样说："我想和我的妻子谈几句话，但是我猜想她一定不会欢迎我的，所以我在五点钟的时候，先打一个电话给她，果然她不在那里。”

探长问道：“是不是雷纳对你这样说的？”

“是的，他对我说，她到赛文去了，不知道什么时候才能回来。”

“以后你干什么了？”

“我就等在这儿，直到7点钟，我又打了一个电话去，但是没人接。”

“这是当然的。”

克拉克没有说什么。

探长接着说：“以后怎么样？”

克拉克抛去了烟头说：“以后我一直在这儿，8点钟后方才回去，做我最后的工作。”

奎利再没有什么好说的了，所以站起身来：“好的，克拉克，再见。”

他离开酒吧前，暗暗地问那酒吧老板说：“你可记得克拉克在星期六，是一直在这儿吗？”

酒吧老板点着头道：“对的，他星期六下午在这儿消磨了整个黄昏，不过，这儿人很多！他是否曾经去了再来，我则不得而知，探长，有什么事吗？”

奎利微笑道：“没有什么。”

探长回到他的办公室时，别留夫会场方面已有消息来了，原来警察已访问过麦克农场里的人，但是他们不能供给些有价值的消息，只不过说，麦克在星期六早上乘公共汽车出去后，一直到现在还没有回来。

奎利立即向全州发出紧急通牒，留心麦克的踪迹，同时他将其余的时间，去访问奥尔德姆的各住户，可有人在周末那天看见过麦克。但是他们都说没有。

星期一，阿蒙斯的子弹专家报来了，说那用来暗杀的手枪，是点二二口径的。

这一天，整个小城市被暗杀的事件闹得沸腾了。

奎利命一群农夫在雷纳农舍的四周寻找，但是既没找到凶器，又寻不到足迹或者汽车的轮印，因为早已被融雪消灭了。

下午，探长接到阿蒙斯来的电话，说麦克已在家畜拍卖场被发现了。

当那牲畜商人被带进奎利的办公室时，他愤怒地抗议道：“探长，这是什么意思？我知道你把我当做……”

奎利打断他的话说：“静一静，坐下来。”他细细打量着麦克。

在探长眈眈注视之下，麦克不能安宁了，他说：“这真是胡闹，我早已听到雷纳的新闻了，但是这关我什么事？”

探长对他说：“你先不必说，听我的。”接着他简单地叙述着那桩事实，最后说：“你离开别留夫会场，是在星期六的早上，并且你和雷纳约定在那天下午6点30分到他的农舍里去。注意！雷纳死的时间，就在这个时候。”他向椅背靠下去：“你有什么意见发表吗？”

“再巧没有了！不过我另有解释的。”麦克说。

奎利打断他的话头道：“每一个人都知道你与雷纳争吵的事，现在我想要知道，你是不是在星期六下午去践约的？”

麦克态度突变，狂叫道：“这是我的事，我是个家畜商人，并不是侦探。”

探长知道把握时机，他耸耸肩站起身来：“很好，假使是这样的话，那我就只有一条路可以走了。”

麦克的防御竟一齐被击溃了，脸色变成了灰白，只得说：“让我来告诉你我所知道的一切，探长，实在没有，真的……”

那商人说他开始乘公共汽车离开别留夫会场，是在星期六的下午，他本来想一直到雷纳的农舍去的，不料中途遇见了一个朋友，他开着车子到莱波司去。

探长说：“那么你没有到过奥尔德姆？”

麦克接着说，他乘着朋友的便车到了台司脱，那里离奥尔德姆和雷纳农舍只有五里路，后来就坐了出租汽车到雷纳那里去的。

探长问他道：“在什么时候？”

“6点钟刚过一会儿。”麦克说，“我们讲了15分钟的话，雷纳坚持己见，不肯退后，所以毫无结果。”

探长很快地说：“雷纳是在6点30分被暗杀的。”

麦克连忙分辩道："我没有暗杀他，我因为谈判没有结果，就走了，当我离开他的时候，他还好好地活着。"

"讲下去！"

"当我回到台司脱后，就决定再让些步与他谈谈，所以我打一个电话给他，我知道他那时还没有死……他曾和我说话的，我看我自己的表，恰巧6点35分。"

"他说什么？"

他用手摸摸他的秃顶，然后说："我猜想他以为我已让步了。所以他拿起话筒就说：'你肯卖……'"

"或许是这样的。不过他的声音有些特别。我想他或者另有原因，所以我说'我是麦克'，他立即将电话挂断了，不说第二句话。"

探长讽刺地说："你竟和死人在谈话。"

麦克顽固地说："这完全是实话！"

一个小时之后，探长叫他再说一遍，以观察他是否那时不在犯罪地方而在别处，以后他就和洛特一同驶车到台司脱去。

并没有多少困难，他们就寻到了那个载麦克到雷纳农舍去的出租汽车司机，那司机供给了很多正确的情报，他看看记录表说："我载那个人是在星期六下午5点50分，载他到离这儿差不多五里路的一个农场里去，他走进一所农舍大概15分钟后，就出来了，我就仍载他回转台司脱，到这儿是6点20分。"

奎利问他道："在农舍里有枪声传出吗？"

司机惊骇地道："枪声？我没有听见。"他又解释说："车子是停在公路上的，离农舍大约几百尺之远，同时天气寒冷，车窗也一齐关着的。"

奎利又问他，麦克回车时，是否觉得有些两样？那司机点点头道："他看起来有些面红和慌张，只告诉我快些回城去。"他回忆着。

奎利和洛特互相看了一眼，奎利说："我们应该去打听，麦克是否在六点35分与雷纳通过电话，假使我们能知道这一点，我想一切就可以解决了。"

半小时后，他们就寻到了台司脱的电话接线员，她就是在星期六晚上值班的，她看过记录表后说："曾经有人在6点35分打电话给雷纳的。"

探长说："雷纳接电话了吗？"

那女人说："恐怕是有人听的，因为那一次接线是成功的。"

8点钟时，奎利和洛特回到了赛文的总部里，麦克又立即被传到探长办公室里来。

探长冷酷地对麦克说："没有一个已死的人会再接电话的，我们早已证实雷纳在6点30分死了，但是你在那时却与他通过电话。"他接着又说，"而我们知道你的电话是的确接通的。"

麦克说："我早已和你说过了！"

探长专心致志地道："只有重要的一点必须弄清楚，就是与你说话的，是否是雷纳本人，这个问题我们必须解决。"

麦克厌倦地道："据我的记忆，我只听到三个字——'你肯卖'，不过他的语调有些特别，好像是在叫一个人的名字。"

这一个回答，立即刺激了奎利灵敏的神经，他灵机一动："赛西特还有一个名字是叫赛尔西特，假使一个很熟悉的人，或许更简单地叫她赛尔[①]了，我可以说，这一定不是雷纳，因为他不能这样亲热地叫他的女管家的，那么他是谁呢？"

奎利敏捷地注意到了这点，所以他必须彻底弄清楚，他就向麦克说："你描摹他说的声音试试看。"

麦克用手抚摸着下颚说："那音调好像很高，但是并不大，我回忆起来，那个声音绝对不像雷纳，不过我那时还以为他或许有些兴奋呢。"

"声调很高？"奎利重新说一遍。他站起身来走到电话机边，打了一个电话到拉司脱强司酒吧，当那酒吧职员接听时，奎利对他说："克拉克还在吗？……很好，你叫他听电话，但是你须对他说是一个妇人要和他说话……对的，必须要照我的话对他说。"

---

① 赛尔（cel）发音与英语中的"卖（sell）"发音相近。

一分钟过去了，奎利办公室里真是鸦雀无声，只有从听筒中传过来的模糊的说话声和酒杯的叮当声。

现在有声音来听电话了，克拉克高音调的声音从电话线那头传将过来，他说："你是赛尔……"

这句话是奎利所期望的，他冷冷地道："不是的，克拉克，我是探长。你暂时不走吧？我就来看你。"

这晚，奎利以空前未有的速度开驰他的汽车，但并不仓皇，他到时，那农夫仍在酒吧里。克拉克看见探长走进来时，便把酒杯推过一边，嘴里含糊地道："我想你对雷纳的谋杀案，已经弄清楚了吧！这是我的直觉……"

奎利打断他的话头说："你跟我到总部去，我们须要在那里谈一谈。"

最后克拉克在那里供认了。他承认乘人不注意的时候，离开过拉司脱强司酒吧，那就是发生谋杀案的时间，即6点以后。

他说："我注意到酒吧老板把他的车钥匙忘记在车上了，所以我就偷开着他的车走的，我那时想象我的妻子已经来了，所以我预备找到她，然后一同回山脱范去，所以我曾到公共汽车站探听一下，知道有一辆车子，在一点钟之后开往那儿。"

奎利笑笑说："那你一定拿了一张时刻表。"

克拉克点着头说："是的，起初拿在手里后来就把它丢了。"

他说他到雷纳农舍之后，就去敲后门。

"不多时，雷纳在门口出现了。他告诉我说，我的妻子不愿意和我相见，我就问他，我的妻子在哪儿，他说他答应她不告诉我，我知道我不能和她一起回去了。"

"这真是突然的想法，"他继续说，"我竟然会非常愤恨雷纳，因为他可以每天和我的妻子相见，和我的妻子讲话，但是我却不能，这时我的衣袋里凑巧藏着一柄点二二口径的手枪，于是立即拔出来，向他开枪，他摇摆不定地逃了进去。"

他接着又说，他刚想离去时，忽然听里面的电话铃响了起来，他想这或许是我妻子打来的，所以就急急地跑进去，将听筒拿了起来。

奎利说："但并不是赛茜特，竟是麦克。"

"对的，"克拉克说，"我立刻挂上了电话，回到城里去。把车子照旧放好之后，走进酒吧，没有一个人注意我曾经离开过那儿。"

克拉克的供词，证实了麦克是无罪的。

1月30日，克拉克以谋杀罪被起诉了。3天之后，判决克拉克终身监禁。

南燕生　译

美人关

约翰·索普

半夜刚过，冰淇淋大王的寡妇——大布莱耶太太和她的媳妇小布莱耶太太从歌剧院散出来，她们开车返回住宅区德国人区的时候，被另一辆汽车拦住了去路，从那车子里出来三个蒙面的男人，他们用手枪指着两位太太以及她们的司机康勒特，禁止他们声张，从而把她们的首饰和皮大衣统统抢了去。

这次的路劫，两位太太所被劫去的首饰和皮大衣，总计要值二十二万五千美金，成为纽约最大的盗劫案之一。

从事这桩盗劫案的侦查员，是四个最好的警务人员：督察理查逊，探长奎恩斯，副探长斯坦伯和探员杰拉。

这三个劫匪无疑都是老手。理查逊看他们做得这样干净，一些线索都没有遗留下来，这使得警务当局对拘捕他们感到难以着手。

侦探们第一个问题是：这些劫匪抢了这许多钻石珠宝去，他们怎么能够把它们脱手呢？

“探长，”督察说，“我看这些匪徒只有在像纽约这样的大都会里，才有把赃物脱手的机会。所以他们一定还是在纽约，你可特别注意。”

理查逊接着叫杰拉和斯坦伯进来了。“对于全城一切著名的盗贼都加以注意，”他命令，“把一切过去的抢劫案都去查查看，尤其对那些我们无法破案的。也许我们从这桩案件还可破出其他未了的案子。”

于是这副探长和探员，在此后的两天中，都沉浸在过去盗案的记录里。终于，杰拉在记录里翻出了一桩类似的武装抢劫案。

那还是年头的事情，威赖特先生和太太的寓所里，来了三个蒙面强盗，他们也是用了手枪抢去了六千块钱。这个数目，同布莱耶一案的比起来，自然显得小得多，可是这两桩案件，大体的情形却是相仿的。

杰拉便赶速去报告理查逊。“两桩案情真是差不多，”他告诉督察，“威赖特夫妇，对于劫匪的情况，也一样说不大清楚。”

理查逊问：“在那一桩案件里，我们捉到了三个人——赫里·金斯利和尼奇·金斯利两兄弟，一个34岁，一个26岁，还有一个是阿巴特，33岁。在威赖特案子以后，金斯利兄弟拿出了一些珠宝来卖，可是他们说那些是他们的母亲遗留给他们的。我们也无法证明它们是威赖特的赃物的一部分。”

“阿巴特又怎样呢？”

“他证明了抢劫发生时他自己无法在场。”

督察沉思了片刻。“再把他们抓来，”他再命令，“我要知道，这一次盗案发生时，他们在做什么。”

金斯利兄弟已不再住在他们以前的寓所里了，他们的邻居也无法告诉杰拉和斯坦伯已搬到什么地方去了。可是阿巴特在他的家里被找到了，他也就并不抗议地随探长们走了。

“这次是什么事情呢，又是关于威赖特的事情吗？”他上了警务车子问。

“不是的，”杰拉回答，“是关于布莱耶盗案。你能证明你那天晚上在什么地方吗？”

阿巴特是能证明的，他那天晚上在同他的朋友们打牌。

这样证实之后，杰拉和斯坦伯又只有把他放走了。于是他们把注意力集中在搜寻金斯利兄弟上，他们究竟在哪里，一时似乎无法追踪到。

在这时，奎恩斯也在尽力侦查。

他有一个得力的助手，玛丽，是一个名牌衣服穿得最漂亮的女侦探。依着奎恩斯的指导，她假扮一个珠宝的购买者，开始到各个有收买盗赃可能的珠宝店里去巡视。

整整一个星期过去了，这个女侦探没有得到多大的进展。后来她在一家珠宝店里看到了几粒并没镶好的钻石。她知道，强盗们为免得易于辨认起见，总是把钻石从原来的饰物上卸了下来出售的。玛丽小姐觉得这几粒钻石，同布莱耶盗案中失去的几粒有些相仿，就把店主拘捕了起来。

斯比格供认，他这几粒钻石是从一个叫本森先生那里买下来的。在询问之下，他还咬出了另一个可怀疑的珠宝商——穆勒。穆勒也被拘捕了起来，他供认，他从斯比格购下了价值两万元的没镶好的珠宝，关于它们的来源，他却什么都不知道。他说他以一万九千元把它们转售出去，还付去了二千元佣金，因此，在这笔交易上，他赔了三千元。

由此可证明，穆勒是知道这些珠宝是“烫手”的，所以他赶快把它们转售掉了。警务当局随即证实，这些珠宝的确都是布莱耶案中的赃物，于是就把这两个人都扣留了。

就在这同一天，杰拉和斯坦伯却在各个下等酒吧里打转，最后终于在其中一家，看到了金斯利兄弟和另一个男人，还有两个女人，在那里喝酒。他们把这五个人一起拘捕了去。到了警察局里，查问出那第三个男子叫托斯卡。

在分别询问之下，警察要这三个男人说出，在出事的那天晚上，他们是在什么地方。托斯卡说他同金斯利兄弟在一起，随即却改口供，说他去德国人区看望女朋友了。

在杰拉和斯坦伯诘问这个女人叫什么名字的时候，这嫌疑犯反问：“为什么要把她牵涉进来呢？”

金斯利兄弟所讲的话，很难使人相信，可是在要证实他们说的话不可靠以前，这副探长先询问了这两个女人。她们说她们是在同两兄弟狂饮作乐，他们还承诺给她们每人一枚钻石戒指。

“你从什么地方得来这么多钱呢？”杰拉诘问赫里·金斯利。

“从过度的工作上，”赫里回答，“新近一直在码头上做了许多的事情。”

既然他说他是在码头上搬运货物，副探长就知道，他能做多少时间的工，由此能赚到多少钱，是很容易查问出来的。他们觉得这三个人说话都靠不住，自然只有先把他们扣留起来再说。

因为赫里和尼奇·金斯利，艾尔·托斯卡和多米尼克·阿巴特在以前都犯过案子，所以警察当局有他们每一个人的照片。

杰拉和斯坦伯到监狱里去问斯比格关于本森先生的事情。那珠宝商说，那个人到他的店里来，说他有些珠宝要卖给他，这些珠宝可先留在他那里，让他看看，然后到第二天早晨来取钱。

“他是其中一个人吗？”杰拉一边问，一边把四张照片给他看。

斯比格看过这四张照片，他摇了摇头。“不是的，他们一个我都不认识。”然而他又说，好像赫里·金斯利最像本森先生。

杰拉也就没追问下去了。他转到了另一个念头。他问那珠宝商，“你说本森把珠宝留在你那里一夜，他到第二天早晨才来取钱？”

“正是这样。”

“那么他一定住在什么旅馆里。你知道他住在哪一家旅馆里吗？”

斯比格摇摇头。“他没有对我说他住在什么地方。”

杰拉便同斯坦伯一起到那珠宝店附近的每一家旅馆去问，可是探听到黄昏，他们还是没有问出有本森这样一个人在任何一家旅馆里住过。

他们还不肯承认失败，于是又到监狱里去，再去问斯比格。

“在本森把珠宝交给你的时候，”杰拉说，“它们是怎样包着的？”

“放在一只白信封里，”斯比格回答，“是封了口的。我记得我把封口撕开了，才把珠宝倒在我柜台上的。”

“那只信封怎样了？”

斯比格耸耸肩膀。“我想我丢在废纸篓里了。我记不清楚了。”

杰拉知道，那只撕破了的信封可能还在那字纸篓里。他便同斯坦伯一起赶到了斯比格的店里，庭上派了在那里看管的人，经他们说明了以后，看管人就让他们走进去了。

那店里看来好像已有几个月没有打扫过的样子。他们在那废纸篓里找到了四个白信封，每一个都有可能放过那些珠宝的。他们把它们统统取了来，斯比格一看，就把那个信封认了出来。

“我记得就是这一个，是我把它撕破了的。”他说。

那个信封，用眼睛看起来，里面是什么都没有，可是杰拉和斯坦伯知道，经过了警察局的实验室一查验，它就会有可确认的记号显示出来的。他们把它交给了实验的专家，然后一直等关于它的报告。

虽然在实验之下，并没有发现什么手指印，但却查验出了那一个信封是哪一个厂家制造的。

杰拉和斯坦伯即去看了这个厂家的经理。他说他们有50个经售处，也许可追迹出这一个信封是从哪一个经售处买来的。

他们便要了一张那50个经售处的名单，最后视线落在斯比格附近一家珠宝店的上面。

"那是什么样的一个地方？"杰拉把它指出来，问那造纸厂家的经理。

经理查了查他的记录，然后回答说："那是在一家旅馆里的雪茄烟柜。"

副探长们便立即到了那旅馆去。他们从那雪茄烟柜购了半打白信封，把它们和同装过盗赃的那一个对比，而加以证实。

杰拉于是把他的四张照片取了出来。"你们以前看见过其中任何一个人吗？"他问，"其中的一个在不久以前向你们买过一个信封的。"

雪茄烟柜上的那个人向四张照片看了看，便摇了摇头。"没有。不记得看见过其中任何一个人。"

旅馆的登记簿上查不到本森的名字，杰拉就想再试试金斯利的名字看，也是没有。掌管登记的职员向四张照片望了望，也记不起看到过其中的任何一个。

杰拉和斯坦伯退到了休息室中去，加以讨论。他们觉得，虽然好像什么结果都没有得到，但他们并没有追错路线，只是不知道该怎样继续他们的追踪。

他们注意到一个开电梯的人在注意他们，他显然已看出了他们是侦探，他表示，他是肯为他们出力的。但是他向四张照片望了一眼后，也是摇摇头。他说："他们中间没有一个人在这里住过"。

副探长们到这时不能不承认，也许他们已弄错了。本森，不管他是谁，是可能在别的什么地方买了这个信封的。

杰拉坐在休息室里沉思着，很快他又转到了一个念头。“我们一直在以为，”他对他的同伴说，“本森一定是这四个人中间的一个。也许情形其实并不是这样。让我们假定那珠宝盗贼是另一个人——这个人还没有受到怀疑。所以即使他在这里住过，他用的当然不一定是本森或金斯利的名字。”

斯坦伯点点头。“你那样想有理由。可是我们怎么能知道他是在用什么名字呢？”

杰拉想，在“本森”住在这里的时候，他是有许多珠宝的，这里或者会有什么职员看到过它们，或者听到过他同什么人谈到它们。

电梯正降落了下来。他决定要同开电梯人来一次深谈。

“听好，”他对开电梯人说，“我们是在追捕一个抢劫珠宝的盗贼。他把他所抢劫来的珠宝出售给近边的一个珠宝店里，所以我们相信他一定是在这里住过一夜的。你听到过什么客人谈到过什么珠宝没有？”

开电梯人摇摇头。于是杰拉突然转了一念。“或者关于皮大衣呢？在客人的行李箱中看到过什么皮大衣没有？”

开电梯人想起来了。“我听见过一个客人在电梯中向一位小姐讲到过皮大衣。他说：‘你真是一个好姑娘，我要送一件银鼠皮大衣给你。’”

副探长们听到了一惊，因为大布莱耶太太是被抢去了一件银鼠皮大衣的。

“你认识那个姑娘吗？”杰拉诘问。

开电梯人点点头。“当然认识，她就是弗里曼。她在夜总会跳舞，住在614号房间。然而你们要看她，要等到明天早上才可以。她总要到5点的样子才回到旅馆里来。”

杰拉点点头：“你知道那个客人的名字吗？”

“知道的。他的名字叫沃特森。他说他是从圣路易来的。”

侦探们决定还是不要立即就去找弗里曼。他们关照开电梯人不要把这次谈话告诉别人。他们就到登记柜去探问是否有过一个来自圣路易的叫做沃特森的客人。

“沃特森究竟是谁呢？”斯坦伯问。

“那正是我们非把他查出不可的人，”杰拉回答，“沃特森既然对那个姑娘有意思，他也许还在同她有接触，这真给了我们一个好机会。”

侦探们暗暗跟踪了弗里曼两天两夜。她在夜总会里表演完毕，就立即回家。她除了每天要到就在对面的药房里去一次以外，她从来不到别的地方去。她在晚上到夜总会报到以前，也往往要先到那药房里去一次。

随即斯坦伯注意到，她常常到对面药房里去，是去打长途电话的。

“我们得设法听取她在同什么人讲话。”他对杰拉说。

他们就到电话公司里把一切接洽好了。所以在那女人第二天晚上，再通了一次长途电话以后，杰拉就得知了。原来她是打给芝加哥的一个本森先生的。杰拉即打电话给芝加哥警察局，对他们说出了那个电话号码，要他们查一查那是什么地方（他只知道是一家咖啡馆），他说其中有一个人叫做本森，因为是一个嫌疑犯，要他们加以拘捕。

他对斯坦伯说：“今天晚上我们要把那个姑娘逮捕了。她刚打了电话给本森。要是我们运气好的话，芝加哥警察局马上就可把他拘捕到了。”

斯坦伯很是兴奋。“那么本森和沃特森是同一个人？”他问。

“看来是的。我们马上就可查出来了。”

到了晚上，弗里曼突然遭到拘捕，她觉得很是惊异。她说她朋友的名字，原叫本森，可是他曾告诉她，因为他不愿商业上的竞争者知道他来到了纽约，所以他在这旅馆里，是用沃特森的名字登记的。

“至少，他是这样告诉我的。”她怯弱地说。

“你爱他吧？你真多情！那件白银鼠大衣现在怎样了呢？”

她承认本森答应过送给她一件，而且要是她肯跟他到芝加哥去的话，他还答应，他为她在那里的夜总会找到一个很好的事情。

杰拉觉得那姑娘所讲的完全是实话，就决定不把她拘捕了。“可是除了到夜总会去工作以外，你不要离开这个旅馆。”他告诉她，“我派人看好你，直到我们把这桩案件弄清楚为止。”

杰拉再打一个长途电话到芝加哥警察局里，他被告知已把本森拘捕了。

他即去把这消息报告给了理查逊，后者惊呼着说："干得好！我要派一个人到芝加哥去，把那个东西带回来。"

杰拉和斯坦伯都急于要看看那个东西究竟是谁。

两天以后，沃特森，又名本森，被芝加哥警察局派员押解到了纽约，他们对那个家伙有些面熟。

"哦，是沙普！"杰拉惊呼。

现在，杰拉和斯坦伯，对二十二万五千元的抢劫案，有了解答了。他们便把沙普的老搭档，凯蒙斯和阿巴特，也都拘捕了来。

阿巴特和凯蒙斯还没有一个知道沙普改名本森的，已被拘捕到了。

理查逊和奎恩斯就把他们两个人隔开询问，他们不但随即承认了警察当局已知道的事情，他们还供出了警察当局至今还不知道的。在布莱耶抢劫中，还有一个名叫杰曼的人参加。杰曼管理开车子，在抢时他并没有下汽车。

可是沙普却总不肯供认，甚至把证人斯比格提了来，他还是矢口否认。随后，让他知道阿巴特、凯蒙斯和杰曼都先后遭拘捕了，他才承认他是那次抢劫案的头领。

至此，布莱耶抢劫案才算终于水落石出。

吴俊　译

纸袋强盗

马林·史壮

洛杉矶南百汇路的大百老汇家具商店打烊得很迟，到晚上7点钟时，电灯还是照耀得如同白昼。店员威廉·希利亚德在格子间后面坐在写字间的旁边。股东之一艾尔·德内尔斯和他的妻子佛罗伦斯在附近的私人办公室里。

希利亚德在看报纸，他听到有些声音后，抬头一看，见一个年轻男人已进入大门，向他走过来。突然他的脑中一闪，他想起上星期六在店里也见到过这一个男人。他急速站了起来，前去招呼他。“晚安！”他说，面孔上显露着微笑。

年轻男人的右手伸了过来，希利亚德便看到那手里握着一支手枪。“是的，目的是来抢劫，”他说，“把你的两手举起来。”

希利亚德的脸色转成了苍白，并很快依照所被命令的做了。这一刹那很是沉静，因此德内尔斯先生和太太的声音也听得到了。这个年轻男人深褐色的眼睛向私人办公室一闪，然后又回望着希利亚德。“把那些人都叫到这里来。”他命令。

希利亚德点了点头，接着喊叫：“艾尔，到这里来。有一个人要看你。”

德内尔斯开门进来了，那劫匪即命令他和德内尔斯太太，把他们的手向上举起。他丢下一只纸袋在柜台上，并对希利亚德说：“把抽屉里的钱统统放到这个袋子里去。”

希利亚德迟疑着。“动手呀，”德内尔斯说，“就照他告诉你的做吧。”希利亚德打开了放钱的抽屉，拿了一些钞票放进纸袋里，然后把它放回在柜台上。年轻男人锐利地望着他，向那抽屉跨了过去，但他看到在抽屉里还有许多钞票，于是把它们统统抓了起来，塞进了纸袋里去。

正在那时，电话铃声响了起来。劫匪把他的枪口指着希利亚德。“听电话，”他说，“可是你所说的话要当心一些。”

电话是打给德内尔斯的，劫匪便对他说他可同对方讲话。“只是你所说的话要当心一些，”他警告，“否则你不要还想有命。”

德内尔斯使他的谈话变得很是简短，还希望他的声音让站在他边上的劫匪听来，显得很是自然。

他把电话搁上了以后，劫匪把这三个人统统驱进了私人办公室，并逼着希利亚德把保险柜打开。“那里面什么都没有。”德内尔斯抗议。可是劫匪不相信他的话，直到他亲自看过了才罢休。

“好了，”他最后说，“五分钟以内，你们当中随便哪一个人都不准动一动。”然后他退缩走出了门，并把它关上。

德内尔斯忽视了那道命令，他过了一会儿便打开了门，恰巧来得及看到他安静地从大门走出去。德内尔斯赶到了大门前，看见他走上一辆深颜色的1941年福特敞篷车，那车就停在这商店的大门前。德内尔斯并没有看清车牌的号码，可是他却看清它是加利福尼亚州的车牌。他看见车牌号的前面有一个“E”字，被一个钻石形的线围绕着。

无线电警务员琼斯和福特接到了报告后，随即赶到了这商店里来。他们仔细地纪录着这桩案件的情节。依据希利亚德和德内尔斯的描述，劫匪的年纪大约26岁，褐色的头发，褐色的眼睛，身高大约5尺11寸，体重160磅左右。他的面部轮廓很好看，声音也很柔滑、平稳。他的态度自然而且镇定。他们估计他劫去大约四百五十元。

第二天，抢劫科主任杰克·多诺霍大尉派了他两个最得力的人——斯特洛姆中尉侦探和弗兰克·凯恩中尉侦探一起去侦查这桩案件。晨报在这段新闻的记载中，把那暴徒称作“纸袋强盗”。这一个称呼很快便在洛杉矶大半的市民间转辗称述了。

斯特洛姆和凯恩先研究着这桩案件的报告，然后到出事地点去，同三个证人谈话，由此有两件事引起了他们的特别注意。第一件是劫匪的大胆，他一点都不顾虑到会被认出来。他不但在服装上并不化装，就是在说话的发音上也并不伪装。他把他的车子就停在电灯开得雪亮的商店的大门前，而且他也不想把他的车子以及车牌加以伪装。第二件是他行动的自然。他去抢劫，是出于很沉静的，很像做生意的态度。

至于确切的线索，在那商店里是一点都找寻不到。关于劫匪的外貌，虽然描述得很详细，事实也很少有帮助，因为像这种样子的年轻男人，在洛杉矶热闹的街道上，也不晓得有几千个。至于手枪，三个证人都说是小口径的，也许是点二二的一种。

所以他们着手侦查的唯一的线索，就只有那汽车有一块加利福尼亚州的车牌这一点。可是这个线索在这两个侦探着手侦查以前就把真相显露出来了。窃车科在那盗案发生之前不久，接到了一个报告，说南大街西雪尔旅馆的停车场失窃了一辆汽车。第二天的早晨就找到了被弃置在第十二街和希尔大道拐角。

对那辆车子一侦查，侦探们发现什么用处都没有，就连指印也一个都没有查到。

“显然是为了这桩抢劫才窃取了这辆车子的。”斯特洛姆断言。

凯恩也同他一样的意思：“也许就因为这样，他才不管车子是不是容易被人认出。”

虽然暂时好像已中止了他们的侦查，这两个侦探停顿得却并不长久。因为过了一个星期，又发生了一桩同样的案件。地点也是在百老汇南路，那案件发生在加利福尼亚银行的分行里。那天才过中午不久，那银行的付款员史密斯从他的写字台抬起头来，望见一个不戴帽子的年轻男人站在柜台的旁边。在史密斯站起来的时候，青年把一只纸袋放在柜台上，并用一支手枪正对着他。

“是的，目的是来抢劫，”他沉静地说，“去把箱子里的钱拿出来，统统装在这个袋子里，一张钞票都不能留下。”

史密斯只迟疑了一下。“去吧，”劫匪命令他，“我会跟你一起。”

在史密斯过去把三只箱子里的钞票统统装进纸袋里的时候，劫匪在旁边监视着。银行里的顾客并没领悟到发生了什么事情。在从第二只箱子搬取钞票的时候，史密斯设法偷偷按了按警铃，那是通到第七十七街警察分局的。

可是在警务人员赶到的时候，劫匪已跳上了他的车子，向前疾驶很远了。他们仅仅来得及看到了车牌号——49Q160——可是这对于斯特洛姆和凯恩没有多大的帮助，因为就在抢劫案发生前不久，中央警察局已接到了一个失窃汽车的报告。车主乔治·伍德把他的车子停在东哥伦比亚百货商店后面的过道里，他进去了大约只有两分钟，可是到他出来的时候，车子已经不在那里了。那天晚上它被发现停在第三十五街和霍普大道的附近。

对于车子的侦查，什么都没有发现，指印也一个都无法找到。斯特洛姆和凯恩除了确定犯这两桩抢劫案的是同一个人以外，就全然没有其他可发展的了。

过了十五天，才又发生了抢劫银行的事情。劫匪还是一个青年。他走进了南中央大道加利福尼亚银行的分行，把他的纸袋放下后，便逼出纳员放一千六百元进去。这一次他所坐的是一辆1939年奶油色敞篷车。

车子随后被发现停在第五十六街和南大街的附近。经过侦查以后，发觉车子是在上一夜被窃自第六街和希尔大道的停车场里。车主是约瑟夫·范伯格，他住在东第八十二街。

虽然对于这辆福特篷车的侦查，还是什么线索都没有得到，但关于盗劫的情形，侦探们却发现了一个新的角度。

大约在上一晚的8点钟，范伯格和他的妻子驶进停车场的前面。一个年轻男人——后来得悉就是那个强盗走上去，问："是去看电影吗？"

"是的，是到派拉蒙去。"范伯格回答。

正在范伯格夫妇走下车子的时候，那个年轻男人坐上了车子，好像他是去停放它的样子。"拿一张号码单来。"范伯格太太要求。

"我们现在号码单正好刚用完，"他告诉她，"你们随后付费好了。你们是用不到什么号码单的。"后来，范伯格夫妇从戏院回到那里的时候，停车场的管理员不记得看见过他们的车子。显然是在他到停车场后面去停放车子的时候，那劫匪把范伯格的车子开走的。他甚至不记得停车场附近有像那样子的一个人。

纸袋强盗这次只等了5天，又来了一次新的出现。下午1点30分，他走进了南大街加利福尼亚银行的分行，强迫经理罗伯特·汉森在他的纸袋里放两千三百元以上。

十分钟以后，这同一个人走进南斐格洛街国民银行，抢去了三千多元。

强盗这两次用的汽车是窃自沙里伯格租车处的停车场。这辆车子的马达他踏不开，正好有一辆汽车经过，他便止住了它，要求那车子上的人下来，帮他推那辆车子，使马达发动。过了两天以后，它才被发现停在第六街和枫叶大道的附近。

等到这劫匪再来下一次抢劫的时候，已经过了一个月又一天。他到阿尔弗里德街第一国家银行劫取了一千九百元。这一次他所用的车子，甚至是一辆他从地方行政机关窃取的车子。

“这个家伙比什么人的头脑都要灵，”凯恩叹息着说，“他用的却又总是同一个方法。”

斯特洛姆点点头：“我们至少还一些结果都没有得到。”

9天以后，纸袋强盗所惯行的有了一些变化。他又重新去了一次他已抢劫过的地方。大约下午2点钟左右，他又进入百老汇南路加利福尼亚银行的分行。付款员史密斯从他的写字柜抬起头来，望见了这个以前已经劫过他的青年。在他又看到递来的纸袋，指来的手枪时，不觉惊呼：“你！”

“再来一次，”劫匪微微一笑，“动手吧。”

史密斯叹息了一声。

结果，他抢去了一千六百四十元。

斯特洛姆和凯恩不久来到了出事地点。

“对了，他这一次用的是哪样的车子？”凯恩问史密斯。

“一辆黑色的大汽车，”史密斯回答，“我无法看得很清楚。”

“他是不是还是把车子停在门前呢？”斯特洛姆的眉毛皱着。

“不，这次并没停在门前。他停靠那边一些，挨近第五十九街。”

凯恩和斯特洛姆相互望了一眼。“原来他并不要人看到他的车子。”斯特洛姆说。

“他这样做总不会没有理由的，不用说，”凯恩推断，“让我们去找找看，或者我们能找到一个看到了这辆车子的人也说不定。”

他们在第五十九街，附近的居民中，调查了一个多钟头，看有什么人见到了那辆车子没有。有好些人记得是看见过它的，其中大半的人一致说，那是一辆黑色的别克敞篷车，可是没有一个人注意到车牌号码。

终于，正在他们向一群人这样询问的时候，一个10岁的卖报童，凯纳斯·兰特从这里经过，他正在叫卖着他的晚报。他听到那两个侦探在问到那辆黑色的大车子，便立刻引起了自己的兴趣来。“喂，你们是讲到那辆别克汽车吗？”凯纳斯插进来问斯特洛姆。

“是的，我们正在讲到它，孩子，”斯特洛姆向他微笑着回答，“你看见过它吗？”

“当然，我看到了它。一个穿夹克的人从那边奔过来，跳上了车子就开走了。”

“你看见了它的车牌号没有？”凯恩充满希望地问。而且还问他有没有看到车牌是什么颜色的，黑色的，黄色的，还是别种颜色的呢？

“黑色的，上面的字是黄色的，”凯纳斯回答，“我不确定是哪一个州的牌照，可是我记得那号码，因为他奔跑得这样急，引起了我的好奇心，这使得我向那车牌望了一眼。”

“真的吗？”凯恩和斯特洛姆惊呼，斯特洛姆向孩子走前了一步。“哪，孩子，听我说，那号头是很重要的。是什么号头呢？”

孩子想到他也许可以对侦探们有帮助，显得很是高兴，便回答说：“对啦，有一个B字，一个Y字，后面是8886。这是一个容易记得的号头。只是我不知道它是哪一个州的。”

“等一等。”凯恩说。他赶回到了他的警务汽车，从那里把一个五颜六色的册子取了过来，在那里面有四十八州的每一种汽车的牌子样子。“你来看这个哪，”他为孩子打开了小册子，“你想你看到的那一种，把它指出来。”

凯纳斯向各种牌子仔细地研究了一会儿。然后他指出了得克萨斯州的一个。“我所看到的就像这一种，”他迟缓地说，“是的，我知道就是这个，因为B字是在Y字的前面。它们比车牌上的字要小一些。”

“你真了不得！”凯恩惊呼，并热诚地拍拍孩子的肩膀，“你现在确定了吗？”

“是的，一定是这一种。”凯纳斯深信地回答，他的面孔上显露了微笑。

两分钟以内，凯恩就用电话报告盗窃科的都诺霍大尉了。“你知道，大尉，这个家伙这一次之所以把他的车子停得远远的，就因为他不要让别人看到它。可是我们幸而碰到了一个很伶俐的孩子，我们已得知那辆车子的牌号了。你赶快把这个查查看。”

得克萨斯州的警察局也调查得非常迅速。只隔了三个钟头，都诺霍已经从那里得到了回答。原来那辆别克篷车是在前几天詹姆斯·布利斯特在厄尔巴索购买的。有了这个报告，洛杉矶的警务人员就着手调查詹姆斯·布利斯特了。

隔了没有多久，斯特洛姆在记录科里查到了一个案卷，不觉惊喜得吹着口哨。那是关于詹姆斯·布利斯特的：他的年龄24岁。他的外貌以及身高，体重等等，这同那个纸袋强盗完全符合，他才在3个月以前的1月5日从圣昆丁监狱被释放出来。他之所以被监禁也是因为盗窃。“这个一定就是我们所要的人。”斯特洛姆宣说。

警局便把那车牌号码以及布利斯特的详细的外貌，用无线电向西部诸州以及得克萨斯州广播了出去。在广播中还向警务人员警告，布利斯特是有武器的。卖报童得到五百元公债的奖金。

第二天下午，从那广播警局获得了效果。在下午3点钟样子，机器脚踏车巡逻队员费茨·佩利克在加利福尼亚圣巴巴拉之南三里的地方，看到了这辆大篷车朝北向圣大巴巴刺驶去。他把他的车子倒了过来，保持了一个相当的距离，向那辆汽车尾随。

他意识到他一个人不太有机会能够使那辆汽车停下来，所以他用无线电向圣巴巴拉的警察局求援。警察局也用无线电回答他说，他们已开出了一辆汽车前来支援。可是在他和那篷车快要到达市区的时候，他还不见那辆汽车前来，费茨·佩利克就觉得他在车辆往来频繁的市区中会失去那篷车的踪迹；或者回头不免会开枪互击，这样的话到了市区中，就很容易波及市民的生命危险，所以他决定就让自己一个人来冒一冒险了。

正在那大篷车在圣大巴巴拉的近郊，遇到红灯停下来的时候，他驶向前去，开在那辆车子的一侧。他立刻认出了布利斯特，可是他的面孔并不显露出已认出了他。"喂，朋友，"费茨·佩利克用友善的声音向他说，"你车子的尾灯有些靠不住了。你还是下来看看它。它看来好像要掉下来的样子。"

"哦，谢谢你。"布利斯特回答，便开了门，走下车子来，"让我来看看。"

正在布利斯特踏下车子的时候，费茨·佩利克锐利的眼睛向他闪视了一眼。他看到他并没有带武器。在布利斯特走到了车子后面的时候，费茨·佩利克急速抽出手枪。"赶快把手举起来！"他命令。

布利斯特望了望侦探的手枪，便把手举了起来。"这是怎么一回事呢？"他问。

"你是因为抢银行被捕了！"费茨·佩利克告诉他，一边迅速用手铐铐上了他的手腕。正在这时，圣巴巴拉的警务汽车也开到了。

警务人员们看到那辆别克的前座有一个年轻女人睡眼蒙眬地坐在那里。他们问她是谁，她回答说她是詹姆斯·布利斯特太太。他们在那车子里找到了两支手枪，七只满装着衣裳的衣箱，三只手表，一叠战时公债票，以及两千两百多元的钞票。

斯特洛姆，凯恩以及其他几个警务人员在那天晚上赶到了圣巴巴拉。布利斯特对于他自己是谁并没有加以掩饰，而且也并不否认他的屡次抢劫。他想他自从监狱里被释放出来，到现在还只三个月零一天，在这个时期内，他已陆续抢劫了一万多元，这是很够威风的了。

至于他的妻子，布利斯特说明，她对于他的行动是什么都不知道的。他还只在几星期以前遇见了她：他抢了一次银行以后，正在从洛杉矶到厄尔巴索去，在道上遇见了这个蹒跚而行的女人，认识后不久，他们就在厄尔巴索结了婚。

布利斯特以屡次抢劫银行以及偷窃汽车的罪行，被判了七年的监禁。

凯纳斯·兰特也想不到为了这次劫案由此受到了当局特别的照顾。在关于这些抢劫案的记载中，他突然变成了洛杉矶的英雄。不但每一张报纸对他都加以推崇，甚至洛杉矶的警察局局长还为凯纳斯举行了一个特别庆祝会。加利福尼亚银行，为表示谢意起见，赠送给他五百元的战时公债票。

凯纳斯自己却谦虚地微笑着说："我只是凑巧记得那个车牌号而已。一个人能为警方尽一些力，也是应当的。我真因为这次的事情而高兴，从此我想做个小侦探，将来可以再做大侦探，这是我今后的志愿！"

冯雪山　译

无线索奇案

威廉·马沙

“我们发现了一个被谋杀的少女，”奥莫莱说，“除此以外，我们就什么都不知道了。他们并不知道她是谁，或者她是从什么地方来的，或者是谁把她杀死了的，他们什么都探查不出。她被发现在河边的一个空货仓里，看她的样子一点也不像除了那个地方就没有什么地方可去的女孩。对了，我想他们对于这事还什么都没有查出，你也许可以记得这桩案件。”

“我记得一个月以前在报纸上登载过一些消息，”我告诉他，“可是从那时以后，我就什么都没有看到过了。”

“因为对于它不再有什么可讲到的了。他们一直在探查，可是结果还是一无所获。”

我们一起去看那个被谋杀的少女。她的样子长得很好看，年纪大约二十七八岁。警务当局在等人来认领这个被谋杀者，他们把她安放在一只冰桶里，她看起来好像是睡着在那里的样子。因为有人撸下她的戒指，这使她的两只手指留下了一些伤痕。我们看到了那个在守护她的警察。

“你来着手这桩案件了吗？”他问奥莫莱。

“我看我只有来试试了。”

“你可以得到一件终身工作了，侦探。”

“是吗？好的，那么我可以得到固定的年薪了。”

我们查看她的衣裳。它们还好——不高贵，也不低贱。衣裳上的商店牌号都被取去了，内衣上的洗衣店的标记也被撕下了，手套上的洗衣店商标也已被撕去，鞋子上的也已被割掉。

“那个家伙把所有可以辨认出来的东西统统弄掉了。”警察告诉我们。

“她是怎样被害死的呢？”我问。

他指给我看，她是被人击中后脑壳而死的，武器也许是一柄斧头。

“有什么可以着手的地方吗？奥莫莱。”我问。

“我看不到有什么东西。”

我们到了那个货仓去，可以看出它已很久没有被人用了。大半的窗子都已经打破，地面上又到处是垃圾。大的前门是锁着的，只有一扇小一些的门开在那里。它靠近河流，离得不远，就是那所写字间房子向它俯瞰着。那少女是在里面的一个小房间里被发现的，也只有在那里才有了这个被发现的机会，发现她的是几个男孩子，她被藏置在破碎东西的下面。

我们在那里仔细搜查着，可是搜查了20次以上，还是什么都没有发现。当然，我们也没有找到什么东西。

“这样做是不会有什么用处的，奥莫莱。”我指出。

“你在期盼我做出一些什么事情来吗？比我更伶俐的人也都来搜查过了，他们也什么都没有从这里带出去。这个姑娘并不是被杀死在这里的，他们在这里只找到了一些血。她是先被杀死了，随后被带到这里来的——也许是放在一只船里，可是我看还是用的汽车。是一个男人杀死她的，一个女人肯定没有力气给她这样沉重的一击。

“我以为她是从外埠来到这里的。本城没有人来报告少女失踪，而且已经一个月了，还是没有人来认领她。要是她是从外埠来的话，她总会有一些行李。对了，它到哪里去了呢？她可以把行李留置的地方都被查访过了，而且还查询了所有的旅馆，可是依然一无所获。不管她来自什么地方，她并没有什么人在等她回去，否则，一个月过去了，总应当有什么人来向我们探询了。也许那谋杀者已经把一切事情都布置好了。”

“虽然这样说，”我应着说，“他果真能够使你什么踪迹都找寻不出来？推测他是谁？或者他是怎样的人？或者他在什么地方？这家伙太机警了，我看他已是很安全的了。”

“要是他真能自以为很安全的话，他倒是一定会安全的。”

我把这句话想了一想。“你这一句话说得有些形而上学，是不是？奥莫莱。”

“不管他是什么！无论如何，我们对那个家伙有几件事情是已经知道了的。”

“是吗？什么事情呢？”

“他对这个货仓一定熟悉，他知道她一时是不会被发现的：那些孩子发现了她，只是一种偶然的机会。他一定是用一辆汽车把她带到这里来的，所以很可能他有一辆汽车，我们还知道，他时常在担心，也许他会遭到拘捕。”

“你无法确定这最后一点，”我不同意，“他是可以用不着担心了。”

“是的，他一定在担心。他对于要掩藏她是谁，已做了太多的事情。一个在做过这许多事情的家伙，总会担心有什么事情做错了没有，或者有什么做得不够的，所以他就会一直担心着。”

我们回到了警察局。

下一个星期中，我每天都看到奥莫莱，他说他对这桩案件已经着手工作了，可是我却并没有看到他在做什么事情。然而，这桩案件，报纸上都在重复登载着了。警务当局又在把他们以前已经传询过的人一一加以传询。报纸上还说已发现了新证据：他们已找到一个证人，他在案发的那天晚上，看见有一辆汽车停在那个货仓的前面。他们现在就想把那辆汽车找寻出来，差不多每一天都登载着一些事情。在这个星期的最后，我在街道上遇见了奥莫莱。

“你似乎在这桩案件上有了进展？”我说。

“我们还是老样子，一步都没有跨过。”

“你在瞒着我，”我的脸上显出不高兴的神色，“我知道你对这件案子的侦破正在进行，你只是不肯把内在的情形告诉给别人，因为你以为越少人知道它越好。我早就知道你这种脾气。可是你说你对这桩案件还什么都没有得到，报纸上却已登载得很多了。”

“他们得到了什么呢？报纸或许是猜想。”

“报纸上说警务当局已在那个女人的小腿上发现了一个印迹，那是汽车里的橡皮地毯印上的，由此可证明，她被杀死以后，是被装在一辆汽车里的。”

“你是看见过这个死了的女孩的。你看见有什么印迹没有？”

“没有，”我承认，“我错过了。”

“你对报纸上所登载的不应该完全相信。我现在得到了一个消息，倒也许对案子可以有一些帮助。有一个家伙到警察局来，在诉说有一个男人坐着汽车在街上追随他妻子。我想我应该去看看他。”

“你以为同这桩谋杀案有什么关系吗？”我问。

“也许有关系的。”

我们到那个男人的办公室去看他。他叫斯泰恩。他的样子长得很好看，黑头发，是一家进口公司的雇员。他说有一个男人时常在街道上紧随在他妻子的后面——他说那男人的身体很结实，金黄色头发，坐的是一辆绿色的轿车。

“你自己看见过那个家伙没有？”奥莫莱问他。

“要是我看到了他的话，我就不会去报告警察局了，我会自己来处理他。是我的妻子讲给我听，我才知道的。”

“我们要设法把他找来。”

“我但愿你们能找到他。因为发生过那种谋杀案，我有些心神不安，正如我去向警察局报告时所说的。我的妻子想这个家伙很会跟踪女人，一个女人就可能像这样被谋杀了的。那一桩仓库女尸案件中的汽车是一辆绿色的轿车吗？”

“我不知道是什么颜色的车子。”

“也许是的，”斯泰恩说，“关于汽车里的地毯，不知道有几千辆汽车会用这同一种的颜色。你们在女尸脑上所找到的地毯印迹，花纹清楚吗？”

“我没有看见。”

“你们这些警察太不尽责了，”斯泰恩一脸嫌恶地说，“使得社会人士觉得太不安了。一个少女这样被谋杀了，却好像一点儿办法都没有。”

“我看是因为聪明的家伙都不肯当警务人员的缘故。”奥莫莱讽刺他。

我们从电梯上下来的时候，他说：“那个家伙的办公室倒真不坏。你注意到窗外的风景了吗？”

我没有注意到。

“我看我们应该去看看他的妻子。”

斯泰恩太太是一个十分美丽的少妇，还只有二十二三岁。她听到她的丈夫去报告过警察局，似乎有些惊异，我们问她那个男人是怎样的一个模样。她说她对于她丈夫所已描述的，不再有什么补充的了。我想她是受到了很大的惊吓，她似乎有些心神不定，还有些不安。可是我不相信她所碰到的事情对那桩案件能给予什么帮助。在我们离开了她以后，我就这样告诉了奥莫莱。

“对啦，也许不能，”他说，“我看我今天已做了很多的事情，可以暂时歇息了。要是有什么新发展的话，我会到时通知你。”

他第二天打了电话给我，并把他的汽车开过来，把我带了去。我们向警察局的一个汽车车库驶去。那里有一辆汽车，可是并不是绿色的轿车，它是一辆灰色的小汽车，指印专家和别的警务人员都在那里忙碌。

“你怀疑这辆就是谋杀者的车子吗？”我问。

“我们想是的。”

那辆车子里并没有地毯，但坐垫上却有几粒小黑点。一个警务人员从一只小瓶里倒了一些液体在那坐垫上，那几粒小黑点碰到了那液体，就变成了蓝稀稀的绿颜色。

“是血，一点也不错。”他述说。

我们到了警察局，奥莫莱就走进了督察的房间，我便在室外等待着。不多一会儿，两个便衣警察走了进来，斯泰恩同他们在一起笑着，开着玩笑。他们都走进了督察的房间里去，但没有把门带上，只是稍稍掀开了一些。我便走过去，向里面张望。斯泰恩正面对着几个警察坐在那里，他却不再笑了。

于是警察中的一个，来到了他的背后，举起了那被杀少女的衣裳，从他的头上面掷了下去，使得它们正落在他的膝盖上，他先向它们凝视着，接着跳了起来，惊喊了一声，就用他的两手按住了面孔。于是有人把门关上了。

我等了好一会儿，才见奥莫莱走了出来。

“关于斯泰恩是什么一回事呢？”我迫不及待地问，“怎么，竟然是他杀死了那个少女。”

“是他杀死的？被害者又是谁呢？”

“是他的妻子。”

“他的妻子？我们不是见过他妻子吗？”

“是的，她们中的一个。他所杀死的是他的另一个妻子。”

“我不明白这话的意思。”

“对啦，斯泰恩住在底特律的时候，娶了这个被杀的姑娘。后来他对她感到疲倦了，就抛弃了她。于是他来到纽约，她却不知道他在什么地方。他在布朗克斯区遇见了另外一个姑娘，就同她结了婚。于是有一个在底特律认识他的人，碰巧在这里遇见了他，回去后就告诉了在底特律的那个少女。她知道丈夫已有外遇，就设法打听到他办公室的地址，就写信给他，告诉他要到这里来。

“他写信去，想阻止她动身，可是她不听他的话，一定要到这里来，斯泰恩就想没有什么办法了。最后他想，除了把她杀死以外，他就没有别的方法了。底特律的这个姑娘仅随身带了一只手提箱，就来到了纽约。在底特律是没有什么人会关心到她的。斯泰恩开了他的汽车到火车站去接她时，已是黄昏时分了。

“我不知道你是不是注意到，布朗克斯区的那所公寓有一排汽车车库，是租给住户用的，斯泰恩租用着其中的一间。时间很晚了，他知道那汽车间附近一定不会再有什么人，他便同她开到了那里去。他在那汽车间里把她打死了。他把她身上可认出她来的东西统统撕下后，就把她置进了他的汽车里。他知道那个货仓是很少有人会进去的。所以他把她带到了那里，就这样把她遗下了。然后他开回到了车库，把她的手提箱以及用来打死她的斧头，还有她的戒指，统统埋藏在汽车车库的地板底下。一切完毕，他回到了他另外一个妻子的家里去。

“他在想，因为没有人会知道她是谁，他就可以安然无事了。”

“原来是这样！”我惊呼，“显然是斯泰恩自己送给你捉的，可是我始终总不明白他为什么要这么办。”

“实在说，这是一桩很难办的案子。大都的情形是，在你不知道被杀者是谁的时候，你无法把谋杀者找到，这一次，我们却非把他找到不可。我前几天告诉过你，我想犯了这桩谋杀案的是怎样的一个家伙。虽然他过去也许并没有犯过谋杀的罪案，他这一次却在事前计划得很是周密，把一切可以怀疑到他身上去的线索统统毁灭掉。他是这样的一个家伙，就是他对于所要做的事情，会一件件都加以精细的思虑的。对了，像这样的家伙，在把事情做了以后，总会担心他有没有什么地方做得不周到，他老会想还有些事情没有做的。就此恐惧着，他做得也许还不够吧。

“这还不是他危险的地方，他危险的地方实在是由于他做得太过分，就这样把自己暴露了出去，可他却并不知道。所以不管杀死她的是谁，他已有着一个月的担心了。我看到，要是他安静地坐着不做什么的话，他就安全了。所以我要设法使他再开始忧虑，也许会由此使他做一些什么。我于是到了报馆去，请他们发下我所交给他们的关于这桩案件的消息，却并不告诉这是我的布置。后来，我就陆续把消息交给他们发下去了。我们看出这个死了的少女是被一辆汽车带到那货仓去的，所以我就发了我们已找到了那辆汽车的证人的消息。我们当然是假装自己找到了。

“我还发下了别的消息。推说死者的小腿上有一个印迹，你是看到了她的，你知道她的小腿并没有什么印迹。可是那谋杀者却不能确定有没有这一回事。于是斯泰恩来了。他看到了报纸上的消息信以为真，很是忧虑，他就非来做一些事情不可了。他来装着诉说有一个男人在追逐他的妻子，这样诉说着，他自然很可能跟着说到那桩谋杀案了。我一听到他所说的话，就知道凶手一定就是他了。

“他的注意点并不在真正有什么家伙在追逐他的妻子，他无非想由此探听我们有多少头绪了，从那家伙的办公室窗子，他还望得到那个货仓。于是我到布朗克斯区去看了斯泰恩太太。她并不知道她的丈夫到警察局去报告过。自然更没有什么家伙追逐她。就从斯泰恩的这种举动，可推测到他总有什么不对的地方，虽然她并不知道究竟是什么。所以在我们问到那个家伙怎样追逐她的时候，她显得一呆。

“免得使她的丈夫遭到什么麻烦，她就不敢多说。我想不妨再去看看斯泰恩的车子。在查看那辆车子的时候，他已被另外两个警察看守住了。他从报纸上看到了那些消息以后，已把地毯从他的汽车取了出来。他并没有想到，没有毯子本身就是一个对他不利的证据。接着我们在坐垫上发现了血迹。在他们把死者的衣裳丢给他的时候，他就跳了起来，随即就供认了。”

“这似乎是一个奇迹，”我回忆着说，“你只有一个被谋杀的少女，此外什么线索都没有，你却能使谋杀者自己投上前来供认。”

“实在说来，只是我们的念头胜过了那个家伙。你看到我们做到了这一步，也许会以为是奇迹，其实我们只是在计谋上用了一些工夫。”

漆静孙　译

一颗枪弹

杰克·哈雷尔

假如有人从汽车行出来，不仔细地向前看去，他绝看不见有一辆汽车停在那里，因为瓦斯邦浦和修理厂的进道完全把它遮蔽起来了。这汽车就停在马路汽车行的灯光所照不到的黑暗中。汽车里坐着两男一女，默默地都不说话。

这时候是12月17日晚上10点钟，冬季虽然还没有降临到奥克拉何馬州的东北角，但风已经很尖锐的了。他们坐在黑暗的车厢里，能听到对面马路修理厂里传出来的金属物相击的声音和两个工人在汽车里工作的声音。

他们又听见西面远远地有辆汽车飞驰着的声音。接着，一对雪亮的汽车前灯，从他们面前很快地闪烁而过。一辆漂亮的轿车向东方七里外希尔西的一个小城市驶去了。

坐在汽车后座的那男的，他的眼睛跟着那掠过去如电的灯光移去，但没说什么，而一个年轻的女人却说起话来了。

“假如他12点钟之前不来呢？”她说，“我们待在这里这许多时候，真有些傻！”

“别心急呀，亲爱的！”坐在她右边的年轻男人激励地说，“我们去喝咖啡，好吗？”

“我没有意见。”女的说。她回过头去问前面开车的：“你呢？斯旺克·伊摩亚！”

“我在这里等他。”开车的回答，说时伸了一个懒腰。他大衣的胸襟敞开了，左胸上挂着一块金属的盾形徽章，映着对面射来微弱的灯光便一闪闪地亮起来。

他眼看一对年轻男女越过马路，走进汽车行隔壁的一家咖啡馆里后，便点上一支香烟吸着。十分钟之后，他看见那男的——斯蒂芬独个儿从咖啡馆出来，越过马路，向这边走来。

“娟惠说她觉得不舒服，”斯蒂芬走近车旁对车中的助理州长斯旺克·伊摩亚说：“她要我送她回去，我到那边车行里借辆汽车来。你假如高兴的话，再在这里等些时候——或者改天再来对付这家伙也好。”

“我想再守在这里等他，”斯旺克·伊摩亚说，“两星期之前，我们放走了他，今天再不能放掉他了。你的太太也许受了些凉，你就送她回去吧！”

“好！”斯蒂芬同意地说，“你认得他么？他坐的是绿色别克牌汽车，有白色的钢丝轮。他12点钟必来，来后，就停在汽车行门前，然后到汽车行里打电话到彭瑟托尼给他的党羽。这家伙个子不高，很结实的样子。他有一支枪，要仔细些才好。”

斯旺克·伊摩亚懒懒地看着斯蒂芬重又越过马路，走进汽车行去了。隔了五分钟，一辆旧汽车从汽车行里倒退出来，掉转车头，开过去停在咖啡馆门前。娟惠从里面出来，跨进汽车后，它就向东飞驰去了。

11点刚敲过，希尔西一家小医院的门突然被一个年轻男人撞开，他没有戴帽子，也没有穿大衣，直冲到办事员的写字台前。

“我的太太，在外面汽车里，快要不行了！谢谢你们，救救她，救救她吧！”他着急慌忙地说。

看护士将电话接到楼上去请医生，斯蒂芬急得只是踱来踱去。医生下楼来了，和斯蒂芬跑出门去，一方面看着护士们将急救室预备好。

可是已经太迟，才22岁的娟惠已来不及施救——死了。她淡蓝色的上衣左侧有一块深黑的污渍，中间有一个小小窟窿，一颗枪弹就从这小洞中贯穿了她的心脏。她的脸上还有几条抓伤的痕迹。

斯蒂芬听到了医生的报告，跌倒在椅子里，两手捧着脸哭起来。那年轻的医生与看护士商量了一会，就领斯蒂芬到另外一个房间里去，给他吃了一些很温和的镇静剂，使他神经不致过分受刺激。

看护士打电话给希尔西的警长威廉·华勒斯，威廉·华勒斯又转报上峰勃特勒市长，勃特勒又报告给克拉雷摩尔的州长办公室，州长斯第恩斯在二十分钟之内便赶到医院里来，他对于这件案子予以极大的关注。

不但被害者出身望族——她的父亲曾当过一任州长，就是斯蒂芬的爸爸也是新泽西州的第一任州长。斯蒂芬自己在麦克·阿雷斯透也方的国立感化院内也当过监视员。他失去这职位的原因是由于犯人暴动而更换办事员，所以他被裁员了。

再说斯旺克·伊摩亚在汽车行前守着的时候，在收音机中突然听到娟惠被枪击的消息，他立刻离开那里，赶到医院里来。在急救室里，他遇到四个公务员——两个是州长办公处派来的，两个是警察局派来的。医生把覆着娟惠尸体的被单揭开来，并且说明她所受的致命伤。

他说这颗子弹显然是颗手枪子弹，从她面前直钻进她的胸膛，中在要害，所以立刻就送命了。

“我还没有和斯蒂芬谈论过这件事。”这位医生说，“我只给了他一些镇静剂吃，安静一下他的神经，因为当他知道娟惠已死了的时候，他真难过得什么似的。”

“今晚我同斯蒂芬和他的太太在一起，我们为要拦住一个私贩酒类的家伙——这家伙是娟惠在上月指点给我们认识的。大约三个星期之前，在公路旁的丛树中，斯蒂芬曾一度和那人相见过。斯蒂芬说，娟惠的妹妹认识一个从乔坡林来的外地人，这外地人娟惠知道就是从米苏里偷运了酒到屋克拉华为来的走私犯。她希望她妹妹快些离开这种坏蛋，因此就希望这人快些被拘捕。”

斯旺克·伊摩亚继续说下去：

“两个星期之前，斯蒂芬和我曾追赶这人的汽车，追了有几里之遥，追到快接近克拉雷摩尔了，但仍被他逃脱掉了。

“今天斯蒂芬又打电话给我，他说娟惠得到消息，这走私犯今晚要经过这里，他的汽车必然停在西郊外的汽车行门前，然后打电话去叫在士瑟的同伙。于是我们就到那边去想拦住他。

“我和斯蒂芬先到乡下访娟惠的父母，老人家就说娟惠到西洛基的妹妹家里去了。

“于是我们到西洛基去接她，她和我们一同回来，便一同到汽车行门前去等候。娟惠的脾气是耐不住闷坐的，她和斯蒂芬一同去喝咖啡，没一会儿，斯蒂芬独自走回来，说她有些不舒服，因此租了一辆汽车送她回家去了。我呢，仍旧守在那里候那家伙。直到听见收音机的报告才离开那边，赶到这里来看个究竟。”

斯第恩斯独自走进斯蒂芬睡着的那房间，他躺在床上，眼望着斯第恩斯，好像一匹受了伤的野兽。斯第恩斯安慰了他一番。

“斯第恩斯先生，你来得真好极了！”斯蒂芬呜咽地说，“你一定要把这丧良心的凶手捉住呀！”

“镇静一点，孩子。”斯第恩斯劝慰他，“你把这事的详细经过告诉我吧！”

斯蒂芬开始述说关于走私犯的事，但斯第恩斯州长止住了他。

“关于这事，斯旺克·伊摩亚已说了一个大概了。你就从和娟惠离开汽单行时说起吧！”

“好的。”斯蒂芬沙着喉咙说，“首先，我要将关于戒指的事说一说。大约一个星期之前，我在克拉雷摩尔借出一笔款钱，那债户给我一个戒指作为担保品，我把这戒指给娟惠看，她很喜欢它，要据为已有，我告诉她，人家要来赎回的，不过假如那人不来赎，我答应把它送给她。

“那夜我们在汽车里，娟惠又要看看那枚戒指，我就从衣袋里摸出来，正要送给她的时候，汽车开得很快，不知撞到了什么东西，车子一歪，那倒霉的戒指就从车窗里掉了出去了。靠我这边的玻璃是摇下来的，因为她说胃里不舒服，需要新鲜空气的缘故。”

斯蒂芬说他立即停下汽车，倒退步行回来，在大约那枚戒指落下的地方去寻找，他以为一定落在微微有些倾斜、正对一片高高的野草的公路旁边。

“我燃上几支火柴照着寻找的时候，”年轻的斯蒂芬解释着说，“突然听见一个男人的声音，接着，娟惠的声音狂叫起来，我马上跑回汽车旁去，正在这时，我听到一声枪声，于是看见一个黑影飞奔开去，钻进芦苇里去了。我追上去，黑影转瞬之间便消失无踪。我只得退回来看娟惠。

“她的神志已昏迷，我赶快脱下外套，把她裹紧，一手扶住她，一手开汽车门，但她的头直往下倒，终于她的面孔撞到挡泥板上。我把她抱上汽车以最快的速度驶到这里来，这便是我所能告诉你的一切。”

“你以为是那走私犯暗杀她的么？”斯第恩斯问。

“我想除了他之外，决没有别人干这事。斯第恩斯先生，你了解娟惠，你知道她的为人，她从不得罪人的。”

这可怕的事实，就在咫尺之内。娟惠静静地躺在那里，忽然无限酸辛涌起在斯第恩斯的心头，使他痛苦。不幸的意外，竟结束了她的生命，摧折了她蓓蕾待发的如花之年。

这活泼爱说笑的女人，自大学毕业之后，便回到希尔西当教员，大约一年之前，她和斯蒂芬准备结婚。但他们的收入不够维持一个小家庭，因此她仍旧继续做教员，斯蒂芬仍在国立感化院里服务，不过斯蒂芬脱离感化院回到家中与他的寡母暂居时，他着手计划怎样建立一个小家庭。仅在惨案发生一星期前，他曾向这位斯第恩斯州长——他父亲的老朋友表示，决定一过圣诞节就和娟惠组织家庭。

愤怒在斯第恩斯心中燃烧着，他拖着沉重的脚步，走过廊檐找他的同僚去。他默默宣誓，任凭凶手上天入地，势必将他逮捕，置之于法，以消此恨！

“这事看来似乎那走私犯已发觉娟惠做着不利于他的事，所以他谋划着暗杀她，以此泄愤。”他对斯旺克·伊摩亚、勃特勒和华勒斯表示。斯旺克·伊摩亚点点头，表示赞同。

“斯蒂芬告诉我，娟惠曾警告他，那家伙很厉害，他有一支枪，而且射击技术很好。”斯旺克·伊摩亚补充着说。

斯第恩斯将刚才斯蒂芬所述说的，告诉大家。

“一切都已明了，”斯旺克·伊摩亚说，“至于那戒指，在娟惠的妹妹家里，斯蒂芬给我看过，为这戒指，她曾使他为难，不过他应允债户不来赎时送给她。”

“斯蒂芬说明过她脸上的伤痕的来由吗？”警长华勒斯急于要知道。斯第恩斯想起斯蒂芬说过在送医院途中，她的脸蹭到挡泥板上的话。“不过，还有一个疑问，”警长忽然说，“假如，诚如你们所确认凶手是那走私酒贩，然而他怎能知道沿这条公路上，在此时在此地，可以找到娟惠？”

“这点确使我疑惑，”斯第恩斯耸耸肩膀说，“然而除了这人之外，还有谁呢？”

“她与斯蒂芬结婚后，并未同居，”警长继续说下去，“据我所知，就在此地——希尔西有一个小伙子追求着她，而且她曾和他去看过二次电影，跳过一次舞。这人我知道名叫欧恩·雷克脱。”

“让我们细细考虑这一点。”州长皱皱眉头，慢慢地说，“而且，斯蒂芬也曾和一个克拉雷摩尔的女人出去过几次，而这女人也是个有夫之妇。你以为这是一件妒杀案子么？与娟惠阻挠她妹妹和走私犯接近一事无关么？”

“是的，我想这点也很值得我们研究的。”警长说。

“这点我们也须加以考虑，”斯旺克·伊摩亚插嘴道，“就是无论欧恩·雷克脱或女人的丈夫，他们也难以预知斯蒂芬娟惠今夜会在公路上停下来，因为他们停车寻戒指是出于偶然的啊！不过我想那时公路上也许有歹人，他看见斯蒂芬的汽车停在那里，他跑近去，打算有什么行动。不料娟惠看见了他就喊起来，斯蒂芬听见喊声，立刻跑回来，那人情急，就打了娟惠一枪，这倒也似乎可能的。”于是这几位官长详细研究这案。除了走私犯报复外，另有几点可能的推断。

也许斯蒂芬当感化院监视员时，他曾做过秘密的残暴行为，因此那受害者对他怀着誓必置之于死的仇恨。

斯第恩斯又想起，当年斯蒂芬的父亲在州长任内时，为维持地方治安考虑，至少有十二人死在他手中。如果这笔血债，还不能消账的话，那么斯蒂芬难免被视为取偿的对象。这是斯蒂芬氏的夙仇，似有很大的可能性。

“我们不能老在这里空想瞎猜呵！”斯第恩斯喃喃地自言自语，“斯旺克·伊摩亚，你仍旧回到汽车行去，探听一下，12点钟左右，那走私者的汽车曾否停过在那里。警长！你们两位去找欧恩·雷克脱，看他怎样说法。我仍留在这里，把这些问题归纳一下。”

三人走后，斯第恩斯州长跑去察看那辆租来的汽车，凶杀案就发生在它的旁边。车厢中，斯第恩斯看见斯蒂芬的帽子被压得扁扁的，丢在座垫上，但不见斯蒂芬所说的那件外套，他记起是用它裹了娟惠送进医院的。

半小时之后，这家小医院的外科医生从手术室里走出来，交给斯第恩斯州长一颗子弹，这是一颗点三二口径的完整无缺的手枪弹。

“它直钻进她的心脏，”医生说，“所以她未曾感到痛苦。”

斯旺克·伊摩亚从西郊外汽车行里打电话来说，那夜并没有像斯蒂芬所说那样的汽车停在那里。事实上，谁也没有见到这么一辆绿色别克牌白钢丝轮的汽车经过。

斯第恩斯命斯旺克·伊摩亚仍守在汽车行里。

“我还要迟一些回去，”他在电话里说，“因为今夜还有许多问题要解决。”

他挂好电话，仍回到斯蒂芬睡着的房间里。斯蒂芬睁大了眼睛，躺在床上，桌上有燃着的香烟在冒烟。他移过一张椅子坐下来，点上一支香烟抽着，用温和慈祥的语气，开始和斯蒂芬谈谈。

“经我详细考虑之后，觉得没有理由可认为凶手就是那走私酒贩。也许其中还有其他可疑之处。”他说，“你想想看，阿雷斯透有没有怀恨你的人？”

斯蒂芬回答说没有，因为决没有人与他结下如此深的仇恨的。“那么你以为有没有这么一个女人的丈夫，他妒忌你，愤恨你，因为你曾和他的妻子一同出去过几次，孩子。”斯第恩斯问：“什么？我？绝没有这种事的。”斯蒂芬的脸颊渐渐红起来了。他期期艾艾地说：“我不过和他的妻子一起吃过两顿饭，看过一两场电影，这就错了吗？”

“我不是说你做错了这事，”斯第恩斯说，“我的意思是她的丈夫知道了将感觉怎样呢？”

“即使她丈夫心里难过。”斯蒂芬承认了这事，“他为什么要打死娟惠，我才是他击杀的目标呢，假使他是那一类人。”

“不过，斯蒂，你知道么？就在此地希尔西有一个小伙子热恋着娟惠，而且我还听说，她和他一起看过几场电影。”

斯蒂芬笨拙的解释始终不变。“不，我倒不注意这些事。说起来，还很有趣的——今天下午5点钟左右，在克拉雷摩尔街上，我看见一辆老式福特汽车驶过，汽车里一个男的和一个艳装女人，在我一瞥之下，这女人好像是娟惠。但我过后想想，这事似乎不可能的，所以也就把它忘掉了。”

斯第恩斯的眼睛眯成一线，一个问题在他灵敏的脑中闪过：她果真和人乘了汽车经过克拉雷摩尔街路么？她当夜果真听了斯蒂芬的话去守在公路旁么？这位经验丰富的官员，他十分明了一个胸襟狭窄的公子哥儿，假如不能赢得恋人的爱情时，他往往宁愿将她置之于死，而不愿任她另有所欢。

勃特勒回来报告关于探访欧恩·雷克脱的经过。他曾到欧恩·雷克脱的家中，欧恩·雷克脱的父母说他下午到彭瑟托尼去了，明天早晨才回来。

“他回来的时候把他扣留起来。”斯第恩斯命令说，“假如他的供词含糊，即刻把他带到克拉雷摩尔来见我。”

于是斯第恩斯乘车到汽车行去找斯旺克·伊摩亚，两人再一同回到州长办公处去。

翌晨，斯第恩斯和斯旺克·伊摩亚一早起来就办理这案子。娟惠被暗杀的消息，很快地在这四千人口的小镇里传播开来。大部分人和斯蒂芬相熟，认识娟惠的也很多。

斯第恩斯和斯旺克·伊摩亚到各家咖啡馆去刺探，他们啜着咖啡，静听爱饶舌的人们讨论这案子。最使他俩感兴趣的是几个月之前斯蒂芬曾与人发生过口角。

事实是这样的：某晚，斯蒂芬和一个名叫吉吉的女子在一家酒馆里，娟惠的堂弟进来了，不知怎的，和斯蒂芬打起来，斯蒂芬的拳术很好，一下就打倒了那少年。当场目睹的人都说他们这场厮打，就为了这位吉吉女人。但斯第恩斯和斯旺克·伊摩亚都不能确定，这事是否与本案有关。

9点钟，勃特勒从希尔西打电话来说，欧恩·雷克脱已回来，他的供词无懈可击。昨夜9点至12点他在彭瑟托尼，有四个证人证明他的话是真实的。因为在这三个小时之间，他们始终和他在一起，非但如此他的汽车并不是老式的福特牌。

不过，和斯蒂芬打架的那人却有一辆老式的福特汽车。但是盘问凶案发生的时候他在什么地方，他的供词也无可驳斥。因此，也没有理由可认为他为报斯蒂芬的仇，而暗杀娟惠。

斯第恩斯和斯旺克·伊摩亚乘车到离希尔西的乡下去访问伊拉派格夫妇，这对老夫妇就是被害人的父母。

“我们知道老人家一定愿意帮助我们破获这件案子的，”州长向伤透了心的老人说，“关于从乔坡林来的走私酒贩和你们的小女儿相恋的事，你们知道吗？”

派格似乎有点莫名其妙。“什么走私酒贩，我一点也不知道呀！”他说，“斯蒂芬昨夜到这里来寻娟惠时，说起过这样的人，此外，我从未听见谁说过。并且我的女儿，据我所知，她从未和什么走私酒贩来往。”

斯第恩斯和斯旺克·伊摩亚离开派格家后，沿公路慢慢走去，距汽车行约一里半之遥的地方，在公路旁的松泥上，发现有汽车轮的痕迹。他们就停了下来。

“这里就是凶案发生的地点。”斯第恩斯指着路边紊乱的高跟鞋印说，“看起来，好像曾经发生过一场扭打的。”

那路旁松软的泥土上，印着许多高跟鞋后跟的尖小的痕迹，显而易见是女人的脚印。又离路面约五十码的地上，印着许多男人的脚印，这些脚印，形成一个小小的圆圈。烧焦的火柴梗散布四处，散布的周围，也达几码之宽。这种痕迹，推测起来，想是斯蒂芬寻戒指时留下的。斯第恩斯和斯旺克·伊摩亚想把那戒指找到，却又找不着。

在西洛基，斯第恩斯打了一个电话给在乔坡林做事的娟惠的妹妹，她绝对否认认识什么走私酒贩。她说，娟惠恐怕发了疯了，会说出这种话来。

“让我把这事细细研究一下吧！”斯第恩斯对斯旺克·伊摩亚说，“娟惠是不是从未直接向你说起过关于酒贩的事，是吗？”

“是的，但这是什么意思？”斯旺克·伊摩亚回答，“她告诉斯蒂芬，斯蒂芬再通知我，一直如此的，就是昨晚，她也没有亲口对我提起一句关于酒贩的话。我不过照着斯蒂芬的计划做下去………”

“好了！”斯第恩斯阻止他，“昨夜斯蒂芬离开汽车行送娟惠回去时，是什么时候？”

“大约10点钟刚过，可能是10点15分。这又是什么意思？”

“等会待我们回医院去查查再说。”

医院里的记录上写着，斯蒂芬送他死了的太太进院时是11点10分。斯第恩斯又检查了那件进院时里娟惠的外套，经他详细检查之后，他叫斯旺克·伊摩亚跟他到斯蒂芬房间里去。斯蒂芬仍旧躺在床上，镇静剂使他很甜地睡了一夜。他睡眼蒙眬地迎接着他们。

“凶手是谁，有些线索吗？”他问。

斯第恩斯点点头，“还没有呢，孩子！”他在一张椅子坐下来，那张椅子的靠背上，挂着斯蒂芬的衣服。他用手抚摩着那几件衣服的口袋，忽然，他的手探进一件上衣的口袋里去了。他从这袋里摸出一支狮鼻式点三二口径的手枪来。他一看就发觉五颗子弹之中，已放去了一颗。

房间里寂静无声，斯第恩斯把这支手枪高高地举在手中，他的视线从手枪上移下来，停留在床上的斯蒂芬的面孔上。

“告诉我关于这支枪的一切，斯蒂芬！”他问，声音中夹着无限伤感。

斯蒂芬愣了一愣。“没有什么，娟惠就用了这支枪自杀的。”他支吾地说。

“还有呢？说下去。”斯第恩斯追迫着。

“几个月之前，她忽然表示不爱我，认为我有意欺骗她，因此她曾有一两次企图自杀，但终被我发觉而阻止。”

“昨夜她为那戒指又发脾气，说我预备送给别人去的。在回家送中，我们为此发生口角，我把戒指交给她，想平平她的气，谁知她接过去，就往窗外丢了出去。”

“我说过的，它是一笔货款的担保品，借款人要来赎回的，所以我就停了汽车，下车来寻找它，但到底没有找着。”

“但是，当我走回汽车时，她忽然从皮包里拿出这支手枪来，对准了我说：‘今日冤家狭路……’我就窜过去，想夺下她的枪，不料她就用枪柄在我脸上重重地打了一下。”

斯蒂芬说时指着鼻梁上的伤痕，给斯第恩斯看。

“这一下打得很厉害，我眼前一片黑，好些时候，看不见东西。就在这时候，我听得一响枪声。看她时，她手中握着枪，倒在座位上了。”

斯蒂芬又说，他立即用外套裹着她，马上送进医院。

“斯第恩斯先生，你信任我，这就是事情的确实经过。”斯蒂芬分辩说。

“你没有打她吗？你没有和她在公路旁扭打吗？”斯第恩斯盘诘他。

“没有，我说的全是实情。”

斯第恩斯摇摇头。“据我看来，事实并不如你所说。斯蒂芬！你要知道，我是你父亲的好朋友，我眼见你自孩子长到成人，什么事我都能信任你，但你谋害你的妻子，我没有办法原谅你，保护你！”

斯第恩斯举出许多证据，证明娟惠不是自杀。

第一点，照娟惠的伤口看来，枪弹是直射进心脏的，根据角度推测，发枪的地点至少在一尺以外，以这样距离，说是自杀，绝不可能。再有一点，她的脸上有抓伤的痕迹，医生说过，她瞬息之间便断了气，这种伤痕决不能在死后再留下，所以斯蒂芬必然和她扭打过。扭打的地点，就在汽车旁边，因为公路旁松泥上还印着许多脚印。

最重要的线索便是那件外套，这件外套就是斯蒂芬用它裹娟惠的。按理，应该在它左边里子上印着血渍（因为娟惠左胸中枪。）但是，相反的，在它外面右边却染着一大块血污。

斯蒂芬听了斯第恩斯的剖析，俯首无词，毫不反抗，从床上起来，穿好衣服，跟着斯第恩斯离开医院。在汽车里他想将手枪夺过来自杀，可是被斯第恩斯挟住，就用手铐铐住了他，被带至利沃诺的监牢中。当斯蒂芬在牢中

候审的时候，斯第恩斯发表他谋杀娟惠的动机，

事实上，并非娟惠不满他俩的婚姻，而是斯蒂芬不满意。他想和她离婚。离婚的初步手续也已办妥，但却没有成功。他虽和娟惠结婚，然而并未供给她一分生活费。他所有的进款，全部花在别的女人身上了，因此娟惠不得不继续做教员来养活自己。

斯第恩斯确定娟惠并未报告过斯蒂芬什么酒贩的事，这事完全是斯蒂芬虚构出来的。他虚构这事，也是谋杀娟惠计划的一部分。斯第恩斯宣称斯旺克·伊摩亚对于这案毫无关系。这案仅是斯蒂芬一人的主谋。

法官静听着斯第恩斯叙述凶案发生时的情形，他指出斯蒂芬和娟惠在汽车行前离开斯旺克·伊摩亚时是10点15分左右，至多15分钟便可到达希尔西，斯蒂芬寻找戒指，假如再费15分钟，那么，至迟在10点45分，他可以做完这些事。然而，他送娟惠进医院时是11点10分。这些时间之中，就是他停下汽车，和娟惠在公路边扭打，他先将娟惠打倒，再一枪打死她。他计划得很周密，做得很谨慎。但是像一切凶手一样，他最终不能不疏忽了某一些事。

娟惠被害是在1937年12月17日夜，斯蒂芬在次年三月被判无期徒刑，1944年他病死在狱中。

方轶群　译